Hannah Howell

Le Chevalier des Highlands

Le Clan Murray – 2

Traduit de l'anglais (États-Unis) par Jean-Baptiste Bernet

Milady Romance

Milady est un label des éditions Bragelonne

Titre original : *Highland Knight*

Publié avec l'accord de Kensington Publishing Corp.

Suivi d'un extrait de : *Highland Bride*

ISBN : 978-2-8112-1008-3

Bragelonne – Milady
60-62, rue d'Hauteville – 75010 Paris

E-mail : info@milady.fr
Site Internet : www.milady.fr

Chapitre premier

France, printemps 1458

— Tu peux me dire ce que tu fais avec cette créature ?

L'imposant sir Bearnard remonta sans effort sur son épaule la jeune fille inerte.

— Je l'ai capturée au cours de notre incursion, répondit-il en regardant avec prudence sir Charles DeVeau, son suzerain.

— Je ne t'ai pas envoyé attaquer les Lucette pour cueillir les donzelles ! Il y en a bien assez ici pour satisfaire les besoins de n'importe quel homme.

— Monseigneur, nous avons fait exactement ce que vous attendiez de nous. Il se trouve que j'ai croisé la route de cette petite tandis que nous nous éloignions des ruines en flammes du château des Lucette, et je me suis dit qu'elle pourrait me servir à rembourser une de mes dettes.

— Une dette ? Quelle dette ?

Tout en frottant son menton en pointe de ses longs doigts bagués, sir Charles tenta sans succès d'avoir un meilleur aperçu de la prise de Bearnard.

— J'ai perdu un pari contre sir Cameron MacAlpin, répondit ce dernier, qui fronça les sourcils quand son interlocuteur ricana.

— Pour commencer, cette femme n'est qu'une enfant, elle est crasseuse, blessée… et puis as-tu oublié que notre cher chevalier écossais a fait vœu de chasteté ?

— C'est vrai, ces dames n'avaient pas l'air de l'intéresser, même si elles sont nombreuses à se presser autour de lui.

— Fais ce que tu veux, mais je suis sûr qu'il préférera des espèces sonnantes et trébuchantes.

— Peut-être qu'en lui offrant les deux femmes…

— Comment ça, les deux ?

— L'autre est encore plus jeune que celle-là, presque une fillette. Sir Renford l'a capturée, car c'est ainsi qu'il les préfère.

— Soit, tu peux toujours essayer. Sir Cameron va bientôt nous quitter, et il sera peut-être prêt à faire un marché de ce genre. Qui sait, il pourrait même connaître un moyen d'obtenir quelques pièces en échange de cette fille. Quoi qu'il en soit, si elle cause le moindre problème, ce sera à toi d'en payer le prix.

Avery sentit son ravisseur s'affaisser. Une rage folle lui tordait les entrailles, et elle avait toutes les peines du monde à rester immobile tandis que sir Bearnard prenait congé de l'homme au regard froid et quittait la grande entrée. Cette brute avait tout fait pour massacrer les siens, il avait détruit ce qui leur était cher, et voilà qu'il voulait se servir d'elle pour s'acquitter de quelque dette !

Elle n'arrivait pas à comprendre comment ce séjour au départ idyllique dans la famille de sa mère avait pu prendre un tour aussi tragique. Combien de ses cousins avaient péri sous les lames des DeVeau ? Restait-il quelque chose de leur domaine ? Et qu'était-il advenu de sa cousine Gillyanne, une enfant tout juste âgée de treize ans ? Toutes ces questions la démangeaient, mais elle savait bien que le colosse qui la conduisait vers son funeste destin ne se donnerait jamais la peine d'y répondre.

Sir Bearnard s'arrêta enfin devant une robuste porte en bois à laquelle il frappa vigoureusement. Avery grimaça ; chaque coup ne faisait que raviver les douloureux élancements qui lui traversaient le crâne. On ouvrit à l'homme, qui entra en lui cognant sans ménagement les jambes contre le chambranle. Elle tenta d'avoir un aperçu de cette nouvelle pièce, mais la masse de cheveux qui retombaient devant ses yeux l'empêchait d'y voir quoi que ce soit. Bearnard la lâcha sur une peau de mouton étendue devant la cheminée. Cette chute brutale la laissa abasourdie, et elle craignit un instant de perdre connaissance, terrassée par son mal de tête.

— Qu'est-ce donc ? demanda une voix grave, profonde, dans un français marqué par un fort accent étranger.

— Une femme, répondit sir Bearnard.

— Je le vois bien, mais pourquoi me l'amener ?

— Pour payer ma dette.

— Même si j'étais disposé à accepter un tel arrangement, elle ne me semble pas valoir la moitié de ce que tu me dois.

Avery accueillit cette insulte en serrant les dents et décida qu'elle avait suffisamment feint l'inconscience. Elle chassa les cheveux qui lui couvraient la figure d'un geste de la main… et sursauta. L'homme qui la toisait, debout à côté de sir Bearnard, lui parut absolument immense – et pas seulement parce qu'elle était allongée sur le dos, à ses pieds.

Il portait des bottes en daim et ses longues jambes étaient gainées dans des hauts-de-chausses en laine marron. Sa chemise en lin blanc était ouverte, dévoilant un ventre musclé et un large torse. Il était aussi hâlé que les Français aux côtés de qui il se battait, et Avery elle-même avait l'air bien pâle en comparaison. Son visage mince, encadré par une chevelure de jais qui descendait jusqu'à ses épaules, était parfaitement inexpressif, mais d'une certaine beauté. Il avait la mâchoire carrée, et, la jeune fille devait bien l'admettre, des lèvres plutôt appétissantes, même si elles étaient pour l'instant sévèrement pressées l'une contre l'autre. Ce furent cependant les yeux de l'homme, les plus noirs qu'elle ait jamais vus, qui attirèrent surtout son attention. Surmontés de sourcils bien dessinés et bordés de cils prodigieusement longs, ils ressemblaient à deux morceaux de charbon.

— J'ai entendu dire que tes hommes et toi alliez bientôt nous quitter, reprit sir Bearnard.

— En effet, dans deux jours.

— J'ai bien peur de ne pas avoir le temps de rassembler la somme que je te dois d'ici là.

— Dans ce cas, tu n'aurais pas dû faire ce pari.

Bearnard rougit.

— J'ai été bien mal inspiré. Quoi qu'il en soit, tu pourrais trouver une utilité à cette femme, demander une rançon aux siens, ou encore la vendre.

— Tu l'as capturée en attaquant les Lucette ?

— Oui, je l'ai trouvée devant leurs portes.

— Dans ce cas, c'est sûrement une paysanne, et on ne me paierait pas grand-chose pour la retrouver.

— Regarde ses vêtements ! Aucune fille de ferme ne s'habille de la sorte.

Sir Cameron s'agenouilla pour examiner la toilette d'Avery. La jeune fille, n'y tenant plus, lança le pied en direction de sa mâchoire, mais il lui saisit la cheville avec une rapidité effarante. La robe d'Avery remonta, dévoilant ses jambes, et à son grand désarroi, sir Cameron décida de la maintenir dans cette fâcheuse posture. Elle poussa un hoquet scandalisé quand il souleva sans ménagement ses jupes, puis inspecta ce qu'elles dissimulaient avec un petit sourire.

— Des braies..., murmura-t-il.

Sir Bearnard risqua un regard avant que sir Cameron laisse retomber les pans de la robe.

— Drôle d'accoutrement pour une femme.

— Ainsi, tu n'as pas goûté au présent que tu essaies de m'offrir.

— Non, je te le jure. Je l'ai seulement capturée pour payer ma dette.

Toujours accroupi, sir Cameron passa la main le long de la jambe d'Avery qui bouillait, sa furie décuplée par un terrible sentiment d'impuissance. Cet individu la traitait comme si elle était un cheval qu'il s'apprêtait à acheter. Elle était effrayée, mais sa pudeur mise à mal n'y était pas pour grand-chose. Comme elle le redoutait, sir Cameron fit remonter ses longs doigts de façon à frôler la dague attachée à sa cuisse. Avery laissa échapper un juron, et crut à sa grande fureur distinguer une lueur amusée dans le regard de l'homme.

— Je te crois, Bearnard, dit Cameron en tirant l'arme de sa gaine.

Il lâcha la jambe d'Avery et se releva.

— *Merde** ! s'écria le seigneur. Pas une seconde je n'ai pensé à la fouiller. Après tout, ce n'est qu'une femme.

Avery décocha un coup de pied en direction de sir Bearnard, qui l'esquiva prestement, puis elle rajusta sa robe. Sir Cameron examinait soigneusement sa dague quand un jeune homme s'approcha de lui. Il avait probablement le même âge qu'elle, dix-huit ans, peut-être moins : grand, presque trop svelte, il était aussi roux que Cameron était brun.

---

* En français dans le texte.

— Cameron, c'est une…, dit-il en anglais, effaré, en fixant tour à tour ses yeux sur l'arme, puis sur Avery.

— Je sais, Donald, le coupa l'homme dans la même langue.

Sans quitter Avery du regard, le nouveau venu murmura :

— Elle a des yeux de chat.

— Oui, et j'ai l'impression qu'elle est aussi sauvage que la pire de ces bêtes.

On frappa vigoureusement à la porte, et Cameron murmura en français à l'intention de sir Bearnard :

— Je suis soudain très demandé, il semblerait.

— Bearnard, espèce d'enfant de catin ! Ouvre, je sais que tu es là-dedans ! beugla une voix grave.

— Ah non, c'est pour toi, dit Cameron. À ta place, j'essaierais de voir ce que veut cet homme.

— Nous sommes quittes ?

— Je n'ai pas encore décidé.

Sir Bearnard ouvrit la porte et un homme massif aux cheveux châtains entra dans la pièce – mais Avery n'avait d'yeux que pour la frêle jeune fille qu'il traînait derrière lui.

— Gillyanne ! s'écria-t-elle.

Elle s'apprêta à se relever, mais sir Cameron l'immobilisa en pressant doucement sa botte contre son ventre.

— Tu peux garder cette petite garce, gronda sir Renford en poussant sans ménagement Gillyanne vers Bearnard. Elle est malade.

Bearnard s'écarta, les bras levés pour ne pas toucher la jeune fille. Elle se précipita vers Avery, mais s'arrêta avec un couinement terrifié quand Cameron tira son épée pour la brandir dans sa direction.

— Vous tueriez une enfant ? intervint Avery, trop effrayée pour se taire ou même continuer à prétendre qu'elle était française.

— Vous avez entendu, elle est malade.

Avery contempla Gillyanne et sourit. La peau très claire de la jeune fille était couverte de boutons. Ses yeux légèrement vairons étaient rouges, ses paupières gonflées.

— Laisse-moi deviner, il t'a donné des fraises ? demanda Avery à sa cousine.

— Oui… enfin, non. Il en avait dans sa chambre, et j'en ai englouti quelques-unes pendant qu'il avait le dos tourné.

Cameron hésita un instant, puis rengaina son arme.

— Vous l'avez dupé.

Il leva le pied pour libérer Avery, puis regarda, les sourcils froncés, Gillyanne se jeter dans les bras de la jeune femme.

— Vous auriez trouvé plus honorable qu'elle laisse ce porc de Français la violer ? répondit cette dernière.

— Ce n'est qu'une enfant, souffla Donald en contemplant sir Renford avec un dégoût mal dissimulé.

— Elles parlent anglais ! s'écria Bearnard en fermant la porte sur sir Renford qui s'éloignait en vitupérant.

— C'est ce qu'on dirait, approuva Cameron. Je crois même qu'elles nous viennent d'Écosse.

— C'est vrai qu'une parente des Lucette vit là-bas. Pardon, mais… tu es sûr que c'est une bonne idée de laisser cette malade toucher l'autre fille ?

— Tu crains qu'elle ne perde de sa valeur ? Rassure-toi, ce mal ne se transmet pas.

— Dans ce cas, es-tu prêt à prendre les deux en guise de paiement ?

— Je n'ai pas vraiment le choix, n'est-ce pas ? De toute façon, si je n'arrive pas à en tirer quoi que ce soit, je pourrai toujours te retrouver.

À la surprise d'Avery, sir Bearnard pâlit et acquiesça nerveusement.

— Je te souhaite un bon retour parmi les tiens, Cameron.

— C'est un Écossais ! chuchota Gillyanne à l'oreille d'Avery. Ça veut dire qu'on n'a plus rien à craindre ?

— Rien n'est moins sûr. Il nous a acceptées en règlement d'un pari perdu, ce qui n'est pas vraiment une conduite digne d'un gentilhomme. Je ne le trouve pas très rassurant non plus… et puis ce nom de MacAlpin me préoccupe, même si je n'arrive pas à me rappeler pourquoi.

Une fois sir Bearnard sorti, Avery toucha délicatement la joue de sa cousine.

— Tu te remettras vite ?

— Oui, ça me démange, voilà tout.

— Laisse-moi parler, dit la jeune fille quand Cameron revint vers elles.

L'Écossais contempla les deux frêles créatures qu'on venait de lui céder. Il avait toujours considéré de telles transactions comme particulièrement déplaisantes, mais savait bien que c'était un point de vue que peu de ses congénères partageaient. Il n'avait pas grand-chose en commun avec ceux aux côtés de qui il s'était battu au cours des trois dernières années. Cameron et ses hommes avaient progressivement pris leurs distances, ce qui avait en soi posé quelques problèmes. Il aurait seulement voulu ne pas voir un dernier traquenard se dresser devant lui avant de pouvoir retrouver l'Écosse, sa demeure, et avant tout, il avait besoin d'un peu de tranquillité.

Il était surtout désarçonné par la première jeune fille que Bearnard lui avait amenée. Elle était hirsute, sale, et visiblement n'avait pas la décence d'avoir peur. Elle portait des braies, et se promenait avec une dague attachée à la cuisse, qu'elle avait ravissante. Cameron la trouvait à la fois belle et intrigante, ce qui l'inquiétait quelque peu. Il lui avait fallu une bonne partie de ses vingt-huit années d'existence pour comprendre que les femmes qui éveillaient son désir ne lui apportaient que des ennuis. Il n'était certainement pas ravi de voir cette petite chose aux yeux dorés raviver une fièvre qu'il refrénait pourtant depuis près de trois ans. Pas une seule fois au cours de ces longs mois il n'avait chancelé et n'avait enfreint son vœu de célibat… mais Dieu sait qu'il se sentait faiblir en cet instant.

Il étudia attentivement la jeune fille pour tâcher de comprendre pourquoi son sang bouillait ainsi. Elle était menue – une fois debout, elle devait lui arriver à la poitrine – et très svelte, bien loin des femmes plantureuses qu'il avait par le passé poursuivies de ses assiduités. Sa poitrine était petite mais ferme et délicieusement arrondie. Elle avait la taille très fine et des hanches harmonieuses. Cameron avait déjà pu constater que ses jambes étaient superbes et étonnamment longues pour sa taille. Sa peau était légèrement dorée et, Donald avait raison, ses yeux ressemblaient à ceux d'un chat. Ils étaient couleur d'ambre, et qui plus est un peu étirés, ce qui accentuait leur allure féline. Bordés de sourcils sombres et de longs cils, ils occupaient la plus grande partie de son visage en cœur. Son petit nez bien droit descendait vers sa bouche aux lèvres charnues. Une abondante crinière châtaine aux reflets d'or et soulignée de quelques mèches rousses menaçait d'engloutir le tout et venait frôler son bassin.

Cameron se massa la nuque et réprima de justesse une grimace. Inutile de se mentir, c'était une créature parfaitement exquise, et il avait tout intérêt à rester le plus loin possible d'elle s'il ne voulait pas rompre son vœu de célibat – chose qui serait sans doute impossible quand ils regagneraient l'Écosse ensemble.

— Qui êtes-vous ? demanda-t-il.

Avery songea tout d'abord à mentir, puis se ravisa. Même si cet homme la croyait, Gillyanne était trop jeune pour la suivre dans une duperie qui promettait d'être aussi longue que compliquée.

— Je suis Avery Murray, fille de sir Nigel Murray et de lady Sisek, une Murray de Donncoill, et voici ma cousine Gillyanne Murray, fille de sir Eric et de lady Bethia Murray de Dubhlinn.

Le visage de l'Écossais passa tour à tour de la surprise à la colère.

— Cameron, ce n'est pas un Murray qui..., commença Donald.

— Si, grogna-t-il en saisissant le poignet d'Avery pour la relever sans ménagement. Dites-moi, madame, connaîtriez-vous par hasard un certain Payton Murray ?

— C'est mon frère.

Qu'avait donc bien pu faire Payton pour le mettre dans une telle fureur ? Avery tenta de s'écarter, et sentit la peur la gagner quand un sourire inquiétant se dessina sur son visage.

— Peut-être que ce cher vieux Bearnard s'est acquitté de sa dette, après tout.

— Nos familles vous paieront très généreusement pour nous retrouver saines et sauves.

— Oh, je n'en doute pas. Enfin, le destin me sourit. Imaginez ! Pour une fois qu'on me rembourse en nature, l'idiot que j'ai battu aux dés m'offre sur un plateau la sœur du scélérat qui a violé la mienne.

Avery contempla l'homme, bouche bée, abasourdie par ses accusations... puis la rage l'emporta. La jeune femme l'insulta et, le poing fermement serré, le frappa à la mâchoire. Cameron rugit, mais pris au dépourvu, il tituba, heurta un tabouret en reculant et tomba à la renverse, emportant Avery dans sa chute. Elle atterrit sur lui, le souffle coupé, mais agrippa la chevelure de son adversaire à deux mains et lui cogna plusieurs fois la tête contre le sol, jusqu'à ce que l'étreinte de ce dernier sur ses poignets devienne trop douloureuse. Cameron la lâcha pour se frotter le crâne, et elle en profita pour le frapper de nouveau. Elle tenta alors de s'enfuir, mais l'homme attrapa le bas de sa robe et tira brutalement.

Avery heurta violemment le sol. Elle se retourna sur le dos et, voyant que Cameron s'apprêtait à la clouer à terre, lui décocha un coup de pied en plein visage. Il grogna, mais ne renonça pas pour autant. Avery se débattit de toutes ses forces pour ne pas être immobilisée.

Du coin de l'œil, elle vit Gillyanne sauter sur le dos de l'homme et lui enserrer le cou de ses bras malingres. L'enfant essaya de lui tirer la tête en arrière, et Avery en profita pour lui assener un nouveau coup de poing.

— Donald, débarrasse-moi de ce petit démon ! tonna Cameron.

Il ne fallut guère de temps au garçon pour décrocher la minuscule Gillyanne, et encore moins à Cameron pour plaquer Avery au sol. Tout en lui lançant un regard haineux, elle prit conscience qu'il avait fait tout son possible pour ne pas lui faire trop mal. Elle ignorait encore pourquoi, mais se promit d'y réfléchir.

— Mon frère n'est pas un violeur !

— Ce n'est pas ce que dit ma sœur, rétorqua Cameron en la soulevant, les deux poignets serrés dans une seule de ses grosses mains.

— Et vous avez eu vent de ce mensonge ici, alors que vous serviez sous les ordres de ces assassins de DeVeau ?

La façon dont Avery avait craché ce nom, comme si c'était la pire des insultes, éveilla l'intérêt de Cameron, mais le moment était mal choisi pour satisfaire sa curiosité.

— Mon cousin Iain, qui fait office de laird de Cairnmoor en mon absence, a dépêché un messager pour m'apprendre la nouvelle. J'ai bien mis une quinzaine de jours pour me défaire de toutes mes obligations, mais je suis enfin libre de rentrer chez moi pour m'occuper de ce problème.

Avery se rappela alors pourquoi le nom de MacAlpin ne lui était pas inconnu. Elle l'avait lu dans la dernière lettre que sa mère lui avait envoyée. Elle y évoquait un « petit malentendu » à régler avec ce clan, et suggérait ensuite à mots couverts que sa fille et Gillyanne passent encore un peu de temps avec leurs cousins français. Avery s'employait à écrire à lady Sisek pour lui demander ce qu'elle entendait exactement par « malentendu » quand les DeVeau avaient attaqué. Elle comprenait à présent mieux pourquoi sa mère voulait que sa cousine et elle restent là où elles étaient. Le viol de la sœur d'un laird était un crime très grave, susceptible de provoquer des guerres sanglantes et une querelle sans fin entre clans.

— Avez-vous déjà rencontré mon frère, ou un membre de ma famille ? interrogea Avery.

— Oui, sir Balfour, une fois, à la cour, répondit Cameron.

Il la poussa sur le lit et ramassa des menottes posées sur un gros coffre pour l'attacher à l'une des colonnes.

— On a du mal à garder ces dames dans son lit, à ce que je vois, dit-elle.

Donald hoqueta et Cameron rougit imperceptiblement. Peut-être n'était-il pas très avisé de mettre en rage son ravisseur.

— J'ai acheté ces entraves pour les rapporter à Cairnmoor, car elles sont plus solides et plus confortables que les nôtres, gronda-t-il, les dents serrées.

Mais pourquoi ressentait-il le besoin de se justifier auprès de cette petite impertinente ?

Avery se contenta de hausser les épaules.

— Et où donc Payton aurait-il commis un tel crime contre votre sœur et votre clan ?

— À la cour. Iain et ma tante y avaient emmené ma sœur pour la marier.

— Dans ce cas, pourquoi cette histoire n'a-t-elle pas été réglée là-bas ? Le roi lui-même aurait pu faire office de juge.

— Ma sœur n'a parlé qu'une fois revenue à Cairnmoor. Tout le clan la pressait pour qu'elle accepte d'épouser sir Malcolm Cameron, mais elle s'obstinait à refuser. Elle a fini par avouer qu'elle ne pouvait pas se marier, car votre frère lui avait pris sa virginité de force – et comme si le crime n'était pas assez grand, elle pense attendre son enfant. Iain a bien tenté de résoudre le problème aussi pacifiquement que possible, mais Payton nie tout et refuse de l'épouser.

— Vous n'avez jamais rencontré mon cousin, dit Gillyanne. Il n'a pas besoin de prendre quoi que ce soit de force à une femme.

— Elle a raison, renchérit Avery. Pourquoi un homme essaierait-il de dérober ce que tant d'autres lui offrent volontiers ?

— Pour quelle raison une dame se déshonorerait-elle avec un tel mensonge ? demanda Cameron.

— Comment le saurais-je ? Je n'ai jamais rencontré votre sœur.

— Je crois que vous ne voulez pas voir quel homme est réellement votre frère.

Il prit Gillyanne par le bras et se dirigea vers la porte.

— Où emmenez-vous ma cousine ? s'écria Avery en s'élançant à leur suite…

Pour être aussitôt retenue par les menottes qui lui enserraient le poignet.

— Se nettoyer. Allons, viens, Donald. (Cameron lança un regard dédaigneux à sa captive.) Je vous fais apporter de l'eau pour vous baigner, et une robe.

— Et comment suis-je censée m'y prendre ainsi enchaînée ?

— Vous m'avez l'air d'une jeune fille intelligente, je suis sûr que vous trouverez une solution.

Chapitre 2

Avery contempla sa robe tandis que les deux servantes qui l'avaient aidée à se laver et à s'habiller s'empressaient de quitter la pièce. C'était un habit bleu foncé d'une grande élégance – tout du moins, il l'avait été jusqu'à ce que les deux femmes le découpent complètement sur un côté pour faire passer les lourdes menottes. L'épais fil noir employé pour le refermer nuisait certainement à sa délicate beauté. Avery se demandait bien où ce barbare de Cameron avait trouvé quelque chose d'aussi joli. En tout cas, s'il avait acheté cette tenue pour offrir à quelque maîtresse ou dame de son clan, elle était désormais en bien trop triste état pour cela, ce qui procurait une certaine satisfaction à la jeune fille.

Elle tenta une fois de plus de se libérer de la menotte, et grimaça quand elle s'égratigna le poignet. La chaîne qui la reliait à la colonne de lit n'était même pas aussi longue que ce dernier, ce qui restreignait considérablement ses mouvements. *Elle aurait été en revanche parfaite pour étrangler ce brigand aux yeux noirs*, songea Avery avec un sourire mauvais. Quand Cameron revint, il la trouva occupée à caresser doucement les maillons d'acier et à imaginer le visage de son bourreau virant au bleu. Elle savait que ces pensées sanguinaires auraient dû l'alarmer, mais elle était bien trop furieuse pour se raisonner.

— Où est Gillyanne ? s'écria-t-elle.

— Je l'ai laissée avec les femmes, répondit Cameron en ôtant sa chemise pour se diriger vers la table sur laquelle était posée une grande cuvette remplie d'eau.

— Quelles femmes ?

— Celles qui voyagent avec mes hommes.

— Vous avez laissé une enfant avec des catins ?

— Ce ne sont pas des catins. Deux d'entre elles sont mariées, et les deux autres le seront très probablement bientôt.

— Peu importe, je la veux avec moi.

— Je suis vraiment désolé, mais c'est impossible.

Avery regarda Cameron se laver, maudissant cette chaîne trop courte pour qu'elle puisse lui donner un coup de pied. Il parlait d'une voix douce, navrée, presque crédible, mais elle percevait le sarcasme enfoui sous cette fausse courtoisie. Jamais elle n'avait eu autant envie de faire du mal à quelqu'un.

— Elle s'inquiétera pour moi.

Avery comprit au regard que Cameron lui décocha tout en se séchant, que cet argument ne l'émouvait pas le moins du monde.

— Les femmes la dorloteront. Elles étaient ravies de l'accueillir.

Cameron s'assit au bord du lit pour ôter ses bottes et observa la jeune fille. Elle était folle de rage. Ses yeux dorés lançaient des éclairs et elle serrait les poings de toutes ses forces. Si elle avait encore eu sa dague, nul doute qu'elle lui aurait tranché la gorge.

Il souffla les bougies de la pièce puis s'allongea sur l'immense lit. Les bras croisés derrière la tête, il contempla Avery qui, de l'autre côté du matelas, n'avait pas bougé. Les seules chandelles encore allumées étaient de son côté, et leur lueur faisait briller les prunelles de la jeune fille tapie dans la pénombre, ce qui lui donnait l'air d'autant plus sauvage. Il vit alors comment sa robe avait été rafistolée et réprima un sourire.

— Venez vous coucher, ordonna-t-il.

— Dans ce lit ? Avec vous ? Ça m'étonnerait.

— Comme vous voudrez. Si vous préférez passer la nuit debout à me regarder, impuissante, c'est votre affaire.

Le mot « impuissante » la fit tressaillir. La jeune fille aurait tant voulu que sa chaîne soit un petit peu plus longue ! Elle aurait alors pu s'en servir comme d'un fouet. Avery savoura un instant cette pensée, puis soupira. Difficile d'imaginer Cameron attendant tranquillement qu'elle l'assomme.

Avery était particulièrement contrariée de constater qu'il avait raison : elle était en effet parfaitement impuissante, et il aurait été idiot de passer la nuit debout – pourtant, Dieu sait qu'elle aurait voulu en être capable. Cameron n'avait rien d'un satyre, mais elle savait très bien que les hommes les plus amicaux pouvaient devenir menaçants en moins de temps qu'il n'en faut pour le dire.

La jeune fille s'assit par terre et s'adossa contre le montant du lit. Le matelas contre lequel elle appuya la tête était garni de duvet, un luxe qui la surprit. Était-ce celui de Cameron ? Les DeVeau s'étaient-ils enrichis au point d'offrir de tels raffinements à leurs mercenaires ? Elle brûlait de se glisser sous les draps, de laisser son corps meurtri s'enfoncer dans les replis du matelas… mais lutta contre cette tentation. Il aurait été pure folie de se coucher aux côtés d'un homme qu'elle ne connaissait pas, et qui en voulait tant à son clan.

Elle jeta un regard furtif au colosse allongé sur le lit. Il n'avait pas dit de quelle façon il comptait se servir d'elle pour exercer ce qu'il nommait sa « juste vengeance ». Puisqu'il pensait que Payton avait violé sa sœur, il avait peut-être l'intention de faire exactement la même chose. Pourtant, ils avaient beau être seuls, et bien qu'Avery soit enchaînée, il n'avait pas essayé ne serait-ce que de la toucher.

Penser qu'on puisse accuser Payton de viol raviva sa colère, et dire que cet idiot croyait de telles balivernes ! On pouvait certes l'excuser, car ces accusations venaient de sa propre sœur. Cependant, avant de se lancer dans des représailles, il aurait pu s'assurer qu'elles étaient justifiées.

Mais quelle forme prendrait sa vengeance ? Avery était de plus en plus convaincue que Cameron n'était pas le genre d'homme qui s'abaissait à commettre un viol. Il était peut-être imposant, menaçant, pourtant elle ne se sentait pas en danger. Elle espérait seulement qu'elle ne se laissait pas abuser par sa beauté. En baissant trop sa garde, elle risquait de ne pas réagir à temps si jamais elle se trompait à son sujet.

— Qu'avez-vous l'intention de me faire ? demanda-t-elle enfin, incapable de supporter davantage son incertitude.

Elle avait besoin de réponses, aussi glaçantes soient-elles.

Cameron ouvrit un œil. Le visage de la jeune fille dépassait à peine du matelas. En dépit de la colère très affirmée qui se lisait sur ses traits, elle paraissait très jeune, délicate et terriblement innocente. Une part de son esprit était révoltée par ce qu'il s'apprêtait à faire, mais une autre se découvrait si attirée par la beauté d'Avery qu'elle le poussait à continuer et chassait sans aucune pitié tous les doutes qui l'assaillaient. La soif de revanche et le désir se mariaient trop bien pour qu'il espère leur résister. Et puis il ne lui ferait aucun mal, se dit-il pour apaiser ses scrupules. Tout bien considéré, il la traiterait même avec bien plus de douceur que n'importe quel autre homme dans les mêmes circonstances.

— Vous séduire, répondit Cameron, piqué au vif quand Avery, d'abord stupéfaite, sembla décidément amusée.

— Tiens donc ? Et je suppose qu'un impressionnant gaillard comme vous s'attend à ce que je me pâme à ses grands pieds ?

Cameron s'obligea à ne pas contempler cette partie raillée de son anatomie.

— Pas à mes pieds, non, et je préférerais que vous soyez consciente.

— Et moi que vous soyez mort, mais on n'a jamais vraiment ce qu'on désire en ce bas monde, n'est-ce pas ?

— Quelle violence ! Une jeune fille ne devrait pas menacer aussi promptement de tuer autrui.

— Ou de mutiler, car c'est une chose qui me tente également en ce moment.

— C'est une évidence, vous avez besoin d'être domptée. On vous a laissée trop libre. Vous feulez autant que vous le pouvez, mais croyez-moi, vous ronronnerez bientôt.

— Quelle suffisance.

Cameron tira sèchement sur la chaîne, arrachant un glapissement surpris à Avery. Elle se débattit vaillamment, mais il parvint à l'attirer sur le lit. Elle tenta alors de le frapper au visage, mais il la plaqua aisément sur le matelas.

— C'est la vérité, mon petit chat.

— Je ne suis ni une faible femme ni une traînée qui ne demanderait qu'un baiser pour se plier à vos désirs, surtout si ce n'est que pour couvrir de honte mon frère.

Le sourire de cet homme, quoique terriblement arrogant, était également beaucoup trop séduisant.

— C'est ce que votre frère a fait, et il ne s'est pas montré particulièrement délicat.

— Même si Payton était coupable du crime dont vous l'accusez, ce qui est parfaitement impossible, ce n'est pas vous qui devez avoir honte. La seule personne déshonorée dans cette affaire, c'est la charogne qui a fait ça.

— Ma sœur n'est plus vierge !

— Et vous l'êtes, peut-être ?

La mine médusée de Cameron manqua de lui arracher un éclat de rire. C'était très probablement un spectacle des plus rares.

— Ça n'a rien à voir ! répondit l'homme.

Cette jeune fille avait décidément un esprit aussi singulier que son apparence.

— Facile à dire pour quelqu'un dont les congénères se démènent comme de beaux diables pour voler aux demoiselles leur virginité avant de les condamner pour l'avoir si facilement abandonnée. Parler de honte quand votre sœur a vu son innocence lui être arrachée alors qu'elle n'a rien fait, c'est le comble de l'injustice.

Il y avait beaucoup de vrai dans ces paroles, mais Cameron était surtout intéressé par la colère qui émanait d'elles.

— J'ai l'impression que ce sujet vous met en rage.

— Ma cousine Sorcha, la sœur aînée de Gillyanne, a été battue et violée par des ennemis de mon père. Ils s'apprêtaient à en faire autant avec Elspeth, unc autre de mes cousines, quand mon père, mon oncle Balfour et mon oncle Eric sont arrivés. Aujourd'hui, Sorcha s'apprête à entrer dans les ordres. Vous croyez vraiment que mon frère serait capable de faire subir de telles horreurs à une autre après ça ?

Cameron sentait le doute l'envahir, mais n'en dit rien.

— Ça ne signifie rien. Et quand bien même ma sœur aurait été séduite, ou aurait attendu trop longtemps avant de dire « non », et parlerait à tort de viol, ça ne changerait rien. Il lui a dérobé son innocence et refuse de restaurer son honneur en l'épousant… je vais donc me charger de vous priver de la vôtre, en représailles.

— Comme c'est romantique ! s'exclama Avery en battant des paupières. Je crains de défaillir si vous continuez à me flatter de la sorte.

À son grand étonnement, Cameron eut envie de rire. Cependant, il n'aurait pas dû trouver drôles les paroles de la sœur de Payton, et il n'était de toute façon pas porté sur l'humour. Lady Avery était si petite, si frêle, qu'il n'osait pas peser de tout son poids sur elle, et pourtant elle le menaçait et le frappait dès qu'elle en avait l'occasion.

Cameron décida alors qu'il avait envie de l'embrasser. Les lèvres de la jeune fille, quoique serrées en une moue courroucée, le tentaient terriblement. Il descendit lentement vers elle, et sut quand il la vit écarquiller ses beaux yeux qu'elle avait deviné ses intentions.

— N'y pensez même pas, prévint-elle, heureuse de pouvoir prononcer ces mots d'une voix froide, très éloignée de ce qu'elle ressentait vraiment.

Car elle avait à vrai dire envie de goûter aux baisers de cet homme.

— Oh que si, j'y pense ! (Cameron pressa ses lèvres contre celles d'Avery.) Et me mordre serait une très mauvaise idée.

Il s'appuya sur la jeune fille pour l'immobiliser et lui prit le visage à deux mains.

— J'ai bien l'intention d'assouvir ma curiosité.

Sans la laisser répondre, il plaqua sa bouche contre la sienne. Avery fit tout ce qui était en son pouvoir pour ignorer la douceur de ses lèvres et empêcher son sang de bouillir. Elle refusa d'accueillir sa langue, et Cameron la mordilla doucement. Elle hoqueta malgré elle, lui laissant le champ libre. Elle oublia alors toute envie de le mordre, et se retrouva à lutter contre son propre désir.

Avery se trouva soulagée d'être ainsi immobilisée : elle n'aurait pas voulu que ce maraudeur sache à quel point elle avait envie de frotter son corps contre le sien, de caresser sa peau bronzée, son torse musclé, d'enfouir les doigts dans cette crinière noire qui lui frôlait le visage. Si seulement elle avait pu ralentir les battements de son cœur !

Avec cette soudaine vague de passion vint la peur. Avery ne comprenait pas. Cet homme avait l'intention de la déshonorer pour que son clan tout entier soit marqué par la honte. Il accusait et insultait son frère. C'était un parfait inconnu, qui l'avait acceptée en paiement de quelque dette. Elle n'aurait dû ressentir que peur et dégoût, mais il avait suffi d'un baiser pour que tout son être s'embrase. Elle voulait arracher son pagne de cuir, embrasser chaque centimètre de sa peau, l'accueillir en elle avec une ardeur qui lui donnait mal au ventre.

Cameron releva enfin la tête, et elle veilla à garder les paupières bien fermées. Sa mère avait coutume, pour taquiner son père, de lui assurer qu'elle devinait toujours ses pensées impures en le regardant dans les yeux. Avery avait hérité de ces derniers, et elle craignait que Cameron ne puisse y déceler la passion qui l'habitait.

— Avery, regardez-moi, ordonna-t-il en prenant le menton de la jeune fille.

Il constata sans surprise que sa propre voix était quelque peu enrouée.

Comment pouvait-il ressentir une telle fièvre ? Son corps tout entier tremblait. Pourtant, rien chez Avery Murray n'aurait dû le mettre dans cet état : elle était trop maigre, trop impertinente, et se laissait trop emporter par ses émotions. Néanmoins, de sa vie il n'avait jamais autant désiré une femme. Cameron avait beau se répéter qu'après une période de célibat aussi longue, il aurait ressenti la même chose pour la première venue, il n'arrivait pas à s'en convaincre. Avery avait éveillé quelque chose de profondément enfoui en lui, et il voulait savoir si ce sentiment était réciproque. Il avait compris que les yeux de la jeune fille trahissaient ses émotions, et brûlait d'envie de les contempler. La voir se forcer à garder les paupières closes ne faisait qu'attiser sa détermination.

— Ouvrez les yeux.

— Je ne peux pas. Je me suis évanouie de dégoût.

Cameron aurait très mal pris cette insulte si elle n'avait pas été prononcée d'une voix aussi rauque que la sienne. *Très bien.* La jeune fille avait décidé de se montrer têtue ; un petit subterfuge était de mise.

— Donald ! Pourquoi as-tu ramené la petite ici ? lança-t-il en direction de la porte.

— Gillyanne ? s'écria Avery.

Sitôt les yeux ouverts, la jeune fille sut qu'elle avait été piégée.

— Vous n'êtes qu'un maudit scélérat, siffla-t-elle.

Cameron triompha intérieurement quand il vit le désir qui brûlait dans les pupilles d'Avery. Il y lut aussi une terrible colère, sans vraiment savoir si elle était dirigée contre lui, ou elle – sans doute un peu des deux. La petite Murray n'avait sans doute aucune envie de ressentir du désir pour son ravisseur. À dire vrai, même si Cameron avait hâte de se repaître de la jeune fille, il était également un peu préoccupé. Une telle passion, aussi soudaine que féroce, pouvait très vite provoquer des complications dont il n'avait vraiment pas besoin. Cameron n'avait pas l'intention de reculer, mais il serait sans doute plus sage de faire preuve de prudence.

— C'est vrai, mais je suis également l'homme que vous désirez, alors pourquoi ne pas vous laisser faire ?

Avery manqua de s'étrangler, effarée par tant d'outrecuidance. D'accord, il avait raison, même si l'admettre l'exaspérait au plus haut point. Il était incroyablement bel homme, grand, fort, et inquiétant juste ce qu'il fallait. De plus, comme le disait si délicatement Payton, selon toute vraisemblance, elle était prête à être cueillie. Peut-être aussi que les baisers de Cameron avaient le pouvoir de faire chavirer n'importe quelle femme. Avery lui en voulait surtout d'avoir évoqué avec désinvolture le désir absurde qu'elle éprouvait pour lui, et d'avoir affiché la certitude qu'elle lui céderait sans résister. Se croyait-il si fascinant, la pensait-il si faible ?

— Que diriez-vous de retourner dans votre trou comme le serpent que vous êtes ? demanda-t-elle d'un ton sucré.

— Et dire que c'est cette même bouche qui m'a si tendrement accueilli.

— Vous vous bercez d'illusions.

— C'est plutôt vous qui refusez de voir la vérité.

Cameron se laissa rouler sur le dos, ne se détachant qu'à contrecœur du corps agréablement chaud de la jeune fille. Il sourit légèrement en la sentant s'éloigner autant que possible de lui, sans pour autant quitter le lit.

L'homme se prit à regretter de ne pas avoir rencontré Avery dans d'autres circonstances, pour aussitôt se rappeler à l'ordre. De telles pensées étaient dangereuses. Elles pouvaient non seulement le dissuader de rendre justice, mais aussi lui faire oublier tout ce qui lui avait fait choisir le célibat. Il avait appris dans la douleur de quelles tromperies les femmes étaient capables, et n'était pas disposé à laisser une maigrelette aux yeux de chat lui faire oublier ces leçons. Cameron s'apprêtait certes à mettre un terme à une période de célibat aussi longue que pénible, mais il était bien décidé à ne plus jamais laisser la passion le mener par le bout du nez.

Avery s'était installée tout au bord du lit, au risque de se retrouver par terre au moindre mouvement ; restait à espérer que sir Cameron ne bouge pas trop dans son sommeil. Sous ses longs cils, elle observa cet homme capable de faire bouillir son sang avec une telle facilité.

Cameron semblait d'humeur maussade. Avery ne pensait pas qu'il puisse bouder parce qu'elle n'avait pas immédiatement succombé à ses charmes. À dire vrai, elle lui avait même montré de façon plutôt gênante qu'elle ne serait pas très difficile à séduire. Pourtant, au lieu d'avoir l'air insupportablement fier de lui, il avait la mine d'un homme qui venait de mordre dans une pomme trop acide.

La jeune femme se demanda soudain s'il n'était pas aussi troublé qu'elle par la passion qu'ils avaient déchaînée. Cette ardeur était trop forte, et menaçait d'avoir raison d'elle… mais peut-être en allait-il de même pour Cameron ? Il aurait sûrement du mal à se concentrer sur ses projets de vengeance si son désir était trop ardent.

Elle envisagea un instant d'employer cette passion contre lui, de faire de ce péril une arme… Allons, c'était ridicule. Ce genre de jeu requérait habileté en la matière et expérience, deux choses dont elle était complètement dépourvue. Elle savait certes ce que faisaient les hommes et les femmes ensemble, et avait même recueilli quelques précisions grâce à ses frères et à ses cousins, mais elle n'avait encore jamais embrassé un homme avant que ce ténébreux seigneur se serve sans lui en demander la permission. Elle avait tout au plus échangé quelques petits baisers avec ses cousins à titre d'exercice, et aucun n'avait fait naître un tel brasier dans ses entrailles. Tout en tâchant de trouver une position confortable, Avery jura de s'en tenir à une résistance acharnée.

— Si vous n'arrivez pas à dormir, nous pouvons toujours reprendre notre petit jeu, dit Cameron.

— Non, je ne pense pas. J'ai l'estomac fragile.

— Vous devriez vraiment prêter un peu plus attention à qui vous avez affaire avant de parler ainsi.

— Est-ce une menace ?

— Peut-être.

— Mon Dieu, j'en tremble.

— Attention, jeune fille...

— Pourquoi ? Vous avez l'intention de me frapper ?

Avery se retourna pour lancer un regard furieux à l'homme et découvrit sur ses traits une consternation qu'il s'employa aussitôt à cacher.

— Vous avez insulté mon clan, vous m'avez enchaînée, et vous vous apprêtez à me déshonorer pour vous venger à tort de mon frère. Pardonnez-moi si vos menaces ne m'émeuvent plus.

Que répondre à cela ? se demanda Cameron en regardant fixement le dos de la jeune fille. Après tout, elle avait raison. Il ferma les yeux, bien déterminé à trouver, et ce dès le lendemain à la première heure, de nouvelles façons plus créatives d'effrayer sa prisonnière.

Chapitre 3

— Avery !

La voix de Gillyanne parvint à distraire la jeune fille, jusqu'alors très occupée à lancer des regards haineux en direction de Cameron, qui s'éloignait lentement. Elle était soulagée de constater que sa petite cousine était saine et sauve, et parfaitement tranquille, mais cela n'apaisait qu'à peine sa rage. Après deux jours passés enchaînée à un lit, elle se retrouvait désormais les mains liées dans le dos et attachée à la selle de ce sinistre personnage. Si elle devait être traitée ainsi pendant tout le voyage, voir son clan assaillir Cairnmoor et massacrer jusqu'au dernier MacAlpin ne lui ferait ni chaud ni froid… elle risquait même de se réjouir du spectacle.

— Gillyanne, tu n'as rien ?

Elle fut heureuse de voir l'enfant contempler ses entraves avec colère. Sa cousine était trop petite pour être d'une quelconque aide, mais il était toujours réconfortant d'avoir quelqu'un de son côté.

— Non. Les femmes me cajolent, même si elles m'ont empêchée de te voir jusqu'à maintenant. Je crois qu'elles sont prêtes à tout pour moi, à part désobéir à sir Cameron. C'est la même chose pour les hommes, même si aucun ne me l'a dit de façon aussi claire. J'ai cru comprendre qu'ils ne sont pas tous d'accord avec le plan de leur maître, même s'ils ont tous très envie de voir Payton souffrir.

— Il n'a rien fait.

— Tu n'as pas besoin de m'en convaincre. C'est l'un des rares garçons de notre clan à ne nous avoir jamais botté les fesses, quel que soit le mauvais tour que nous lui jouions, nous autres les filles Murray. Un homme qui ne lève pas la main quand on remplit ses plus belles bottes de fange est incapable de blesser une femme.

— C'était donc toi…

— Ce jour-là, j'en avais assez de ses taquineries.

Les deux cousines éclatèrent de rire.

— Comment vas-tu ? demanda Gillyanne.

— Bien, compte tenu des circonstances. Je suis folle de rage d'être attachée ainsi, mais vois comment il a mis de la soie sous les cordes pour ne pas me meurtrir les poignets. Malgré ses grondements et ses airs menaçants, je vois bien qu'il essaie de ne pas me faire de mal.

— Il veut te séduire et ruiner ta réputation.

— Je sais. Il n'y est pas encore parvenu, si c'est ça qui t'inquiète.

— Je l'avoue. Allons, tu n'as qu'à tenir bon jusqu'à ce que notre famille vienne nous secourir.

Facile à dire. Cameron profitait de la moindre occasion pour la toucher, exciter ses sens, murmurer des paroles fiévreuses à son oreille et tenter de lui voler des baisers. Elle n'avait pas vraiment envie de repousser ses assauts, ce qui la contrariait au plus haut point. À la vérité, seule sa colère d'être entravée lui donnait la force de résister. Si Cameron se décidait à la détacher, elle savait que son ire faiblirait, et qu'il serait alors beaucoup plus ardu de lutter contre la tentation.

— Ma cousine, je crois que je ne pourrai pas résister aussi longtemps, murmura Avery en souriant devant la mine choquée de Gillyanne.

— C'est un très bel homme, admit cette dernière.

— Oui, mais il a le cœur noir, et il est prêt à tout pour que je pèche.

— Tu as presque dix-neuf ans, tu as forcément déjà connu la tentation, et tu as appris à y résister ?

— Je crains bien que non.

— Tu l'aimes ?

— Gillyanne, cet homme m'a enchaînée à un lit, attachée sur son cheval, et il veut se servir de moi pour attaquer ma famille et forcer le pauvre Payton à accepter un mariage dont il ne veut pas. Je serais complètement idiote d'être amoureuse de lui.

— Pas nécessairement. Il a tort, mais ne fait rien de pire que beaucoup d'autres à sa place. Et puis c'est évident, il n'emploiera pas la force contre toi. Tu n'es pas amoureuse ? Dans ce cas c'est le désir qui te ronge.

— On dirait bien.

Gillyanne tapota l'épaule de sa cousine.

— Résiste de ton mieux, mais sache que je ne te condamnerai pas si tu flanches… et je vois mal nos frères et cousins le faire, quand on voit avec quelle régularité ils succombent à la tentation. Quoi qu'il arrive, ne te tourmente pas. Qui sait ? Tu trouveras peut-être même le moyen d'oublier un peu les raisons pour lesquelles il veut te faire céder. Nous savons toutes les deux qu'un jour, il apprendra que sa sœur a menti.

— Oui, et il voudra alors peut-être se comporter en gentilhomme.

— Ce qui ne serait pas une si mauvaise chose si, à ce moment-là, tu es aussi amoureuse que tenaillée par le désir.

— Tout dépendra de ce que lui ressent… ah, revoilà cette brute.

Cameron réprima un sourire devant les regards assassins des deux jeunes filles. Elles avaient plus de cran que bien des hommes de sa connaissance, et il aurait très sérieusement craint pour sa vie si elles avaient été aussi grandes et fortes qu'eux.

— Retournez auprès des autres femmes, ordonna-t-il à Gillyanne.

L'enfant s'exécuta en marmonnant un chapelet d'imprécations toutes plus colorées les unes que les autres.

— Je n'ose imaginer les tourments que cette petite causera à quelque malheureux quand elle aura fini de grandir.

— Parfait. Certains trésors doivent se conquérir dans la douleur.

— Je vous ai pourtant obtenue très facilement.

— C'est vrai, on m'a jetée à vos pieds, moi, l'arme rêvée pour lutter contre ma famille… mais croyez-moi, vous n'êtes pas près de me manier.

— Ah bon ?

Cameron s'approcha, piégeant Avery entre sa monture et lui. Leur proximité suffit à lui faire bouillir le sang, et s'il interprétait correctement l'étincelle qui s'était allumée dans le regard de la jeune fille, il en allait de même pour elle. *Pourvu que ce soit le cas.*

Depuis qu'une ultime trahison l'avait poussé à renoncer définitivement à l'amour, Cameron se pensait incapable de comprendre les femmes – lui qui avait cru jusque-là, tout à son arrogance, qu'il pouvait lire dans leur cœur, et savoir quand lui et lui seul piquait leur désir. Il n'avait pourtant chaque fois trouvé qu'infidélité et, quand il s'était rendu compte que cela ne le choquait même plus, avait pris la décision de tourner le dos à tout cela. Mais Avery Murray ne ressemblait à aucune des femmes qu'il avait connues. Cameron n'aurait su dire si le feu qui brûlait dans ses yeux était provoqué par la passion, ou l'envie de l'égorger. *Sans doute un peu des deux.*

— Oh non, monsieur le rustre, pas près du tout.

Avery détestait la faiblesse que Cameron avait dévoilée en elle, la manière instinctive dont son corps réagissait au sien.

— Et pourtant, vous me titillez avec vos douces flatteries.

La jeune femme avait tout à la fois envie de rire et de faire taire l'impudent d'un coup de genou bien placé à l'entrejambe, ce qui la contrariait autant que ses basses pulsions. Elle avait toujours été très sensible à l'humour, qu'il soit subtil ou graveleux, caustique ou tendre. Il n'en fallait pas plus pour lui plaire. Cameron ne lui laissa pas le temps de diriger sa colère contre lui en le gratifiant de quelques paroles bien senties et la hissa sur la selle de son cheval avant de monter gracieusement derrière elle.

Avery comprit dès les premiers pas de la bête que le voyage serait éprouvant. Le torse puissant de Cameron se pressait contre son dos, elle était recroquevillée entre ses cuisses, et il l'enserrait dans ses bras musclés pour tenir les rênes. Elle devrait supporter d'être enlacée ainsi pendant plusieurs heures. À chaque mouvement de leur monture, leurs corps frottaient l'un contre l'autre d'une façon ou d'une autre. Avery commença à ressentir les effets de cette proximité sitôt les portes des DeVeau franchies.

La jeune fille voulut s'écarter, mais Cameron la ramena fermement contre lui. Elle tenta de rester aussi raide que possible, mais cette position la mettait dans un équilibre très précaire, et menaçait de les faire tomber tous les deux. Il était certes réjouissant d'imaginer l'homme affalé dans la boue, mais elle savait que c'était bien trop dangereux. Elle était attachée par les poignets à la selle de son cheval, et aurait risqué de se retrouver traînée dans une course folle par la bête affolée. Voilà qui l'empêcherait quelque peu de savourer l'humiliation de Cameron, songea-t-elle en souriant légèrement.

— Ravi de voir que vous êtes de meilleure humeur, lui lança Cameron.

— Rien d'étonnant à cela, j'essayais de vous imaginer à quatre pattes dans la boue.

Cameron s'empressa de tousser pour réprimer un ricanement. Cette petite impertinente n'avait pas besoin d'encouragements. Il avait bien compris que le corps délicat qui se pressait contre lui abritait des nerfs d'acier. Il avait peut-être comme il le supposait éveillé en elle un désir ardent, mais elle avait raison : il devrait livrer une bataille aussi longue qu'acharnée pour en récolter les fruits. Même tombée en pâmoison devant lui, elle aurait sans doute tenté de s'enfuir en rampant.

— Si je chute, vous chutez aussi.

— Je le sais bien, c'est pourquoi je n'ai pas encore essayé de vous jeter à bas de cette bête.

— Quelle admirable retenue !

— Je le pense aussi. Bien sûr, vous surveillez vos arrières ?

— Vous êtes désarmée, et devant moi qui plus est.

— Je pense aux DeVeau. Je ne serais pas étonnée si ces assassins cherchaient à vous reprendre les pièces tachées de sang avec lesquelles ils vous ont payé… ou s'ils avaient finalement décidé qu'ils n'ont pas très envie que vous parliez de ce que vous avez vu et fait en les servant.

— Vous vous faites du souci pour moi, à présent ?

— Mais quelle vanité ! Je veux seulement que ma petite cousine retrouve son pays saine et sauve… et puis je ne laisserai à personne d'autre que moi le plaisir de vous étriper.

— Avery Murray, vous êtes une femme impitoyable, soupira comiquement Cameron. Pourquoi détestez-vous tant les DeVeau ?

— Ce sont des porcs, et des assassins. Ils ont sans doute tué une bonne partie des miens.

— Peut-être, mais j'ai dans l'idée que la haine que vous leur portez est bien plus ancienne que ces récentes exactions.

Avery songea tout d'abord à lui répondre que tout ceci ne le regardait pas, mais changea très vite d'avis. La querelle qui opposait les Lucette et les DeVeau n'avait rien d'un secret, et les problèmes que ceux-ci avaient posés à sa famille par le passé non plus. En lui racontant tout, elle pourrait même dissuader les MacAlpin de prêter à l'avenir leurs lames à ces meurtriers, quel que soit le poids de la bourse offerte en échange. Elle était d'ailleurs soulagée que Cameron et ses hommes n'aient pas pris part à ces derniers crimes.

— Tout a commencé avec ma mère... même si les DeVeau cherchaient déjà des noises à ma famille avant. Ils s'en sont toujours pris aux plus faibles qu'eux, ceux qui ont moins de biens et de pouvoir. Pour obtenir la paix et apporter un peu de richesse à leur clan, on força ma mère à épouser lord Michael DeVeau en dépit de toutes les horreurs qu'on racontait à son sujet. Ces sombres histoires se révélèrent vite fondées : c'était un monstre, brutal et sans foi ni loi.

Une nuit, ma mère le retrouva mutilé et égorgé, et elle s'enfuit.

— Pourquoi ? Est-ce elle qui l'a tué ?

Il n'y avait pas le moindre accent de reproche dans la voix de l'homme, et pourtant Avery s'était abstenue de décrire le cauchemar que ce premier mariage avait été pour sa mère. De toute évidence, Cameron n'ignorait pas ce dont les DeVeau étaient capables.

— Non, mais elle savait qu'on l'accuserait : après tout, n'avait-elle pas menacé de le faire ? Personne ne l'écoutait quand elle parlait du calvaire qu'elle subissait, et elle avait souvent dit qu'elle y mettrait elle-même un terme. Mon père l'aida à gagner l'Écosse, alors qu'elle fuyait et se cachait déjà toute seule depuis un an. On finit par prouver que le meurtre avait été commis par des hommes venus venger l'une des leurs que lord Michael avait violentée, et ma mère fut enfin disculpée. Hélas, la rancœur entre nos deux clans avait eu tout le temps de s'enraciner profondément. En fin de compte, ce mariage a fait tout sauf apaiser la situation, d'ailleurs certains DeVeau croient toujours ma mère coupable. À la vérité, ils s'en moquent peut-être, et cherchent seulement un ennemi à détester.

— Ou alors ils n'apprécient guère que l'on révèle que l'un des leurs est un monstre.

— Possible. Ils n'ont pas non plus aimé voir ma mère recevoir un héritage non négligeable. Ce n'était qu'une maigre compensation pour tout ce qu'elle avait enduré, et il lui revenait de droit, mais les DeVeau détestent se défaire de leurs pièces.

— Même quand il s'agit de payer leurs mercenaires.

— Ça ne m'étonnerait pas.

— N'ayez crainte, j'ai pensé exactement la même chose, et je veille à ce que tout le monde soit sur ses gardes.

Avery aurait voulu savoir ce qu'il était advenu de son clan. Ce qu'elle avait appris au cours des deux derniers jours lui laissait entendre que le massacre n'avait pas été aussi terrible qu'il lui avait semblé. Restait à espérer que quelqu'un écrirait à sa mère pour détailler l'étendue des pertes que sa famille avait subies. Cela prendrait peut-être des mois, mais au moins connaîtrait-elle enfin la vérité. La jeune fille priait pour que les nouvelles soient bonnes, tout du moins suffisamment pour que ce jour ne vienne plus hanter ses rêves.

Le cortège fit halte vers midi sans avoir rencontré la moindre embûche en chemin, et Avery décida que les DeVeau ne seraient pas un problème… contrairement à celui, très sérieux, que lui posait sir Cameron MacAlpin. Après qu'elle avait passé la matinée à chevaucher dans les bras de cet homme, sa propre faiblesse lui sautait aux yeux. La jeune femme n'aurait pas pensé qu'il serait si dur de ne pas lui ordonner de l'emmener dans un endroit tranquille pour lui prouver qu'elle capitulait complètement. Seule consolation : elle était sûre que sir Cameron souffrait tout autant le martyre. Elle sentait la preuve bien solide de son désir se presser contre son dos, et espérait qu'elle gênait terriblement le rustre.

Sitôt ses mains détachées, Avery s'éloigna pour profiter d'un moment d'intimité terriblement nécessaire. Elle fit tout son possible pour ignorer le géant qui la suivait comme une ombre. Si elle en jugeait par ses joues écarlates, Petit Rob, son garde, était aussi gêné qu'elle, ce qui, chose étrange, la détendit un peu.

Une fois revenue avec les autres, elle regarda Gillyanne en souriant quitter à son tour l'abri des arbres, venant sans doute de soulager le même besoin qu'elle. L'enfant, elle aussi talonnée par un individu massif, était de toute évidence plus que furieuse. Avery constata avec amusement que le garde était quelque peu intimidé par la frêle créature. La situation était peut-être comique, mais elle signifiait surtout que pour s'échapper, les deux cousines devraient trouver le moyen de fuir ces deux impressionnants personnages.

— Tu as aussi l'intention d'écouter chacun de mes mots ? lança Gillyanne à son garde en se dirigeant vers sa cousine.

Les deux hommes reculèrent précipitamment de quelques pas.

— Gillyanne, ils ne font qu'obéir à leur laird...

— Je sais bien, c'est pour ça que je tolère ce balourd et que je ne l'ai pas assommé avec le premier bâton qui m'est tombé sous la main. (La jeune fille inspira profondément à plusieurs reprises.) Voilà, je suis calmée.

— Ça marche vraiment ?

— Parfois, quand je ne suis pas trop en colère. Comme tu l'as dit, Colin n'y est pour rien. En revanche, je déconseille à la brute qui t'attache à des lits ou des chevaux de s'approcher trop près de moi. Ce n'est pas trop difficile ?

— Non.

Avery prit le bras de sa cousine et partit d'un pas nonchalant. Elle entendit bientôt leurs deux gardes les suivre à contrecœur.

— Vraiment ? Tu me sembles un peu troublée… mais c'est juste une impression.

— Et ton sens de l'observation s'est toujours révélé bien trop affûté.

— Je sais, ça a l'air de faire très plaisir à tante Maldie. Toi aussi tu as un don, Avery. Tu as senti le danger approcher le jour où les hommes des DeVeau ont attaqué.

— Et on voit tout le bien que cela nous a fait.

— Nous sommes vivantes. Prises par surprise, nous aurions sans doute péri dans l'assaut. Et puis ainsi, les nôtres ont été prévenus. C'est vrai, il était trop tard pour qu'ils soient tout à fait prêts, mais grâce à toi, ils étaient un peu plus nombreux à brandir l'épée. Pendant que nous fuyions, j'entendais le résultat de tes mises en garde.

— Vraiment ?

Avery brûlait d'apprendre qu'elle avait sauvé ne serait-ce que quelques vies.

— Oui. Le premier son qui nous parvint fut le tintement des épées, et non les cris des mourants.

— Qui suivirent bien vite.

— Oui, hélas. Pourtant, ce fracas de l'acier contre l'acier, si terrifiant fût-il, veut dire que les DeVeau ont trouvé un comité d'accueil, même si celui-ci n'a réussi qu'à les retenir le temps que les autres prennent la fuite. Nous ne pouvons que prier pour les âmes de ceux qui ont péri… et pour qu'ils n'aient pas été trop nombreux.

— C'est ce que je fais, souvent.

— Nous avons d'autres problèmes pour l'instant.

— Oui, comme veiller à ce qu'il n'arrive rien de mal à Payton.

— Par exemple, murmura Gillyanne en regardant fixement Avery. Et comment apaiser les tourments de ton cœur.

— Quels tourments ?

— J'ai l'impression que ce désir devient dur à supporter.

— C'est un enfer. J'en ai l'estomac complètement noué. Une seule chose me réconforte : notre ravisseur semble souffrir du même mal. (Les cousines échangèrent un sourire.) Gillyanne, je ne crois pas que je pourrai résister très longtemps.

— Mon Dieu.

— Je sais.

— Dans ce cas, nous devons trouver un moyen de lui rendre cette victoire moins douce.

— Je m'y emploie. Payton doit savoir que cet homme ne m'a rien arraché, et que je lui ai offert ma virginité de mon plein gré. Il se sentira peut-être un peu moins coupable.

— En tout cas, ça déjouerait un peu les projets de sir Cameron.

Ce dernier venait justement dans leur direction. Avery maudit son cœur qui avait décidé de battre plus fort à sa simple vue – mais après tout, comment l'en blâmer ? Cameron était extrêmement séduisant. Avery devait trouver le moyen de faire d'une faiblesse une force, de transformer une humiliation en source de fierté. Ce ne serait certainement pas chose aisée, surtout quand Cameron n'avait besoin que d'un regard pour faire fondre sa détermination.

— Mais tout d'abord, j'ai l'intention de faire souffrir cet homme, chuchota Avery. Je vais le rendre fou de désir. Crois-moi, la vengeance sera le cadet de ses soucis quand enfin je lui céderai.

Les deux jeunes filles adressèrent de grands sourires à Cameron, et les pas de celui-ci se firent plus hésitants. Il aurait dû se sentir heureux et flatté d'être ainsi accueilli par des créatures aussi exquises. Mais alors, comment expliquer, tandis qu'il ramenait Avery près de son cheval, ce besoin soudain de revêtir la première armure venue ?

Chapitre 4

— Gillyanne, nous devenons paresseuses, déclara Avery alors que les deux cousines se promenaient à la lisière du campement.

— Vraiment ? répondit la jeune fille en contemplant une petite fleur bleue. Cela dit, la saison s'y prête.

— On cherche à nous faire oublier que nous sommes prisonnières – et que Cameron a toujours l'intention de se venger de Payton.

— Ce n'est pas très difficile avec un si joli printemps... Je m'étonne cependant que tu puisses oublier quoi que ce soit alors qu'il t'attache tout le temps.

— C'est fait avec une telle délicatesse que je m'y suis presque habituée. Je me rends compte que je ne suis plus aussi en colère d'être traitée de la sorte, ce qui me préoccupe beaucoup. J'ai l'esprit tellement embrumé par le désir que j'en viens à oublier la raison pour laquelle nous faisons route avec les MacAlpin.

— N'était-ce pourtant pas lui qui devait perdre la raison ? Enfin, c'est ce que tu disais il y a trois jours.

— Je suis trop perdue pour savoir si ça fonctionne. Je sens qu'il est de mauvaise humeur, mais comment déterminer si c'est parce que le désir le ronge, que ses projets de vengeance ne se déroulent pas comme il le voudrait, ou simplement parce que c'est dans sa nature ?

— Je dirais que c'est le désir, mais malheureusement, il n'est pas le seul à en être victime.

— Gillyanne, j'ai bien peur qu'en ce qui me concerne, les choses n'aillent encore plus loin que ça.

— Dans ce cas, tu peux faire comme Elspeth.

— Le harceler jusqu'à ce qu'il me cède ? (Avery éclata de rire.) Non, je n'ai pas les dons de notre cousine, et il me faudrait plus d'un baiser pour savoir si c'est l'homme de ma vie. Je pense qu'il l'est peut-être, ce qui expliquerait cette passion aveugle qui m'a assaillie par surprise – et pourquoi je ne le déteste pas, alors même qu'il veut se servir de moi pour nuire à mon frère. De toute façon, comment imaginer un avenir ensemble, avec ce qu'il projette de faire ?

— Cette histoire pourrait avoir un dénouement moins sinistre que tu le penses. À toi de décider si tu veux le pousser à te désirer plus que tout au monde. D'accord, le chemin qui t'attend n'est pas de tout repos, mais il ne mène pas forcément au désastre.

— Tu as peut-être raison. Quoi qu'il en soit, je trouve que nous rendons la tâche bien trop facile à nos geôliers.

— Avery, je ne crois pas que nous arriverons à nous échapper.

— Moi non plus, mais ça ne veut pas dire que nous ne pouvons pas nous y employer.

Les cousines se sourirent.

— Alors, qu'essayons-nous pour notre première tentative ? demanda Gillyanne. L'astuce, ou l'audace ? Petit Rob et Colin sont à bonne distance, et en grande discussion avec ça.

— Pour cette fois, soyons seulement hardies. À trois ?

Gillyanne hocha la tête et souleva ses jupes.

— Un, deux, trois !

Les deux jeunes filles partirent en courant.

Cameron accueillit par un juron le cri qui s'éleva du campement. Il fourra dans sa chemise la carte qu'il étudiait jusque-là avec son cousin Leargan et se leva d'un bond. La seule chose qui le surprit quand il vit les deux demoiselles Murray s'enfuir fut la vitesse à laquelle elles détalaient.

— Satané Petit Rob et satané Colin ! gronda-t-il en se lançant à leur poursuite. Je leur avais dit de les surveiller de près !

— Ce n'est pas complètement leur faute, répondit Leargan. Ce ne sont que des gamines, et elles se tenaient très bien jusque-là.

— Ce qui aurait dû nous mettre la puce à l'oreille.

— On dirait que tu parles de redoutables ennemis !

— La mère d'Avery a réussi à échapper aux DeVeau ivres de vengeance pendant une année entière, et pratiquement sans l'aide de personne. Son père lui a fait quitter la France, et ce malgré l'énorme récompense offerte en échange de leur capture. Sa cousine vient d'épouser Cormac Armstrong, un homme qui a fui les Douglas tout aussi remontés pendant plus de deux ans.

— Doux Jésus… ces filles ont sûrement appris une chose ou deux sur l'art de la fuite.

— Et elles courent bougrement vite avec ça. Occupe-toi de la petite.

— Elles le sont toutes les deux !

— Suis Gillyanne, je me charge de l'autre bête à chagrin.

Cameron ignora le rire de son cousin.

Voir Avery lui échapper ainsi l'enrageait bien plus qu'il ne l'aurait cru – sans doute avait-il du mal à supporter qu'elle ne soit pas aussi rongée que lui par le désir. Allons, pas question de se laisser aveugler par le doute : Avery souffrait elle aussi, c'était une évidence, et c'était peut-être même pour cela qu'elle avait décidé de fuir.

L'homme se précipita dans les bois, un sourire rusé aux lèvres. Il n'avait pas l'intention de la laisser partir alors qu'il était si près du but. Il avait eu tout le loisir de constater sa fébrilité. Plusieurs fois au cours de la journée, il n'avait eu besoin que de l'effleurer pour lui arracher un gémissement ou un frisson. Peu lui importait la vengeance en cet instant : il était seulement déterminé à ne pas laisser l'extase promise lui filer entre les doigts.

Avery fit signe à Gillyanne de partir sur la droite tandis qu'elle-même déviait quelque peu sur la gauche. Elles veillèrent à ne pas se quitter des yeux, tout en obligeant leurs poursuivants à se séparer. Avery lança un bref regard par-dessus son épaule, et ne vit que deux hommes sur leurs talons : Cameron et Leargan, son séduisant cousin. S'il y en avait d'autres, ils étaient loin derrière.

Avery commençait à trouver que ce petit jeu avait assez duré – elle était fatiguée, et Cameron gagnait du terrain – quand Gillyanne poussa un cri. La jeune fille changea aussitôt de direction et se précipita vers Leargan, qui venait de rattraper sa cousine. Elle nota, non sans une certaine satisfaction, que Cameron trébucha légèrement en tentant de la suivre.

Sans hésiter, Avery bondit sur Leargan. L'homme lâcha Gillyanne et tomba en avant. À califourchon sur son dos, la jeune fille le prit par les cheveux et frappa à plusieurs reprises sa tête contre le sol. Les encouragements de Gillyanne s'achevèrent en un couinement et elle ne fut pas surprise, en levant les yeux, de trouver Cameron qui immobilisait fermement sa cousine. Avery tira le poignard de Leargan de sa gaine, le força à redresser le menton et pressa la lame contre sa gorge.

— Je vous propose un échange, lança-t-elle à Cameron.

— Oh, non. Vous ne lui ferez rien.

— Vous en êtes vraiment sûr ?

— J'espère que c'est le cas, cousin, murmura Leargan.

— Absolument. Avery, vous ne pourriez jamais lui faire de mal, ou encore partir sans cette petite peste.

— Peste ? glapit Gillyanne.

— Vous avez raison, soupira Avery en lâchant Leargan pour se relever.

— Mon poignard, je vous prie, dit celui-ci, la main tendue.

Avery s'exécuta avec un juron. Gillyanne se précipita à ses côtés, et la jeune fille lui prit la main. Même si Cameron avait l'air furieux, le châtiment qui l'attendait ne la préoccupait pas outre mesure. L'homme l'assommerait peut-être de remontrances enragées, l'attacherait plus solidement, mais elle sentait en son for intérieur qu'il ne lèverait jamais la main sur elle.

— Vous vous figuriez vraiment pouvoir vous échapper ? interrogea Cameron en lui prenant le bras pour la ramener dans le campement.

— On peut toujours rêver.

— Et où pensiez-vous aller sans chevaux et sans provisions ?

Une remarque judicieuse, admit Avery, même si elle n'avait pas l'intention de révéler à Cameron qu'elle avait fait tout cela pour le taquiner, au risque de passer pour une idiote.

— Nous pensions nous réfugier dans l'église la plus proche.

— Demander asile, renchérit Gillyanne.

— Vous croyez vraiment que je vais avaler ça ?

Les deux cousines se contentèrent de hausser les épaules.

Ils retrouvèrent à l'orée du camp un Colin et un Petit Rob particulièrement penauds.

— Elles sont jolies et toutes menues, mais ne vous y trompez plus, ces deux diablesses sont rusées comme des renards, et je commence à me demander si elles valent la peine qu'on supporte leurs mauvais tours.

— Demander asile ? s'esclaffa Leargan en s'éloignant avec Cameron.

— Ces maudites gamines mijotent quelque chose. Elles sont beaucoup trop malignes pour penser que leur petite tentative d'évasion aurait pu marcher. Elles savaient qu'elles échoueraient, et c'est bien pour ça qu'elles n'avaient rien pris.

— Mais alors pourquoi avoir essayé ?

— Je ne serais pas étonné si c'était seulement pour me faire enrager.

— Tu crois qu'il a vu clair dans notre jeu ? s'enquit Gillyanne tandis que les cousines s'asseyaient devant la tente de Cameron pour prendre leur dîner.

— Il doit en effet se demander si nous n'avons pas fait ça pour le tourmenter, mais il ne prendra pas le risque de se contenter de cette explication, et va continuer à chercher une manigance plus vaste.

— Il ne fait pas vraiment confiance aux femmes, je me trompe ?

— Oh non, pas du tout.

— Ça ne va pas t'aider à gagner son cœur.

— Encore faudrait-il qu'il en ait un.

— Si ce n'était pas le cas, tu n'aurais pas tous ces soucis. Il le cache bien, voilà tout. Certains hommes sont comme ça.

— On en trouve aussi qui ne veulent plus rien ressentir pour aucune femme et musellent à merveille leurs sentiments.

— Mais il te désire !

— Ce n'est pas un sentiment, Gillyanne, ou plutôt, pas une émotion… Les hommes le ressentent beaucoup trop facilement… J'essaie simplement de dire que le désir ne vient pas du cœur. Néanmoins, il peut parfois faire une brèche dans le rempart que certains de ces messieurs construisent autour de celui-ci. Hélas, comme je ne parviens pas à deviner ce que Cameron a en tête, je ne peux me fier qu'à ce que j'éprouve.

— Je prie pour que l'homme que choisira mon cœur ne soit pas trop difficile à comprendre.

— Il ne le sera pas pour toi.

— Pourtant mon intuition ne fonctionne pas avec ceux que j'aime ou que je connais trop bien.

— Bien sûr, car c'est là que tu en aurais le plus besoin.

Gillyanne éclata de rire.

— Selon Maldie, mon don n'est pas en cause. Si je ne fais pas confiance à mes intuitions, c'est parce que mon cœur vient s'en mêler. Je crois que tu as le même problème.

— C'est ce qu'il me semble, répondit Avery en regardant Cameron parcourir le campement et parler aux membres de son clan. Pourtant, je connais cet homme depuis moins d'une semaine, et on ne peut pas dire qu'il me fasse la cour. Ça n'a aucun sens. Si je n'ai pas encore cédé à cette fièvre lubrique, c'est parce que je sais qu'il compte se servir de ma faiblesse contre ma propre famille.

— Une « fièvre lubrique » ?

— Je n'ai pas d'autre mot pour décrire ce que je ressens.

Cameron s'enfonça dans la forêt avec son cousin, et Avery constata sans grande surprise qu'elle ne réussissait pas à détacher son regard de ses fesses bien fermes.

— À plusieurs reprises aujourd'hui j'ai eu envie de le faire tomber de sa selle… Pourtant cette fois, ce n'était pas pour me réjouir de le voir affalé dans la boue, mais parce que je voulais me jeter sur lui et laisser libre cours aux désirs qui m'obsèdent.

— Pourquoi ne le fais-tu pas ?

— Je sais que nous avons évoqué des moyens de rendre ses projets de représailles moins douloureux si jamais je lui cédais, mais je ne peux rien faire pour oublier qu'il me veut dans son lit pour blesser notre famille.

Gillyanne roula des yeux.

— Crois-moi, cousine, Payton, sa sœur et sa vengeance seront bien les dernières choses qu'il aura en tête à ce moment-là. Tu dois seulement t'assurer qu'il n'a pas l'impression d'en sortir vainqueur, ou de t'avoir pris quoi que ce soit. Je ne veux pas pour autant dire que tu dois lui ouvrir ton cœur – il faut seulement qu'il comprenne que tu fais ceci de ton plein gré, et que tu ne le laisseras jamais t'utiliser contre ton frère ou ton clan. Comme c'est un homme aussi arrogant que les autres, il refusera de croire que tu puisses le priver d'une telle arme – mais tu sauras que c'est le cas. Laisse-toi guider par cette certitude.

— C'est un pari risqué.

— Mais le jeu en vaut la chandelle, non ?

— Oh oui.

— Tu comptes lui résister encore longtemps ?

— Difficile à dire. Je pense le laisser mijoter jusqu'à ce que je ne puisse plus y tenir.

Les deux jeunes filles éclatèrent d'un rire sonore.

— Elles s'esclaffent encore, grommela Cameron en revenant vers le camp.

— Ce ne sont pas des demoiselles comme les autres, ricana Leargan.

— Non, ce sont de sales gamines qui prennent un malin plaisir à faire de ma vie un enfer !

— Elle te plaît tant que ça ?

— Je n'ai jamais rien dit de tel.

— Tu n'en as pas besoin. Je le sens d'ici.

Cameron résista à l'envie soudaine de se renifler et regarda son cousin avec irritation.

— C'est une bonne chose, non ? J'aurais du mal à prendre ma revanche si cette jeune fille ne me faisait aucun effet.

— Mais tu ne préfères pas attendre d'être rentré pour observer la situation de plus près ?

— Ma sœur, ma tante et Iain racontent tous la même histoire. Quelle différence cela ferait-il de l'entendre une fois encore ? Non, je vais faire payer Payton Murray, et le contraindre à épouser ma sœur.

— En feras-tu autant avec la sienne ?

— Pardon ?

— Tu veux séduire Avery pour le forcer à se racheter auprès de ta sœur. S'il fait ce que tu attends de lui, il restera tout de même une jeune fille séduite par un homme qui refuse de l'épouser – qui plus est une innocente qui ne t'a rien fait.

— Je ne veux pas d'une femme, grommela Cameron, furieux que son cousin ait compris la faille de son plan.

— Chose que tu n'acceptes pourtant pas chez Payton. Cousin, tu es un homme plein de contradictions.

— Et toi, tu seras un homme couvert de plaies et de bosses si tu continues à parler de ça.

Leargan n'insista pas, et Cameron lui adressa un hochement de tête satisfait. Il savait néanmoins que son cousin ne s'estimait pas vaincu, et reviendrait bientôt à la charge.

— Raccompagne Gillyanne auprès des femmes, ordonna-t-il quand ils furent arrivés devant sa tente.

Une fois Leargan et Gillyanne partis, Cameron s'assit près d'Avery et se plongea dans la contemplation du feu. Il voulait chasser les paroles de Leargan de son esprit, mais ces dernières se révélaient tenaces. Inutile de se voiler la face, le fondement même de sa vengeance était injuste. Il comptait exiger de Payton qu'il prenne sa sœur pour épouse, sans pour autant avoir l'intention de faire de même avec Avery. Il avait beau se répéter que tout venait du jeune Murray, qui avait refusé de se comporter en gentilhomme, et savoir que son clan était derrière lui, impossible de faire taire ses remords. Pourtant, il ne pouvait pas se marier.

Au bout d'un instant Avery se leva et rentra dans la tente, laissant à Cameron le loisir de ramasser l'outre qu'elle avait abandonnée et de boire une grande rasade. Il était très tentant de s'enivrer. Le vin ferait taire tout à la fois son désir – ne serait-ce que momentanément – et ses scrupules. Hélas, une longue journée de route l'attendait le lendemain, et seul un imbécile aurait pris le risque d'affronter une telle épreuve diminué par les effets d'une nuit de beuverie.

Considérant qu'Avery avait joui de suffisamment d'intimité, il la rejoignit. Dès qu'il la vit allongée sur son lit rudimentaire, son estomac se noua. Il eut soudain envie d'arracher ses vêtements, de bondir sur cette couche et de se plonger en elle… de goûter chaque centimètre de cette peau dorée… de l'entendre hurler son nom.

Le cœur battant, les mains moites, Cameron se dévêtit pour ne garder que son pagne. Il se lava sommairement, se coucha à côté d'Avery et lui attacha le poignet au sien avec une bande de lin. Peu importait l'obscurité, il devinait son regard haineux.

— Vous ne pensiez pas vraiment réussir à vous échapper, je me trompe ?

Cameron se rapprocha de la jeune femme jusqu'à la frôler, et sourit quand il la sentit trembler. Il n'avait pas l'intention d'être le seul à souffrir.

— Il faut savoir saisir sa chance quand elle se présente.

Avery n'avait pas la place de bouger, et se trouvait obligée de supporter le contact de ce corps chaud et puissant.

— Sans nourriture, ni eau, ni couvertures, ni cheval ?

— Nous aurions trouvé ce qu'il nous fallait en chemin.

— Et dans un pays où rôde un puissant ennemi de votre clan ? poursuivit Cameron, ignorant cette fanfaronnade.

— Il semblerait que l'Écosse ne déborde pas elle non plus d'amis.

Il roula sur elle pour l'immobiliser.

— Avery, je n'ai rien contre vous.

— Bien entendu ! Quelle idiote je suis ! C'est par amitié que vous avez l'intention de me couvrir de honte.

— Si quelqu'un s'en prenait à l'un des membres de votre famille, je suppose que vous lui pardonneriez immédiatement et vous contenteriez de prier pour son âme.

— Je ne m'en prendrais pas à un innocent pour punir un coupable – et je ne veux pas dire par là que Payton l'est.

Cameron soupira… et embrassa Avery. La réaction de la jeune fille le fit frissonner de désir. Il sentit ses tétons durcir et se presser contre son torse, comme s'ils le suppliaient de les goûter. Elle se cambra, tout son corps révélant qu'elle partageait sa passion. Cameron détacha ses lèvres des siennes et la contempla, haletant, presque hors d'haleine. Il constata avec satisfaction qu'elle avait elle aussi le souffle court. Il aurait pu la prendre à cet instant, alors que la passion de la jeune femme ne demandait qu'à la trahir. Cameron savait qu'il était insensé de se refuser ce plaisir, mais il avait besoin qu'Avery soit consentante… Il voulait l'entendre dire « oui ».

— Pourquoi faites-vous comme si ce feu qui nous embrase n'existait pas ?

— Une seule chose nous unit : votre soif de vengeance.

— Ce n'est certainement pas la rancœur qui me fait trembler comme un homme frappé par la fièvre – et vous non plus.

— Je ne vois pas de quoi vous parlez. Je suis aussi calme qu'un lac par un soir d'été. (Cameron ricana.) Je ne vous laisserai jamais vous servir de moi pour faire du mal à ma famille.

— Pas à toute votre famille. Seulement à Payton.

— Je me battrai avec autant d'acharnement pour le sauver que vous pour défendre votre sœur. Bonne nuit, sir Cameron.

Il ne restait plus à Avery qu'à calmer les battements de son cœur si elle espérait trouver le sommeil.

— Vous finirez par vous rendre, Avery, dit Cameron au bout d'un long moment. C'est un sentiment trop fort.

— Peut-être, mais je ne vous laisserai pas l'utiliser contre mon frère.

Cameron n'aurait jamais cru qu'un « peut-être » pourrait l'exciter à ce point. La jeune fille n'avait certes pas capitulé, mais c'était plus que tout ce qu'elle lui avait offert jusque-là. Cameron ferma les yeux et tâcha de s'endormir, bien décidé, dès le lendemain, à redoubler d'efforts pour la faire céder et qu'enfin, ce « peut-être » devienne un « oui ». Il souhaitait seulement qu'il ne perdrait pas complètement la raison dans l'entreprise.

Chapitre 5

Avery avait peine à y croire : elle avait réussi à se libérer. Deux jours s'étaient écoulés depuis qu'elle avait obligé Cameron à la poursuivre dans la forêt, et comme elle l'avait prévu, il avait redoublé de vigilance… Il était également devenu plus hardi dans ses tentatives de séduction. Les deux dernières nuits avaient été longues et éprouvantes, et les journées guère plus faciles à vivre. Tous deux étaient épuisés par la lutte acharnée qu'ils se livraient. C'était sans doute pour cela qu'Avery se retrouvait à présent sur la monture de Cameron, les mains libres. L'homme était de toute évidence trop fatigué et trop distrait pour l'entraver correctement. La jeune femme se félicitait de n'avoir pas renoncé à éprouver chaque jour ses liens.

Elle chercha Gillyanne du regard et la trouva finalement près du groupe des femmes. Si elle parvenait à attirer l'attention de sa cousine, toutes deux pourraient tenter à nouveau de s'échapper. La jeune fille savait monter prestement sur un cheval, et cette fois elles auraient des provisions. Avery se demandait pourquoi elle restait assise sans rien faire au lieu de galoper immédiatement vers Gillyanne. La réponse à cette question tenait en un mot, comprit-elle avec dégoût : « Cameron ».

Comme si Avery l'avait invoqué, Cameron apparut à côté de son cheval et caressa la jambe de sa captive. Son air arrogant et sûr de sa victoire la décida à agir. Avec un sourire, elle lui montra ses mains libres et se délecta de la stupéfaction absolue qui se dessina sur ses traits. Elle lui donna alors un coup de pied en plein visage et éperonna son cheval en appelant Gillyanne. À son grand soulagement, sa cousine réagit instantanément et Avery n'eut qu'à ralentir légèrement l'allure pour qu'elle saute en selle. Elle entendit Cameron hurler dans leur dos et éclata de rire.

L'homme se releva en jurant abominablement. Il n'était pas très étonné de voir Avery manier sans difficulté l'immense étalon, ni même de constater que la petite Gillyanne pouvait monter sur une bête en mouvement. À vrai dire, il avait compris que plus rien ne le surprendrait chez les deux jeunes filles, surtout quand il s'agissait de lui rendre la vie impossible. Il se mit à hurler des ordres, tout en espérant qu'il n'avait pas l'air trop dément. Par bonheur, Leargan courait déjà vers lui avec deux chevaux sellés.

— Ce n'est pas toi qui parlais de les surveiller de très près ? demanda ce dernier.

— Un mot de plus et je te coupe la langue, gronda Cameron en lançant son cheval au galop.

— Si tu veux mon avis, tu ne les rattraperas pas, répondit Leargan sans s'émouvoir de cette menace.

Ta monture était la plus rapide de nos bêtes, et ces jeunes filles me paraissent être d'excellentes cavalières.

— Elles ne connaissent pas la région.

— Peut-être, mais il leur suffit pour nous échapper de s'éloigner suffisamment et de trouver une bonne cachette.

Et c'était exactement cela que Cameron redoutait. Si les deux cousines n'avaient pas de destination précise, impossible de savoir quelle direction elles allaient prendre. Il serait bientôt obligé de les suivre à la trace, une opération terriblement lente et fastidieuse qui leur donnerait un avantage décisif. De plus, il n'aurait pas été surpris de découvrir qu'elles savaient parfaitement comment maquiller leur piste. Les demoiselles Murray lui avaient déjà démontré qu'elles possédaient des talents inhabituels pour des filles de bonne famille. Cameron était cependant déterminé à ne pas laisser deux maigrichonnes le tourner en ridicule, même s'il devait pour cela les traquer jusqu'aux portes de Donncoill.

Midi était passé quand Avery décida qu'elles pouvaient faire halte en toute sécurité. Les deux jeunes filles glissèrent à bas de leur monture avec un grognement. Le boqueteau qu'elles avaient déniché était parfait : frais, ombragé, traversé par un petit ruisseau et offrant une abondance d'herbe bien verte pour le cheval. Gillyanne l'aida à essuyer la bête, lui donner à boire et l'attacher, puis toutes deux s'effondrèrent sous un arbre. Il leur fallut un long moment pour trouver la force de fouiller les sacoches du cheval en quête de nourriture et d'une outre. À sa grande joie, Avery y découvrit également la carte de Cameron et l'étudia attentivement en grignotant quelques galettes d'avoine accompagnées de vin.

— Pas facile de savoir où aller quand on ignore où l'on se trouve, murmura Gillyanne, les yeux fermés.

— C'est vrai, mais dès que je l'aurai découvert, cette carte nous sera d'une aide précieuse, répondit Avery en s'adossant au tronc, à côté d'elle.

— Tu crois que Cameron nous pourchassera longtemps ?

— Plus que nous ne le voudrions, en tout cas. Il est têtu comme une mule.

— Et puis nous avons volé son étalon.

— Certes, mais je pense surtout qu'il n'a pas apprécié d'avoir été roulé dans la farine par deux faibles femmes.

— Sa fierté a dû en souffrir.

— Et Dieu sait qu'il en a.

— Je suis un peu étonnée que tu aies résolu si promptement de partir.

— Promptement ? Pourtant, j'ai hésité… mais il a suffi qu'il me lance ce regard…

— Quel regard ?

— Celui qui semble te dire : « Je sais que j'ai gagné. » C'est à ce moment-là que j'ai décidé de lui donner un bon coup de pied dans le nez. (Gillyanne ricana.) S'il n'avait pas eu l'air si sûr de lui, je serais encore en train d'essayer de me convaincre de prendre la fuite. D'une certaine façon, j'avais envie de rester près de lui. Je me répétais sans cesse qu'en m'échappant, je courais le risque de ne plus jamais le revoir.

— Ne sois pas si dure avec toi-même, dit Gillyanne en tapotant la main d'Avery. C'est normal que tu n'aies pas voulu quitter cet homme, avec les sentiments que tu éprouves pour lui. Payton aurait compris.

— Ça ne suffira pas à apaiser ma culpabilité, je le crains. Je sais que c'est mal, mais mon plus grand regret demeure de ne pas m'être abandonnée à la passion au moins une fois avant de fuir Cameron.

— Ça aurait également été le mien.

— Vraiment ?

— Oui. Nos parents nous l'ont assez seriné, et Elspeth nous l'a répété à son tour : un tel mélange de passion et d'amour est chose rare et précieuse. C'est ce à quoi nous aspirons tous, et tu as vu une chance de l'obtenir. Pour te consoler, dis-toi que c'est la faute de Cameron si tu n'as pas pu savoir si ce désir était le fruit de ton amour pour lui.

— C'était en moi, murmura Avery en s'efforçant de retenir ses larmes. Oui, tout est la faute de cet idiot, et de sa sœur. Maintenant que j'y pense, nous avons sans doute très bien fait de nous enfuir, car j'aurais pu agir de façon très regrettable si on m'avait mise en présence de celle qui a accusé Payton. (Elle se releva et épousseta sa robe.) Il est temps de nous remettre en route. Nous pouvons aller plus lentement maintenant.

— Tu crois vraiment ?

— Nous n'avons pas vu Cameron ni Leargan depuis un bon moment. Ils doivent essayer de nous suivre à la trace, ce qui va les ralentir.

Avery monta à cheval, aussitôt imitée par Gillyanne, et aperçut quelque chose scintiller dans les arbres.

— Je n'arrive pas à le croire ! Il nous a retrouvées.

La jeune femme comprit soudain que cette lueur provenait d'armures… et qu'il y en avait beaucoup plus que deux.

— Ce ne sont pas eux.

En toute hâte, elle entraîna leur monture de l'autre côté du ruisseau, à l'abri des arbres.

— Mais alors qui est-ce ? demanda Gillyanne en s'accrochant à sa taille.

— Je l'ignore… Une armée, on dirait. Cachons-nous.

— Il ne vaudrait pas mieux au contraire fuir sans attendre ?

— Ces hommes sont trop près : si nous partons maintenant, ils risquent de nous voir ou de nous entendre… et puis nous avons tout intérêt à savoir qui d'autre rôde dans ces bois.

Avery se pencha en avant et posa une main près des naseaux du cheval, prête à étouffer ses piaffements si les circonstances l'exigeaient. Elle regarda le groupe de cavaliers s'arrêter pour faire boire les bêtes, et sentit son sang se figer quand elle remarqua que l'un d'eux portait un fanion aux couleurs des DeVeau. Leur présence en ces lieux n'annonçait rien de bon pour elles.

— Avery ? murmura Gillyanne.

— Chut ! Si j'arrive à saisir deux ou trois mots, je saurai peut-être ce que ces porcs font ici.

Avery décida très vite qu'elle en avait entendu plus qu'assez. DeVeau voulait récupérer son argent, et était prêt pour cela à exterminer tous les MacAlpin. Ils avaient été bien naïfs de croire que l'homme s'était résigné à voir partir une telle somme simplement parce qu'il ne s'était pas immédiatement lancé à leurs trousses. Avery prit conscience, en regardant les cavaliers partir, qu'elle était face à un terrible dilemme. Devait-elle continuer à fuir, ou rebrousser chemin pour prévenir les MacAlpin ? La jeune femme admit avec un soupir que son choix avait été fait dès qu'elle avait compris qui étaient ces hommes.

— Les DeVeau vont les tuer, observa Gillyanne.

— Je sais. Et dire que nous avions sûrement réussi, cette fois.

— Tu veux retourner les avertir ?

— Oui, dès que j'aurais trouvé le meilleur moyen de les rejoindre sans tomber sur les DeVeau en route.

— Je savais que tu prendrais cette décision.

— Pourquoi ? Cameron veut se servir de nous contre notre clan et contre Payton. T'échanger contre une rançon et me déshonorer. Ce n'est peut-être pas lui qui a attaqué nos cousins français, mais il était au service des DeVeau. Nous devrions souhaiter bonne chance à ces derniers et nous hâter vers le port le plus proche.

Avery poussa son cheval en direction du ruisseau.

— Et personne ne nous le reprocherait… mais nous n'en ferons rien, dit Gillyanne.

— Non. Nous allons risquer nos malingres personnes pour sauver nos geôliers. Cameron et les siens ont beau se fourvoyer, ils ne méritent pas de se faire massacrer.

— Je suis bien d'accord. Tu crois que nous arriverons à gagner le campement plus vite que les sbires de DeVeau ?

— Nous pouvons toujours essayer, et puis ils ne m'ont pas l'air très pressés.

— Ils ignorent peut-être où Cameron a dressé son camp ?

— Sans doute, mais ils savent vers quel port il fait route.

Avery lança le cheval au trot et rebroussa chemin – mais en droite ligne, cette fois.

— Ils ont peut-être fait preuve de déduction, à moins qu'un des MacAlpin ne l'ait révélé aux DeVeau… pas pour trahir Cameron, mais simplement parce qu'il ignorait dans quels abîmes de déloyauté peut se vautrer ce nouveau maître, poursuivit Avery. Guette le moindre signe des MacAlpin, et assure-toi que nous n'approchons pas trop près des DeVeau, ça me permettra de me concentrer sur le moyen le plus rapide de rejoindre le camp.

Tout en chevauchant, la jeune femme pria en silence. Malgré ce que Cameron lui avait fait subir et ses accusations calomnieuses, elle ne souhaitait certainement pas sa mort, ni celle de ses hommes – et il en aurait sans doute été de même si elle n'avait rien ressenti pour lui. Même si elle ne les connaissait que depuis peu, Avery appréciait les MacAlpin. Il ne lui restait plus qu'à faire tout son possible pour les avertir avant qu'il soit trop tard.

— Doux Jésus... Cousin, regarde, souffla Leargan, à la fois surpris et méfiant.

Cameron poussa un juron. Il était certes ravi de retrouver Avery et Gillyanne assez proches pour être capturées, mais se demandait bien ce qu'elles faisaient là. Elles avaient réussi une évasion admirable, parfaitement brouillé leur piste... il venait tout juste d'admettre qu'il les avait bel et bien perdues...

Et les voilà qui revenaient vers le camp.

— Tu crois qu'elles se sont perdues ? demanda-t-il sans trop y croire.

— Ce serait une explication très décevante.

— Mais alors que font-elles ici ?

— Nos amies ont peut-être décidé que nous sommes le moindre de deux maux. Elles sont suivies, cousin.

Cameron lança son cheval au galop ; au même moment, les deux hommes qui talonnaient les jeunes filles accélérèrent l'allure. Gillyanne cria, et Avery éperonna aussitôt sa monture. La poursuite promettait d'être serrée. Cameron fit signe à Leargan d'intercepter le premier cavalier, tandis que lui-même s'élançait vers son comparse.

Gillyanne poussa un nouveau hurlement. Avery se retourna et découvrit avec horreur que sa cousine était quasiment à portée des DeVeau. Elle reconnut alors les deux cavaliers qui avaient pris en chasse leurs poursuivants… mais malgré son soulagement, jugea préférable de continuer à déguerpir.

— Ce sont Cameron et Leargan ! s'écria Gillyanne.

— Je sais.

— Tu ne veux pas t'arrêter ?

— Non. Les DeVeau sont beaucoup plus près que je ne le pensais, et je suis sûre que Cameron va nous faire perdre du temps en exigeant des explications – ou en hurlant sans même me laisser prononcer un mot.

— Qu'entends-tu par « plus près » ?

— À dix minutes, quinze tout au plus.

— Dans ce cas, hâte-toi, ma cousine.

— J'en ai bien l'intention.

Cameron regarda l'homme qu'il venait de tuer tomber à terre, s'empara des rênes de sa monture, puis constata que Leargan en avait fait autant avec l'autre cavalier. Chose étrange, Avery continuait à galoper vers le campement.

— Pourquoi fuient-elles encore ? interrogea Leargan tandis que les deux hommes s'élançaient aux trousses des petites Murray.

— Je crois que nous devrions plutôt nous demander ce que faisaient ces DeVeau ici.

— Des DeVeau ? Tu en es sûr ?

— Parfaitement. J'ai reconnu celui que je viens de tuer.

— Ils sont venus nous attaquer ?

— Je le crains.

Leargan jura furieusement, puis murmura :

— Ces demoiselles essaient de nous sauver la vie.

Cameron se contenta de hocher la tête. Ce coup de théâtre promettait de le mettre dans une situation compliquée. Avery et Gillyanne avaient manifestement renoncé à lui échapper définitivement pour les prévenir, lui et les siens. Elles avaient même pris des risques pour cela. Ses hommes estimeraient sans nul doute qu'elles méritaient d'être récompensées. Cameron tenta en pure perte de se convaincre qu'Avery avait uniquement agi ainsi pour bénéficier à la fois de la liberté et d'une escorte jusqu'à la fin de son voyage. Son cynisme pourtant solide refusait d'opérer dès que la jeune fille était concernée.

Peu importait, il s'en tiendrait à son plan initial. L'honneur de sa sœur passait avant tout le reste, et se servir d'Avery demeurait le meilleur moyen de la venger – et de lui offrir le mari dont elle avait besoin. Il savait que la jeune Murray comprendrait sûrement, mais cela n'apaisait en rien sa culpabilité. Même consciente qu'il ne pouvait lui offrir la liberté, elle ne lui laisserait jamais oublier qu'il avait une dette envers elle.

— Les DeVeau attaquent ! hurla Avery en entrant au galop dans le camp des MacAlpin. (Elle fit cabrer son cheval.) Ils seront bientôt là !

— Mais ce ne sont pas nos ennemis ! protesta Petit Rob.

Cameron arriva à son tour et sauta à terre avant même que sa monture se soit arrêtée.

— Maintenant, si, répondit-il. Ils veulent reprendre l'argent qu'ils nous ont donné.

— Ils sont proches ? s'enquit un guerrier solidement charpenté.

— Ces deux hommes étaient des éclaireurs ? demanda Cameron à Avery.

— Oui, et je ne pense pas que nous ayons beaucoup distancé le reste de ce qui semble être une troupe de bonne taille. Les autres devraient arriver d'ici quelques minutes.

— Ou moins, ajouta Gillyanne en désignant un nuage de poussière.

Avery et Gillyanne furent entraînées par les autres femmes, chacune de ces dernières emportant avec elles toutes les denrées qu'elles pouvaient porter. Elles étaient escortées par trois pages et deux écuyers, qui menaient avec eux les chevaux. Le groupe s'immobilisa à tout juste quelques dizaines de mètres du camp, à l'abri des arbres. Elles en seraient donc réduites à regarder le combat en spectatrices, prêtes à prendre la fuite si les choses tournaient mal. Seul un jeune page était resté en arrière ; il se cacherait jusqu'à la fin de l'affrontement, puis viendrait leur en annoncer l'issue. Il serait alors temps de venir chercher les blessés. Avery n'osa pas demander si elles étaient également censées enterrer ou emporter les morts.

Cameron et ses hommes s'apprêtaient à affronter des ennemis deux fois plus nombreux qu'eux, et à cet instant Avery pria pour que les MacAlpin ne paient pas trop cher la décision insensée de donner leurs lames à un DeVeau. Elle espérait que les sbires de ce dernier n'étaient pas prêts à mourir pour rapporter à leur maître le salaire de ses mercenaires, et que si le pire venait à se produire, Gillyanne et elle ne se retrouveraient pas sous la griffe de leur vieil ennemi.

La charge fut brutale, fulgurante, tonitruante. Avery vacilla comme si elle avait elle-même essuyé le premier assaut. Elle comprit, en entendant ses congénères hoqueter, qu'elles partageaient ce sentiment. On ne pouvait sans doute pas rester impassible devant une telle explosion de violence.

Cameron et ses hommes avaient pris place sur un petit promontoire qui leur conférait un avantage léger mais bienvenu pour affronter leurs adversaires à cheval. Les MacAlpin s'étaient disposés en cercle, au centre duquel s'étaient postés leurs deux meilleurs archers. Avery se prit à espérer : si les DeVeau n'étaient pas trop déterminés, la stratégie de Cameron pourrait bien lui offrir la victoire.

Il devint très vite impossible de suivre la bataille dans son ensemble ; Avery se concentra donc sur Cameron. Elle retenait son souffle chaque fois que les DeVeau s'agglutinaient autour de lui, et soupirait de soulagement dès qu'il les repoussait. Elle comprit aux petits cris des autres femmes que certains de ses compagnons avaient été touchés, mais pas une seule fois elle ne le quitta des yeux. Elle priait seulement pour ces malheureux, espérant chaque fois qu'ils ne soient que blessés.

Même si Avery avait l'impression que l'affrontement durait depuis plusieurs heures, il ne fallut sans doute que quelques minutes aux MacAlpin pour prendre le dessus. De nombreux DeVeau gisaient au sol, morts ou fort mal en point, et leurs compagnons semblaient être conscients à présent du prix que leur coûtait ce combat. Un de ces guerriers aida un comparse à quitter le champ de bataille en titubant, puis deux, puis trois, jusqu'à ce que tous battent en retraite. Avery déploya des trésors de volonté pour ne pas se ruer sur le champ de bataille avant que tous les DeVeau aient disparu dans la forêt. Elle vit alors Cameron tomber à genoux et se précipita vers le promontoire, aussitôt imitée par les autres femmes. À chaque foulée, elle pria pour que Cameron soit indemne ou qu'il ne soit que légèrement blessé, terrassé seulement par l'épuisement.

Chapitre 6

Cameron eut tout juste la force d'ordonner à l'un de ses hommes de suivre les DeVeau pour s'assurer qu'ils battaient véritablement en retraite, puis il s'effondra. La bataille avait été aussi brève qu'enragée, mais il avait l'impression qu'elle avait duré toute la journée. Cameron entendit Leargan haleter à ses côtés, prouvant ainsi qu'il était encore vivant, et il décida de s'accorder un moment pour reprendre des forces avant de constater l'étendue de leurs pertes.

Une petite main se posa sur son bras, le tirant de sa stupeur : Avery le contemplait avec inquiétude. Elle venait de lui sauver la vie, ainsi que celle de tous les hommes qui avaient survécu à l'affrontement. Il aurait dû lui rendre sa liberté – mais malgré ses remords, il savait qu'il n'en ferait rien. Le désir qu'il éprouvait pour elle et le besoin de venger sa sœur étaient trop forts.

— Vous êtes blessé ? demanda la jeune fille.

— Je ne saurais dire, répondit Cameron.

— Il semblerait que vous ne souffriez que d'une légère estafilade au bras, annonça Avery après l'avoir inspecté.

— Et les autres ? s'enquit-il en la laissant s'occuper de sa blessure.

— Un de vos hommes est mort, un autre est entre vie et trépas, et trois autres sont blessés mais devraient se remettre s'ils sont correctement soignés.

Une fois la plaie nettoyée, Avery la couvrit d'un onguent, puis banda son bras en haussant les épaules.

— Si vous préférez, je peux la recoudre. La cicatrice n'en sera que moins grande.

— Laissez-la faire la taille qu'elle veut.

Avery ne s'étonna pas d'une telle réponse. Les hommes qui couraient tête baissée dans la bataille et affrontaient la mort sans ciller tremblaient toujours devant une aiguille, ce qui ne manquait jamais de l'amuser. Elle ramassa son nécessaire de soins et se releva, prête à aller aider d'autres blessés puis, sur un coup de tête, se pencha brusquement pour déposer un baiser sur les lèvres de Cameron. Son air parfaitement abasourdi valut à lui seul ce moment d'égarement. Elle partit avant qu'il puisse recouvrer ses esprits.

— On dirait que la victoire est plus proche que je ne le pensais, observa Leargan.

Cameron dévisagea son cousin pendant un long instant, interdit.

— Tu es là ?

Leargan poussa un petit grognement sardonique et se redressa avec effort avant d'aider Cameron à en faire de même.

— Enfin, tu me remarques ? Je croyais que je m'étais changé en pierre. Au moins, cette jeune fille a daigné m'accorder un instant pour s'assurer que je n'étais pas blessé, elle.

— Elle a manifestement des dons de guérisseuse.

— Sa cousine aussi. (Leargan désigna de la tête Gillyanne qui aidait Avery.) On raconte que l'une des Murray, la femme de lord Botolf, je crois, est une guérisseuse de renom.

— Mais bien entendu. (Cameron secoua la tête, ce qui faillit lui faire perdre l'équilibre.) Je commence à croire que ces demoiselles Murray savent tout faire. C'est exaspérant.

Leargan ricana.

— Elles nous ont sauvé la vie.

— Je sais.

— Et pour ça, elles ont renoncé à la liberté.

— Oui, je sais, soupira Cameron. Mais n'oublie pas que deux jeunes filles qui voyagent seules risquaient de se retrouver face à mille dangers.

— Tu n'es pas prêt à abdiquer, je me trompe ? demanda Leargan après avoir marmonné quelques jurons bien sentis.

— Je ne peux pas !

— À cause de ta sœur ?

— Oui. Avery Murray pourrait être aussi pure et aussi innocente qu'une nonne, ça n'y changerait rien. Je dois venger son honneur, et Avery est ma meilleure arme pour cela. Si je ne peux pas tourner le dos à ma sœur, il en va de même pour Payton avec la sienne. Mais rassure-toi, je tempérerai mes actions.

— Tu ne vas pas déshonorer cette malheureuse ?

— Ça, je ne peux pas te le promettre.

— C'est bien ce que je pensais. Tu brûles de désir pour elle, on ne voit plus que ça !

— Arrête de me regarder si ça te dérange, grommela Cameron. (Il inspecta ses rangs d'un regard.) Nous ne pouvons pas rester ici, mais je n'ai pas envie de mettre en péril la vie de nos blessés en allant trop loin.

— Je vais annoncer à nos hommes qu'il faut lever le camp et trouver un nouvel endroit où nous installer.

Cameron observa son cousin s'éloigner puis examina plus attentivement ses troupes. Les DeVeau tombés au combat, déjà dépouillés de tous leurs biens de valeur, étaient l'un après l'autre traînés dans les bois pour y être abandonnés. Les siens s'étaient bravement battus, décida-t-il en se dirigeant vers quatre d'entre eux qui gisaient à terre. L'un d'eux était déjà enveloppé dans un linceul, un autre, pâle comme un linge, ne bougeait presque pas, et les deux derniers recevaient les soins des petites Murray en jurant copieusement. Sûr que ceux-là survivraient, il s'agenouilla auprès du guerrier mal en point.

Le cœur de Cameron se serra quand il comprit que ce dernier n'avait guère plus de dix-huit ans. C'était Peter, un jeune homme qui avait pensé que venir se battre en France lui apporterait richesse et gloire. Il était bien trop jeune pour connaître le frisson de la mort, et surtout pour une raison aussi dérisoire. Il n'avait pas défendu son roi ni son pays, seulement payé pour la folie d'un être méprisable qui n'avait pas supporté de voir ses pièces finir dans la bourse de ses mercenaires.

— Il n'est pas encore perdu, annonça Avery en le regardant.

— Vraiment ?

Cameron posa une main sur le cou de Peter et sentit un pouls terriblement faible, mais régulier.

— Il ne pourra pas voyager très loin.

— Non, pas pour l'instant en tout cas. Ses entrailles ne sont pas gravement touchées, mais il a perdu beaucoup de sang ; j'ai bien cru qu'il allait complètement se vider. S'il ne recommence pas à saigner et que sa fièvre ne monte pas, il pourrait se remettre rapidement, du moins assez pour survivre à un voyage à condition qu'on le transporte avec précaution.

— Dans combien de temps, selon vous ?

— Deux jours, peut-être moins.

Avery attendit sans ciller que Cameron ait cessé ses imprécations. Elle en avait entendu d'autres.

— Nous déménagerons notre camp dès que Leargan aura trouvé un endroit qui convient. (L'homme lança un regard en direction du corps enveloppé dans un suaire.) Savez-vous qui est cet homme ?

— Une femme m'a dit qu'il s'appelait Adam.

Cameron s'en voulut aussitôt d'avoir ressenti un léger soulagement en apprenant que le défunt n'était ni un cousin ni un ami.

— C'était un mercenaire qui s'était joint à nous pendant le voyage, pensant qu'il aurait plus de chances de gagner de l'argent s'il était avec un groupe. Pourquoi êtes-vous revenue ?

Il regarda la jeune femme droit dans les yeux, mais constata avec dépit qu'elle cachait bien ses émotions.

— Je veux toujours être libre, mais pas si des hommes doivent mourir pour cela.

— Et moi qui croyais que c'était pour ma beauté solaire.

— Elle l'est autant qu'une nuit sans lune.

Avery souleva doucement Peter pour appuyer sa tête contre son épaule et le fit boire lentement en caressant sa gorge de ses doigts gracieux pour l'inciter à déglutir.

— Que lui donnez-vous ? interrogea Cameron, soudain très jaloux du jeune Peter.

— Une décoction d'herbes qui lui redonnera des forces et l'aidera à remplacer tout le sang perdu.

— Mais les autres n'y ont pas eu droit.

— C'est parce qu'ils sont moins gravement blessés. Ils se plaignent allégrement, un signe indéniable de bonne santé et de prompt rétablissement.

— Et si Peter se met à maugréer, vous le considérerez guéri ? demanda Cameron en souriant.

— En effet, répondit Avery en reposant avec précaution le blessé sur sa couverture. Un homme aux portes de l'au-delà ne peste pas contre ses démangeaisons et le goût de ses remèdes. Le plus souvent, s'il lui reste encore quelques forces, il se remémore tous les péchés qu'il a commis, s'inquiète de ce qui l'attend après son trépas, et supplie qu'on l'absolve.

— On dirait que vous avez vu beaucoup d'hommes mourir.

— Beaucoup trop, murmura Avery avant de s'éloigner.

Ils levèrent le camp une heure plus tard. Leargan avait trouvé à moins d'une demi-lieue de là une autre clairière avec un ruisseau, de l'herbe pour les chevaux, et un coteau tout proche qui permettrait de surveiller les alentours. Cette fois, les DeVeau ne pourraient pas approcher sans être vus.

Pendant que les siens achevaient d'installer le nouveau campement, Cameron eut le temps de se baigner, de dîner, et il était plus que prêt à rejoindre sa couche. Il chercha Avery du regard et la vit revenir du ruisseau avec sa cousine – et une escorte beaucoup trop légère à son goût. Alors que la jeune femme venait de s'arrêter devant les blessés pour s'enquérir de leur état, il la prit par le bras et l'entraîna vers sa tente en passant outre aux regards désapprobateurs de ses hommes. Il avait de toute évidence perdu leur soutien. Comment pouvaient-ils mépriser à ce point l'honneur de sa sœur, et l'offense faite à leur clan dans son ensemble ? Il poussa sans ménagement sa captive dans ses appartements de fortune et se servit une coupe de vin.

— Donc si j'ai bien compris, que j'aie volé à votre secours aujourd'hui n'a rien changé, dit Avery d'une voix lasse en se laissant tomber sur le tas de fourrures qui faisait office de lit pour ôter ses bottes.

— Parce que c'est impossible ! répondit sèchement Cameron en s'asseyant sur le gros coffre dans lequel il rangeait ses biens. J'ai besoin de vous pour forcer votre frère à accomplir son devoir.

— Mais pourquoi ne pas plutôt le traîner devant le prêtre au lieu de vous servir de moi ?

— Iain m'a dit avoir essayé, sans succès. Votre frère esquive tous les pièges qu'on lui tend.

— Ça ne m'étonne pas. C'est un jeu pour lequel il est très doué.

— Il a l'habitude de briser le cœur des jeunes vierges, si j'ai bien compris.

— Bien sûr que non, sombre brute, fit Avery d'une voix douce en quittant ses habits pour ne garder que ses sous-vêtements.

Elle avait brièvement songé à dormir tout habillée, avant de changer d'avis : elle n'avait qu'à faire l'impossible pour préserver les derniers vestiges de sa pudeur. Sa chemise immaculée et les fines braies qu'elle avait elle-même cousues étaient après tout assez décentes. La jeune fille aurait voulu avoir le courage de regarder Cameron dans les yeux en laissant tomber sa robe, mais elle savait qu'il y verrait quelque défi ; le silence qui envahit soudain la tente suffit à la satisfaire. Elle s'installa le plus confortablement possible sur la rude couche et tira les couvertures sur elle.

Cameron était estomaqué. La jeune femme s'était dévêtue avec un calme olympien, comme s'il était son frère, ou quelque servante. *Un homme dont elle n'aurait rien à craindre*, songea-t-il, vexé. Il avait pourtant déployé des trésors de séduction depuis qu'elle lui était pratiquement tombée dans les bras – il avait même réussi à la faire gémir et trembler de désir. Elle aurait dû le craindre de tout son être. Sa mauvaise humeur déjà grandissante explosa quand il prit conscience du qualificatif dont Avery venait de l'affubler.

— Jeune fille, avant de prononcer de telles insultes, vous feriez mieux de tourner sept fois votre langue dans votre bouche, grogna-t-il.

— Je pensais m'être exprimée gentiment.

Et c'était le cas, il devait bien l'admettre. Elle avait parlé d'une voix plus douce que le miel. Cameron choisit de ramener la conversation vers son frère. La jeune femme ne manquerait pas de prendre la mouche, ce qui parviendrait peut-être à apaiser le désir que Cameron sentait bouillonner dans ses veines. Il n'avait pas envie de se lancer dans une entreprise de séduction ce soir-là. Après tout ce qu'elle avait fait, il aurait été discourtois de ne pas lui laisser au moins une nuit de répit.

— Vous affirmez que sir Payton est beau, galant, doux, honorable, courageux, intelligent, et que toutes ces dames se pâment devant lui. Allez-vous aussi me dire qu'il mène une existence de moine ? Qu'il n'emploie pas ces merveilleux dons de la nature pour les attirer dans son lit ?

Cameron constata que ses railleries faisaient leur effet. Il aurait bien la querelle souhaitée.

— Il n'a pas à les y attirer, rétorqua sèchement Avery. À la vérité, il doit même souvent les en chasser.

Si ce Payton ne suait pas la vanité par tous ses pores, ce n'était certainement pas grâce à sa sœur.

— Je suppose qu'il lui arrive souvent de trébucher sur les jeunes filles qui se traînent à ses pieds ?

Avery avait très envie de frapper ce malotru.

— Pratiquement. Vous verrez.

— Tout ce que je souhaite voir de votre frère, c'est son dos quand il s'agenouillera devant le prêtre pour épouser ma sœur et lui rendre la vertu qu'il lui a dérobée !

— Mais je vous répète que mon frère n'a jamais rien pris de force à une femme, et qu'il n'en a jamais eu besoin ! De plus, s'il s'était vraiment retrouvé dans le lit de votre sœur, il n'aurait pas prétendu le contraire. Nous parlons d'un homme qui a un jour annoncé sans ambages à un Douglas qu'il avait passé la nuit avec la fiancée de celui-ci. Certes, Payton faisait cela pour le mettre en garde contre la véritable nature de cette femme, et ce Douglas la soupçonnait déjà d'avoir assassiné trois de ses cousins, ce qui était le cas, mais peu importe : cette anecdote prouve seulement que Payton est un homme honnête.

Pour Cameron, qui ne connaissait pas toute l'histoire, elle montrait surtout que ce Murray était un idiot. *Quelle idée d'avouer une telle chose à un Douglas !* Ce n'était pas le genre d'homme à apprécier de telles plaisanteries. Avery ne lui avait sans doute pas tout raconté, mais le reste de cette aventure attendrait : il avait plus urgent à faire. En l'occurrence, la rendre folle de rage afin qu'elle demeure aussi loin de lui que sa captivité le permettait.

— Vraiment ? Pour moi, elle prouve avant tout qu'il n'a aucun respect pour les règles auxquelles la plupart d'entre nous obéissent. Si vous voulez vraiment me le présenter comme un saint, abstenez-vous de clamer qu'il a volé la femme d'un autre.

Cameron avait raison sur ce point, mais Avery aurait préféré s'arracher les ongles un à un plutôt que de lui avouer.

— Non, ce n'est pas un saint, mais il sait rester loin des jeunes vierges. Je doute que votre famille ait caché qu'elle cherchait un mari pour votre sœur, or c'est exactement le genre de proies que Payton met un point d'honneur à éviter.

— Oui, j'ai cru comprendre qu'il n'a aucune envie de prendre une épouse.

Cameron se déshabilla pour ne garder que son pagne, et Avery constata soudain qu'elle avait le plus grand mal à lui répondre – ou à cacher les sentiments qu'éveillait chez elle ce corps puissant et bronzé.

— Ne vous y trompez pas, Payton compte bien le faire – un jour, dit-elle en chassant ses pensées impures. Il n'a rien contre le mariage, sauf quand on essaie de le lui imposer.

— S'il ne voulait pas de ma sœur pour femme, il ne fallait pas l'entraîner sous les draps.

Cameron attacha leurs deux poignets ensemble, s'allongea à ses côtés, et pendant toute l'opération Avery se fit violence pour ne pas lui assener quelques bons coups de poing. Il était tout à l'honneur de cet homme d'avoir une telle confiance en sa sœur, d'être prêt à tout pour l'aider et la protéger. Hélas, dans le cas présent, ces nobles sentiments étaient à l'œuvre pour de bien mauvaises raisons – ce que Cameron n'était sûrement pas près d'admettre.

Pourquoi même essayer de le convaincre ? Tout comme Avery avec Payton, Cameron ne croirait jamais sa sœur capable du moindre mal. Elle continuerait cependant à réfuter ses accusations, même si cela revenait à se heurter la tête contre un mur. Faute de mieux, la jeune femme souhaitait que ses arguments soient bien présents dans l'esprit de MacAlpin quand il se retrouverait devant sa sœur. Peut-être l'aideraient-ils à enfin comprendre qu'elle mentait.

— Quand avez-vous vu votre sœur pour la dernière fois ? demanda-t-elle.

— Avant de venir ici, il y a donc deux ans.

— Je vois. Pour ma part, j'étais avec Payton il y a tout juste quelques mois.

— Et ?

— On dirait que je suis plus proche de mon frère que vous ne l'êtes de votre sœur.

— Une femme ne prétendrait jamais avoir été déshonorée si ce n'était pas vrai ! gronda Cameron, furieux – notamment parce que les paroles d'Avery ne manquaient pas de bon sens.

En effet, soyons honnête, il ne connaissait pas très bien sa sœur.

— Sauf si ça lui permet d'obtenir ce qu'elle désire, ricana Avery.

C'était un point de vue bien trop proche du sien pour qu'il le conteste.

— Comme votre saint homme de frère, je suppose ?

— Il est jeune, fort, assez beau garçon pour faire tourner la tête de n'importe quelle demoiselle, destiné à hériter d'un beau domaine, et sa bourse est bien rebondie.

Le genre de parti que nombre de familles auraient souhaité pour leurs filles, songea-t-il avec mauvaise humeur. Les choses ne se déroulaient pas du tout comme il l'avait prévu. Avery se montrait calme et sensée, et lui-même perdait progressivement son sang-froid. Cameron s'en voulait toujours de ne pas avoir renoncé à ses plans alors que la jeune fille lui avait sauvé la vie, et il n'avait certainement pas envie qu'elle soit raisonnable ! Cela ne faisait que rendre ses remords encore plus pénibles.

— Dans ce cas, il fera un très bon mari pour ma sœur... Ce débauché.

— Imbécile.

— Vous croyez qu'il est très avisé pour une prisonnière d'insulter son geôlier ?

— Je suppose que vous n'avez pas une seconde songé à mettre fin à ce petit jeu pour me remercier de vous avoir tous sauvés ?

— Si, détrompez-vous... et puis au lieu de ça, j'ai décidé de changer légèrement mes projets. Je ne me servirai pas de ce qui se passera entre nous pour vous déshonorer.

— Vous aviez l'intention de salir mon nom ? demanda Avery, estomaquée.

— J'y pensais… après tout, c'est ce qu'a fait votre frère. Et puis j'ai finalement résolu de garder ceci entre nous.

— Tant de générosité me laisse pantoise.

Avery lui tourna le dos. Jusque-là, elle n'avait pas vraiment essayé de savoir ce que Cameron avait l'intention de faire d'elle, à part lui prendre sa virginité et se servir d'elle pour faire pression sur Payton. Elle était blessée d'apprendre qu'il avait songé à rendre son déshonneur public. Allons, comment pouvait-elle être aussi naïve ? Cet homme pensait sa sœur humiliée, et il était sans doute persuadé que ce n'était un secret pour personne ; comment s'étonner qu'il veuille que Payton connaisse les mêmes tourments ? Pendant un instant, Avery fut tout d'abord presque déçue que Cameron ait changé ses plans, car une part d'elle aurait aimé voir s'il était capable d'aller jusqu'au bout, mais elle se reprit bien vite. Parfois, il valait mieux ignorer certaines choses. Cameron était convaincu qu'il se battait pour rendre à sa sœur son honneur, elle avait tout intérêt à ne pas l'entraîner sur ce terrain on ne peut plus dangereux

Puisque Cameron n'avait pas l'intention d'utiliser ce qui allait probablement se passer entre eux pour s'en prendre à sa famille – tout du moins pas au grand jour – il serait désormais beaucoup plus facile de rendre ses assauts inoffensifs. Les siens la croiraient quand elle leur expliquerait que sa virginité n'avait pas été prise de force, mais qu'elle l'avait offerte de son plein gré – quoique stupidement. Avery devait maintenant décider si elle était prête à tout risquer pour gagner le cœur de Cameron.

— Faites de beaux rêves, Avery.

— Pas vous.

Elle ferma les yeux et tâcha de trouver le sommeil. L'avenir était certes nébuleux, mais la fatigue ne lui apporterait rien de bon. Une décision difficile l'attendait, et elle voulait avoir l'esprit clair et bien reposé quand viendrait le moment de la prendre.

Chapitre 7

Son sang bouillonnait. Des lèvres brûlantes et de grandes mains attisaient la fournaise qui lui dévorait les entrailles. Un frisson de désir sauvage acheva de la réveiller. Elle se cramponna à l'homme couché sur elle et eut un soubresaut de délice quand il réchauffa ses seins par ses caresses. Elle se frotta contre lui et l'entendit grogner.

Ce son rauque et grave parvint à traverser le voile de passion qui lui embrumait l'esprit. Cameron essayait de la séduire, et elle était loin de le repousser. La jeune fille tenta désespérément de recouvrer son bon sens. Pas question de laisser l'excitation la pousser à prendre une décision qui pourrait facilement lui briser le cœur. Elle attrapa Cameron par les poignets, à la fois satisfaite et frustrée quand celui-ci cessa immédiatement de la caresser.

— Cameron MacAlpin, vous êtes un homme sournois, haleta-t-elle.

— C'est votre façon de me dire d'arrêter ?

— Oui.

— Pourquoi ? Vous me désirez, c'est évident !

Il agaça du pouce ses tétons et la regarda frémir.

— Arrêtez immédiatement, espèce de mufle.

Cameron hésita un moment, puis roula sur le dos en jurant. Il défit le lien qui attachait leurs deux poignets ensemble et se leva avec brusquerie. S'il ne s'écartait pas d'elle au plus vite, il craignait de passer outre à son refus. Il s'était déjà montré bien assez perfide en tentant de la faire succomber pendant qu'elle dormait, et n'avait aucune envie de tomber encore plus bas. Cependant, comment ne pas remarquer l'intensité avec laquelle elle avait réagi à ses caresses, le temps qu'il lui avait fallu pour le repousser ? Perfidie ou pas, il savait qu'il recommencerait.

Avery, qui avait le plus grand mal à apaiser les battements de son cœur face au spectacle d'un Cameron presque nu, poussa un soupir soulagé quand il commença à se rhabiller. Elle inspira profondément, calmement, et tâcha de déguiser tout ce qui pourrait montrer à cet homme à quel point elle le désirait. La douleur sourde qui lui tordait les entrailles serait quant à elle beaucoup plus longue à dompter. Quand, après un long moment sans dire un mot, Cameron s'apprêta à quitter la tente, la jeune femme décida de briser le silence.

— Allons, vous boudez ?

— Non, rétorqua-t-il en la regardant droit dans les yeux. J'aimerais seulement sortir d'ici avant d'oublier que quand une jeune fille dit « non », c'est non, et de revenir dans ce lit.

Avery s'assit lentement, consciente qu'en restant allongée sur le dos elle semblait inviter Cameron à la rejoindre, ce qui n'était certainement pas le cas en cet instant précis. De plus, le désir qu'elle lisait dans son regard représentait une tentation bien trop grande. Elle était soulagée qu'il veuille s'éloigner d'elle autant que possible, mais une telle arrogance demandait une réponse.

— Ce serait toujours « non ».

— Vraiment ? Quelque chose me dit que si vos lèvres prononçaient ce mot, tout le reste de votre personne clamait le contraire.

— Vous savez vous y prendre, c'est vrai, et mon corps réagissait à vos caresses… seulement parce que j'étais endormie.

Avery mesura qu'aiguillonner Cameron n'était pas très avisé quand celui-ci revint vers la couche à grands pas, la souleva et l'embrassa passionnément.

Il reposa la jeune fille, haletant, navré de s'être laissé emporter ainsi, lui qui avait été sur le point d'enfin dompter cette fièvre qui brûlait de nouveau en lui. Il aurait pu se consoler en voyant Avery dans le même état que lui – mais il ne voulait pas qu'elle succombe à un simple baiser. Elle devait le désirer lui, l'homme. Il mettait cela sur le compte de la vanité, sans toutefois vraiment s'en convaincre.

— Vous me désirez, Avery, dit-il en ceignant son épée. Bientôt, vous comprendrez qu'il ne sert à rien de subir un tel supplice pour refuser le plaisir que nous pourrions partager.

Avery était sur le point de répondre, mais il ne resta pas pour l'écouter. Après s'être débattu de façon assez comique avec Donald, venu l'aider à s'habiller, il sortit. Elle poussa un profond soupir de soulagement. Cet homme savait certainement comment réchauffer une tente.

Tout en se lavant puis en enfilant sa vieille robe toute raccommodée, la jeune fille réfléchit à ce qu'elle allait faire. Elle n'avait pas besoin que Cameron lui assène qu'elle le désirait de tout son être, elle l'avait compris dès qu'elle avait posé les yeux sur ce coquin. Elle était même prête à céder, à faire le pari qu'il n'était pas guidé que par ses bas instincts. Comme l'avait montré Elspeth, certains hommes avaient besoin qu'une femme leur offre tout ce qu'elle avait avant de laisser remonter à la surface leurs sentiments.

Elle pourrait certes marquer l'esprit de Cameron en faisant de lui le plus frustré des mâles… mais comment savoir s'il ne lui suffirait pas d'une nuit ou deux dans les bras d'une courtisane pour l'oublier ? Non, elle devait imprégner l'esprit et le corps de cet homme de souvenirs aussi doux que passionnés. Elle voulait qu'il soit incapable d'effacer de sa mémoire l'ardeur de leur passion, le bonheur de la serrer dans ses bras, son odeur, le goût de sa peau. Aucune autre ne pourrait la chasser de ses pensées. S'il devait se languir d'elle, ce ne serait pas pour ce qu'il n'avait jamais eu, mais pour ce qu'il avait perdu et ne pourrait jamais trouver ailleurs.

Mais comment donner à Cameron ce qu'il voulait sans lui offrir la victoire ? Elle pouvait inverser les rôles et entreprendre de le séduire ; devenir la proie ne manquerait pas de déstabiliser l'homme, ce qui suffisait à rendre cette perspective très attrayante. Qui plus est, elle pourrait ainsi lui faire comprendre dès le départ qu'elle lui donnait ce qu'il désirait de son plein gré, sans qu'il ait besoin de prendre ni de conquérir quoi que ce soit. Cameron trouverait sans doute le moyen d'y voir un triomphe quelconque, mais l'esprit masculin était ainsi fait, et elle ne pouvait rien y changer.

Avery aperçut en sortant de la tente Gillyanne qui aidait les femmes à préparer un repas pour tout le campement, et elle s'empressa de la rejoindre. Elle se retrouva bientôt chargée d'une série de tâches diverses, notamment des soins aux blessés. Elle remarqua, amusée, que trois de ces dames, Joan, Marie et Thérèse, se ressemblaient beaucoup. Elles étaient petites, bien en chair, avec des cheveux châtains et des yeux marron. Seule Anne, l'épouse de Ranald, l'un des soldats les plus vieux de Cameron, se distinguait – mais de bien des manières. Elle était grande, très brune, ne mâchait pas ses mots, et se montrait quelque peu autoritaire. Cela dit, ses trois compagnes étaient d'une grande gentillesse mais pas particulièrement débrouillardes, et avaient bien besoin d'être dirigées d'une main ferme. Tandis qu'Anne et elle s'occupaient d'un Peter en voie de guérison, Avery écoutait ces dernières se disputer dans un mélange de français, de gaélique et d'anglais marqué par de forts accents pour savoir laquelle d'entre elles faisait les meilleures galettes d'avoine.

Les sourires d'Anne et d'Avery s'élargirent encore davantage quand Gillyanne se mêla à la discussion pout tenter de les calmer.

— Je me demande comment elles arrivent à se comprendre, dit Avery.

Anne lui lança un regard amusé, ce qui adoucissait quelque peu ses yeux gris acier.

— C'est seulement parce qu'elles sont énervées qu'on jurerait un troupeau d'oies. Ces Françaises apprennent très vite l'anglais. La petite Thérèse connaît même quelques mots de gaélique à présent. Elles peuvent se montrer étonnamment rusées s'il s'agit de survivre ou d'améliorer leur lot. Je ne m'inquiète pas pour elles, elles sauront se faire une place à Cairnmoor.

Voyant que Peter s'était endormi, Avery scruta un instant Anne avant d'interroger sans détour :

— Connais-tu la sœur de Cameron ?

— Non, pas très bien. Je ne suis que l'épouse d'un modeste homme d'armes, vous savez.

— C'est donc ce genre de femme.

— Je ne devrais pas dire du mal de la sœur de mon laird… mais nous vous devons la vie, à vous et à la petite Gilly, et puisque notre laird ne semble pas décidé à vous rendre la liberté, il n'est que justice que vous sachiez ce que vous allez trouver à Cairnmoor.

Anne se leva et aida Avery à faire de même.

— Allons chercher un peu de vin et nous asseoir à l'ombre pour avoir une petite discussion.

Sitôt les deux femmes installées sous un grand arbre, Avery demanda :

— Allons, que voulez-vous me dire au sujet de la sœur de Cameron ? Honnêtement, je ne vois pas en quoi cela pourrait changer ma situation.

— En rien, probablement, mais vous pourrez ainsi comprendre certaines choses, et vous devez savoir qui est la femme dont les paroles vous ont entraînée dans une telle histoire.

— Les mensonges, plutôt.

— On ne peut pas décemment traiter la sœur de son laird de menteuse… mais nombre d'entre nous pensent que c'est ce qu'elle est, ou tout du moins, qu'elle se trompe. (Avery roula des yeux, et Anne sourit légèrement.) Elle n'a pas eu de mère, cette dernière est morte peu après sa naissance. Quant à son père, il a rejoint son épouse quand elle n'était encore qu'une fillette. Il y a bien sa tante, mais si vous trouvez que ces trois pies, là-bas, n'ont pas beaucoup d'esprit, attendez de rencontrer tante Agnes. C'est une femme très douce, avec un cœur en or, mais on peut lui faire avaler n'importe quoi. Sir Iain, le cousin de notre laird, est un homme bon lui aussi, mais il ignorait complètement comment élever une demoiselle. Notre laird a fait de son mieux, mais lui-même n'était qu'un tout jeune homme.

— Donc Cameron a été pour elle à la fois un frère et un père, et il se sent maintenant coupable, persuadé d'avoir échoué dans ces deux rôles.

— Exactement. Katherine est une enfant trop gâtée. Elle est aussi très jolie, ou en tout cas l'était quand nous sommes partis de Cairnmoor. Elle avait à peine seize ans, et déjà toute une troupe de galants à ses pieds. Dès qu'elle voulait quelque chose, elle l'avait. Sa tante et le laird semblaient incapables de lui refuser quoi que ce soit.

— Et aujourd'hui, c'est mon frère qu'elle veut, maugréa Avery avant de boire une gorgée de vin. Mais dis-moi, se faire gâter est un privilège de riches, or j'ai cru comprendre que pour louer ses services de mercenaire, Cameron devait être…

— Pauvre ? Non, il voulait seulement oublier l'Écosse quelque temps. On raconte qu'il a eu une peine de cœur, et que c'est pour ça qu'il a fait vœu de célibat.

Avery cligna des yeux, abasourdie, puis se rappela soudain une phrase entendue le jour de sa capture.

— Quand exactement ?

— Il y a près de trois ans, et pour autant que je le sache, il s'y est tenu.

Pour la jeune femme, la surprise céda la place au désarroi. Cameron la désirait-elle tant simplement parce qu'il n'avait pas fait l'amour à une femme depuis si longtemps ? Son instinct lui disait qu'il n'en était rien, mais sa confiance en elle, déjà passablement mal en point, s'en trouva rudement ébranlée. Elle sursauta quand Anne lui tapota la main.

— Ce n'est pas pour cela que notre laird vous fait les yeux doux.

— Tu crois ?

—Oui. Toutes les jeunes filles qu'il a croisées ici l'ont laissé de marbre, et pourtant certaines n'ont pas ménagé leurs efforts… mais il a suffi qu'il vous voie pour oublier toutes ses grandes résolutions. Oh, c'est un homme, et il pense sans doute que c'est cette longue période d'abstinence qui le pousse à vous désirer autant, mais je suis sûre qu'il n'y croit pas vraiment. Non, quoi qu'il puisse se raconter, il vous veut simplement parce que vous êtes ce que vous êtes. Malheureusement, je ne crois pas qu'il renoncera à vous échanger contre votre frère, sauf s'il découvre que Katherine ment avant de commettre l'irréparable.

—Ah ! Tu penses donc que c'est le cas ! Selon Gillyanne, vous voulez tous voir mon frère payer chèrement pour avoir déshonoré la sœur de Cameron.

—Au départ, oui, mais nombre d'entre nous se sont mis à douter. C'est le genre d'accusation qu'on ne fait pas à la légère, et à force d'y penser, nous avons commencé à nous dire que notre laird ne sait pas toute la vérité. (Anne sourit.) Et puis maintenant que nous avons appris à vous connaître, Gillyanne et vous, comment envisager que vous puissiez avoir un frère capable de telles horreurs, ou que vous puissiez le défendre avec autant de vigueur si c'était le cas ? Quoi qu'il en soit, seule l'opinion de notre laird compte, or il manque toujours de discernement dès que Katherine est concernée.

—Et maintenant, je sais pourquoi. Une peine de cœur, dis-tu ? D'ordinaire, un homme ne met pas aussi longtemps à s'en remettre.

— Oh, il ne se languit pas de quelque demoiselle ! Je crois qu'il n'était même pas amoureux. Il a surtout souffert d'avoir été trahi une fois de trop. Cet homme a un talent inné pour s'intéresser aux mauvaises femmes.

— Je vois exactement de qui tu parles. Blondes, les yeux bleus, aux formes généreuses. Celles qui sourient, battent des cils et s'assurent que certaines parties de leur anatomie rebondissent et ondulent quand il le faut. Qui usent de talents affûtés et de menus cris pour flatter la virilité de ces messieurs. (Anne ricana, et Avery ne put retenir un petit sourire.) Celles qui pensent qu'elles n'ont qu'à offrir leur joli minois et leurs mains expertes à un homme, et qui attendent beaucoup trop en échange de ces maigres cadeaux. J'aurais cru Cameron trop malin pour céder à de telles créatures, pour se laisser abuser par leurs charmes.

— Aucun homme ne l'est, en tout cas pas tant qu'il n'a pas compris que seul importe ce qu'on a dans le cœur. Et encore, même après cela, ils ne peuvent s'empêcher de dévorer des yeux les jeunes beautés. Un homme bien ne vous sera jamais infidèle, mais ça ne veut pas dire que de grands yeux, des boucles d'or et des seins rebondis ne le feront pas tourner en bourrique.

— Des idiots, tous autant qu'ils sont, soupira Avery en se levant pour épousseter sa robe. Allons, remettons-nous au travail.

— Vous avez l'intention de céder à notre laird ?

— Céder ? Voilà qui ressemble beaucoup trop à une abdication, or un Murray ne se rend jamais…

Enfin, pas souvent en tout cas. Non, je compte déstabiliser votre laird.

— C'est chose faite, si vous voulez mon avis.

— Mais il est temps de lui donner le coup de grâce ! Maintenant qu'il est bien habitué à mes refus et mes insultes, je vais soudain devenir très gentille et passer à l'offensive.

Anne rit de bon cœur.

Avery parvint à éviter Cameron pendant tout le reste de la journée, ce qui ne fut pas très difficile tant l'homme était accaparé par les divers préparatifs pour parer à une éventuelle attaque. Elle accomplit quelques corvées et passa une grande partie de son temps à s'occuper du jeune Peter.

Elle constata que, comme l'avait dit Anne, les hommes de Cameron et leurs compagnes jugeaient d'un mauvais œil l'attitude de leur maître à son égard. Selon eux, il aurait dû les laisser, elle et sa cousine, partir pour les remercier de leur avoir sauvé la mise. Si les deux jeunes filles avaient décidé de s'échapper de nouveau, ils auraient sans doute été bien peu à tenter de les rattraper – seul ennui, Avery n'en avait plus du tout envie.

Une telle réticence la contrariait ; ne se montrait-elle pas déloyale envers Payton ? Elle aurait dû tout faire pour s'enfuir et épargner à son frère un mariage qui manifestement lui répugnait. Bien sûr, il ne lui en voudrait pas d'avoir écouté son cœur, mais Avery savait qu'elle ne se le pardonnerait jamais, surtout si elle ne réussissait pas à se faire aimer de Cameron. En gagnant son pari, elle résoudrait tous ses problèmes, car alors l'homme ne voudrait plus jamais la laisser partir… Mais avait-elle le droit de prendre de tels risques quand Payton devait en payer le prix avec elle ?

— Allons, qu'est-ce qui te tracasse autant ? demanda Gillyanne en s'asseyant à côté d'elle, devant la tente de Cameron. Moi qui espérais partager mon dîner en joyeuse compagnie…

— Je me disais que nous n'aurions aucune difficulté à nous échapper de nouveau, mais que je n'en ai pas envie. Comment puis-je faire cela à Payton ? Il ne veut pas de cette Katherine, qui est visiblement une menteuse et une égoïste, or si je reste, Cameron se servira de moi pour lui forcer la main.

— Mais ce n'est pas ta faute !

— Si ! Je suis une arme trop dangereuse dans les mains de Cameron !

— D'accord, c'est ta faute, mais seulement un tout petit peu, alors. Tu aimes cet idiot, et tu as une chance de le pousser à te rendre la pareille. Payton comprendrait. Et puis nous avons tout de même essayé de nous enfuir deux fois.

— Je ne crois pas que la première compte vraiment.

— De toute façon, tu as oublié une chose, dit négligemment Avery avant d'engloutir une bouchée de viande de chevreuil bien tendre.

— Quoi donc ?

— Nous ne sommes que deux jeunes filles sans défense. Alors oui, nous pourrions sans doute nous échapper, nous avons été très près de le faire la dernière fois… mais nous nous retrouverions seules pour atteindre le port le plus proche, une place sur un bateau en route vers l'Écosse, puis traverser le pays pour aller jusqu'à Donncoill. Je ne crois pas que Payton voudrait que nous courions le moindre danger pour lui. Pense à ce qu'il ressentirait s'il devait nous arriver quelque chose.

La logique imparable de sa cousine laissa Avery sans voix… Mais peut-être acceptait-elle aussi volontiers ses arguments parce qu'ils lui permettaient de faire ce qu'elle voulait ? Non, Gillyanne avait raison : dans l'état actuel des choses, personne ne risquait sa vie, et Payton n'aurait pas voulu qu'elles se mettent en danger pour lui. Certes, un mariage durait toute une existence, mais en règle générale il ne vous tuait pas. Et puis de toute façon, Payton considérait sûrement que c'était un problème qu'il devait régler seul.

— Tu as raison, concéda enfin Avery avant de se mettre à son tour à manger.

— Mais c'est un moment historique ! Je dois absolument le consigner quelque part.

— Petite impertinente.

— Tu es vraiment sûre d'aimer Cameron ?

— Oh oui, même quand j'ai envie de l'assommer avec quelque chose de bien lourd. Pourtant, ce n'est pas un amour aveugle et imbécile, et je sais qu'il ne va pas tout arranger.

— Ça devrait pourtant être le cas. C'est un cadeau si précieux.

— Oui, et c'est vrai, tu ressens une grande joie quand tu t'apprêtes à l'offrir et que ton cœur gonfle jusqu'à exploser… mais ça ne veut pas dire que le sentiment sera réciproque. Celui qui ne ressent pas d'amour ne peut pas comprendre pourquoi c'est un présent si merveilleux – et ne le reconnaît sans doute même pas quand il l'a sous le nez.

— Les hommes sont parfois de véritables crétins, grommela Gillyanne. Je te souhaite tellement d'être heureuse !

— Oh, je le serai, même si ce n'est que pour un court instant. En cas d'échec, j'aurai au moins la joie de l'avoir un peu retenu. Une fois que la douleur se sera estompée – ce qui arrivera immanquablement – il me restera de doux souvenirs.

Gillyanne regarda Cameron qui se dirigeait vers elles, la mine sévère, et murmura :

— J'ai du mal à associer le mot « doux » à cet homme, même si tu ne parles que de souvenirs.

Les deux cousines éclatèrent de rire, et Cameron fronça les sourcils de plus belle, l'air méfiant. Bien entendu, elles redoublèrent d'hilarité. Avery trouvait extrêmement drôle qu'un être aussi grand et fort considère deux frêles jeunes filles comme une menace – même s'il ne craignait que pour sa tranquillité d'esprit.

Elle embrassa Gillyanne sur la joue, puis une fois celle-ci partie, se retourna vers Cameron avec un grand sourire. Ce dernier tenta sans succès de cacher sa surprise. *Et ce n'est qu'un début*, jubila-t-elle.

À moins qu'elle ne vacille et que Cameron ne prenne l'ascendant dans ce petit jeu, elle avait bien l'intention de faire perdre la tête à ce malheureux. Ce soir-là, ils deviendraient amants, mais ce serait elle qui mènerait la danse. Cameron pourrait toujours essayer de s'attribuer cette victoire, mais il devrait sérieusement déformer les faits pour s'en convaincre.

Chapitre 8

Avery manigançait quelque chose, il en était persuadé. Il y avait cette lueur suspecte dans son regard… et puis elle était bien trop gentille. Ils étaient dans sa tente, et sur le point de se coucher, elle n'allait donc pas tenter de s'échapper… Cameron ignorait ce qu'elle avait en tête, ce qui le mettait terriblement mal à l'aise. Peut-être désirait-elle quelque chose, et s'apprêtait-elle à faire appel à une de ces ruses typiquement féminines pour l'obtenir ? Voilà qui ne lui ressemblait pourtant pas – mais toutes les femmes connaissaient ces stratagèmes, et ce depuis leur naissance. *À la bonne heure !* Elle découvrirait qu'il n'était pas homme à se laisser duper ainsi.

Avery se dévêtit lentement, et il sentit son désir s'embraser. Elle cherchait purement et simplement à le torturer. Aucune femme n'était assez naïve pour penser qu'elle pouvait se déshabiller ainsi devant un homme sans éveiller son intérêt. Après ces interminables journées à essayer de la séduire, comment aurait-elle pu ignorer les effets qu'un tel comportement aurait sur lui ? Cette petite peste le mettait au supplice, et elle le savait.

Eh bien, c'était une gigue qui se dansait à deux ! Elle l'avait peut-être rendu à demi fou de frustration, mais il était sûr d'avoir surpris une étincelle intéressée dans ses yeux. Il avait perçu son désir. Avery luttait peut-être contre cette faim dévorante, mais elle était bien là. La jeune fille voulait le torturer ? Il allait lui rendre la monnaie de sa pièce.

Avery regarda Cameron ôter sa chemise et déglutit avec effort. Les sentiments qu'elle avait pour lui promettaient de rendre son entreprise très difficile. La simple vue de son corps musclé faisait bouillir son sang et lui donnait envie de le toucher, de s'enrouler autour de lui... Avec tous ses frères et cousins, elle avait eu l'occasion de voir de nombreux exemples de corps masculins ; pourquoi alors ses jambes tremblaient-elles ainsi ? Elle détourna les yeux pour recouvrer ses esprits. C'était son numéro de charme, et elle n'avait aucunement l'intention de laisser ses faiblesses lui faire perdre la maîtrise de la situation.

Une fois en braies et chemise elle s'apprêta à se laver, sans vraiment savoir comment allait se dérouler la suite des événements. Comment était-elle censée séduire un homme ? Elle ne l'avait jamais fait auparavant, n'y avait même jamais songé. À vrai dire, la jeune fille n'avait que rarement désiré, ou été désirée. Elle était trop maigre, trop étrange. Parfois, elle avait cru apercevoir une lueur d'intérêt dans le regard d'un homme, mais celle-ci s'éteignait dès qu'une créature à la peau pâle et à l'opulente poitrine passait à proximité. Ces messieurs préféraient manifestement les femmes bien en chair, avec des seins rebondis et des hanches voluptueuses. Avery savait qu'elle n'aurait jamais une telle silhouette. L'attirance de Cameron pour ses formes trop menues, d'ordinaire ignorées voire ridiculisées, le rendait d'autant plus irrésistible. Qu'il était enivrant d'être ainsi désirée !

Sentant que Cameron l'observait, elle ouvrit légèrement sa chemise et y glissa le linge qu'elle venait de mouiller pour se laver la poitrine et les aisselles. La respiration de Cameron se fit plus sonore. Avery desserra ensuite ses braies, prête à passer aux parties les plus intimes de son anatomie. Elle pouvait presque sentir la brûlure de son regard. Tout en fredonnant doucement, elle nettoya ses bras, puis ses jambes. Elle n'aurait jamais cru qu'une activité aussi banale pourrait exciter un homme, mais c'était indubitablement le cas.

— Vous essayez de me rendre fou ? demanda Cameron.

Pour une innocente jeune fille, Avery savait très bien ce qui pouvait embraser le désir masculin.

La voix rauque de Cameron semblait se couler dans ses veines pour enflammer son sang.

— J'ai seulement envie avant de me coucher de me débarrasser de la puanteur d'une journée de dur labeur.

— Vous ne sentiez pas mauvais.

— Peut-être que mon nez est un peu plus sensible que le vôtre.

— Et peut-être que vous essayez de me provoquer.

Avery resserra les cordons de ses braies – mais laissa sa chemise ouverte – et se retourna vers lui. Elle vit son regard descendre vers sa poitrine et y rester. Les poings de Cameron se serrèrent. Il était si enivrant de songer qu'elle, la petite Avery Murray, pouvait mettre un homme d'une telle beauté dans un état pareil ! Elle devait lutter de tout son être pour ne pas lui sauter dans les bras.

— Vous provoquer ? Mais je n'ai pas dit un mot.

— Comme si vous en aviez besoin ! Vous n'êtes tout de même pas naïve au point de croire que vous pouvez vous comporter ainsi devant un homme sans qu'il réagisse ? Non, aucune femme ne serait aussi innocente, aussi ignorante de la nature masculine !

— Naïve, innocente, ignorante, me voilà trois fois maudite.

— Je commence à croire que c'est moi qui le suis.

Avery comprit qu'elle avait réagi avec trop de véhémence : Cameron n'avait visiblement pas remarqué son changement d'attitude. Le séduire ne serait pas une mince affaire s'il ne prenait pas au sérieux la moindre de ses paroles, qu'il considérait comme simpliste, niaise ou de façon encore moins flatteuse. Qu'était-il censé aimer, au juste ? Elle essaya de se rappeler les conversations des hommes de sa famille, ce qu'elle avait observé chez eux… Avery inspira profondément, se rapprocha de Cameron et posa une main sur son torse.

MacAlpin se mit à transpirer, les yeux baissés sur cette petite main délicate dont chaque doigt lui brûlait la peau comme un fer à marquer. Il y avait dans le regard de la jeune fille curiosité et innocence, mais également une lueur de défi. Essayait-elle de le pousser à céder au désir qui le rongeait, pour ensuite se refuser à lui ? Cameron avait déjà été victime de tels jeux. Pourtant, son instinct lui soufflait qu'Avery était incapable de se livrer à une telle mascarade ; pour commencer, elle n'avait sûrement pas conscience du pouvoir qu'elle exerçait sur les hommes. Mais dans ce cas, qu'avait-elle en tête, au juste ?

— Tiens donc ? Les sorcières vous auraient jeté un sort ?

— On dirait bien, oui. (Il ne put s'empêcher de mettre une main sur celle de la jeune fille.) Elles seules pourraient infliger de tels tourments.

— Des tourments ? On m'a accusée de beaucoup de choses mais pas de celle-là.

— Ce qui signifie que les hommes de Donncoill sont aveugles, ou stupides.

— Des flatteries, Cameron ? C'est un grand moment, dites-moi.

Avery posa avec légèreté son autre main sur la taille de son compagnon, comme pour garder l'équilibre.

— Vous n'êtes qu'une petite impertinente. (Elle le caressa doucement, et il tressaillit.) Vous jouez avec le feu… à vrai dire, j'ignore à quel petit jeu vous vous adonnez.

— Qui a dit que je jouais ?

Avery laissa courir ses doigts sur le ventre de Cameron et le sentit serrer presque douloureusement son autre main. Elle était stupéfaite de provoquer une telle réaction chez lui, mais réprima une bouffée de vanité inhabituelle chez elle. Après tout, il avait peut-être seulement le sang chaud et s'excitait facilement. Et puis il était célibataire depuis de longs mois.

Pendant un bref instant, Avery douta. Elle souhaitait de tout son être qu'Anne ait raison et qu'aucune autre femme n'ait pu réveiller ainsi le désir de Cameron, mais elle trouvait cette idée terriblement prétentieuse. Après tout, aucun homme ne s'était intéressé à elle jusque-là. Allons, ce n'était pas le moment de flancher. Elle ne sortirait peut-être pas de cette nuit en vainqueur, mais elle aurait au moins l'honneur d'avoir ouvert les hostilités, de l'avoir touché en premier, et d'avoir enflammé ses sens avant de se laisser emporter. Elle serait aussi la première femme qu'il enlacerait depuis trois longues années. Elle traça du doigt un cercle autour de son nombril et perçut la contraction des muscles de son ventre.

— Doux Jésus, jeune fille, continuez comme ça et cette fois je ne vous entendrai même pas dire « non », grogna-t-il.

— Peut-être parce que je ne le dirai pas.

Avery ne put retenir un petit cri surpris quand il la prit par les bras et, en un mouvement fluide et gracieux, la déposa sur le lit pour s'allonger sur elle. Il était si bon d'accueillir le poids de ce corps, de sentir sa chaleur s'insinuer dans ses veines… il n'en fallut pas plus pour que les derniers vestiges de sa peur s'évanouissent. C'était ce qu'elle voulait. Quand bien même il lui serait désormais impossible de garder l'ascendant, elle saurait qu'elle l'avait poussé à bout. Cameron pourrait alors se raconter toutes les sornettes qu'il voudrait pour se convaincre, une part de lui saurait à jamais qu'elle s'était offerte à lui de son plein gré.

Cameron gronda doucement et pressa ses lèvres sur les siennes. C'était un baiser violent, féroce, aussi éloquent que le membre rigide qu'elle sentait sous son pagne. Elle lui enlaça le cou et l'embrassa avec la même ardeur. La jeune femme se demanda bien si cette sauvagerie presque désespérée était vraiment une bonne chose – c'était après tout sa première fois – mais il suffit que Cameron passe un pouce sur son téton endolori pour qu'elle ne pense plus à rien.

Cameron, les mains tremblantes, se débattit avec les lacets qui maintenaient fermée la chemise d'Avery. Par bonheur, cette dernière semblait aussi enfiévrée que lui et ne remarquait pas son embarrassante maladresse. Une fois cette opération terminée, il put enfin faire remonter l'habit le long du corps d'Avery, accompagnant son ascension de force baisers, coups de langue et délicates morsures. La poitrine qu'il découvrit le fascina tant qu'il en oublia un instant d'achever de la déshabiller.

Il jeta la chemise dans un coin de la tente et se livra à une contemplation méthodique de cette trouvaille, plaquant doucement les poignets de la jeune femme au lit quand elle tenta de la dissimuler. Il avait par le passé affectionné les poitrines imposantes et rebondies, mais devait bien admettre que ces seins menus, fermes, ronds comme des pommes, et aux tétons d'un rose appétissant, étaient la perfection même.

Cameron s'efforça de refréner ses ardeurs, revint à un rythme plus maîtrisé et étudia le reste de ce corps adorable. Subitement exaspéré par les braies de la jeune fille, il lui emprisonna les deux poignets d'une main et arracha ce dernier rempart à sa nudité. Le souffle coupé, il parcourut du regard ces hanches étroites, ces jambes fines et délicatement musclées... pour s'arrêter avidement sur les quelques boucles dorées à la jonction de ses cuisses, les portes du paradis. Il aurait besoin de toute sa volonté pour ne pas la prendre trop vite. Il brûlait de plonger en elle sans attendre, mais les ultimes vestiges de sa raison lui répétaient qu'elle était encore vierge, qu'elle avait besoin de douceur, de caresses.

De sa main libre, Cameron ôta son pagne, puis se laissa doucement descendre sur elle. Le contact de cette peau soyeuse le suffoqua. Jamais auparavant il n'avait ressenti une passion aussi dévorante, désiré autant une femme. Même son odeur, ce mélange de lavande, de fraîcheur et d'excitation féminine, lui faisait perdre la tête. Il crut déceler un soupçon de gêne dans ses yeux et, lui lâchant les poignets, l'embrassa aussitôt. À son grand soulagement, elle l'enlaça.

Se retrouver ainsi dénudée avait mis Avery très mal à l'aise, mais le regard brûlant de Cameron eut tôt fait de vaincre sa timidité. Elle se sentait presque belle devant cet homme si attiré par un corps dont tant d'autres s'étaient moqués. Elle savait d'instinct que contenir sa passion aiderait Cameron à en faire autant. Son être tout entier était certes parcouru par des vagues d'ardeur, mais elle ne voulait pas que cette première fois soit trop endiablée, trop brutale. Pourtant, quand Cameron pressa les lèvres sur son sein, elle fut beaucoup moins sûre d'avoir la détermination nécessaire pour le pousser à ralentir.

Avery gémit et se cramponna aux biceps de Cameron en un vain effort pour ne pas chavirer. Mue par une douleur sourde dans le bas-ventre, elle ressentit un besoin irrépressible de se frotter contre lui, et sentir son érection contre les parties les plus intimes de son anatomie ne faisait qu'exacerber son excitation. Elle glissa une main entre leurs corps et empoigna son membre. Il était si dur, et pourtant presque soyeux au toucher. Elle le caressa, et vit avec surprise Cameron s'écarter en poussant un juron et lui prendre le poignet pour retirer sa main.

— Ma chère, tu ferais mieux de laisser tes petites mains près de toi si tu ne veux pas que je finisse cette danse avant que tu aies eu le temps d'en profiter.

Avery n'était pas vraiment sûre de comprendre ce que Cameron voulait dire – mais lorsqu'il glissa sa grande main entre ses jambes, plus rien n'eut d'importance. Il aurait pu parler une langue inconnue sans qu'elle s'en rende compte. Ces doigts calleux qui dispensaient des caresses si intimes lui faisaient perdre la tête. Elle luttait contre les sensations qui l'assaillaient, à la fois terrifiée par ce qui lui arrivait et avide.

— Doux Jésus, tu es déjà prête à m'accueillir, fit Cameron d'une voix rauque et tremblante.

— Et alors, tu comptes seulement en parler, ou saisir l'occasion ? le défia-t-elle.

Elle ne fut pas très surprise d'entendre sa propre voix tout aussi voilée, mais s'étonna plutôt de pouvoir prononcer ne serait-ce qu'un mot.

Cameron laissa échapper un rire mal assuré quand il la vit chercher une position confortable puis écarter les jambes.

— C'est ta première fois, tu pourrais avoir mal.

— Ce sera encore pire si tu arrêtes maintenant !

— N'aie crainte, petit chat, ça ne risque pas d'arriver.

Il s'enfonça en elle et Avery, haletante, se sentit gagnée par la panique. Son membre était énorme, cet homme allait lui faire mal s'il continuait… Elle musela ces voix sans leur laisser la moindre chance. Cameron était en effet impressionnant, et il la remplissait d'une façon à la fois inconfortable et délicieuse. Il s'immobilisa, et Avery comprit qu'il avait atteint son hymen. Elle essaya de ne pas penser à la douleur qui l'attendait, consciente que cela ne ferait qu'empirer les choses.

— Tu sais, nous pouvons faire ça sans que tu y perdes ta virginité, murmura Cameron. Je peux aller doucement.

— Mais dans ce cas, ça n'aurait… (Avery passa les jambes autour de sa taille.)… plus rien d'amusant.

Usant de ses bras et de ses jambes pour rapprocher leurs deux corps, elle le força à la pénétrer complètement, et tous deux poussèrent un juron médusé. Pendant un bref instant, la douleur l'emporta sur son désir, puis Avery se concentra sur la perfection de leur union, consciente qu'un homme et une femme ne pouvaient pas être physiquement plus proches que cela. Elle changea légèrement de position et sentit sa passion revenir, plus forte que jamais.

Cameron se mit à bouger en murmurant flatteries et encouragements contre son épaule. Elle s'agrippa à lui et adopta le rythme de ses coups de reins, puis posa les mains sur ses fesses pour l'inciter à aller plus loin, et s'assurer qu'il n'avait pas l'intention de l'abandonner maintenant. Une étrange tension monta alors en elle ; Avery en connaissait la cause, mais elle trouvait néanmoins son intensité quelque peu préoccupante.

— Cameron ! s'écria-t-elle.

Elle venait de dévoiler ses doutes. Pourquoi n'était-elle pas plus forte ?

— Non, ne résiste pas, dit Cameron. (Il glissa la main entre eux.) Avery, viens avec moi.

Il la caressa de ses longs doigts habiles, et elle eut l'impression de voler en éclats. Une vague d'extase la balaya et elle se cramponna de plus belle. Le mouvement de va-et-vient de Cameron se fit plus brutal puis, en une ultime poussée, il plongea profondément en elle en serrant presque douloureusement ses hanches. Tremblant, réduit à grogner son nom, il semblait avoir perdu le contrôle de ses mouvements. Avery sentit la semence brûlante de l'homme jaillir et jouit de nouveau, à peine consciente des jurons incrédules et ravis de Cameron.

Quand Avery revint enfin à elle, Cameron les avait tous les deux nettoyés puis s'était allongé sur le dos, à côté d'elle. Elle avait l'impression d'être presque trop faible pour bouger, pourtant, quand il la prit dans ses bras, son envie se raviva. *Quelle avidité*, se dit-elle en souriant, la joue contre la poitrine de Cameron.

Soit, Avery n'avait pas véritablement gardé la direction des opérations, mais elle n'en était pas moins satisfaite. Elle s'était jetée dans les bras de Cameron de son plein gré, elle lui avait offert sa virginité, et même lui n'aurait pu le nier. Il avait même hésité, le moment venu, ce qu'elle trouvait plutôt attendrissant. Peu importait ce qui arriverait désormais, qu'ils aient un avenir ou non, elle savait qu'elle ne regretterait jamais d'avoir été son amante. Elle avait peut-être été innocente, et le restait de bien des façons, mais elle devinait au fond de son cœur que c'était le genre de passion qu'on ne vivait qu'une fois dans sa vie. Ainsi, voilà à quoi ressemblait l'amour, songea Avery avec un pincement de cœur, car elle le savait pour l'instant à sens unique. Qu'il le reste ou non, elle se promit de le savourer.

Cameron entendit la jeune fille soupirer et se sentit soudain coupable.

— Des regrets ?

— Il serait peut-être préférable de ne pas poser de question suite à cette aventure, répondit calmement Avery en lui caressant la poitrine. Tu pourrais bien dire quelque chose qui me mettrait en colère.

— Et tu recommencerais à te refuser à moi ? demanda Cameron en resserrant son étreinte, bien décidé à ne pas laisser une telle chose se produire.

— Non, je t'arracherais le cœur à la petite cuillère, ce qui contrarierait sans doute beaucoup ton clan.

Cameron ricana et lui caressa le dos, depuis ses frêles épaules jusqu'à son derrière joliment arrondi. Il était si bon de la sentir dans ses bras. Comment aurait-il pu soupçonner qu'une créature aussi petite et délicate pouvait abriter une telle passion ? Même à présent qu'il la caressait distraitement, elle s'enflammait à son contact. Elle se pressa contre lui et ses tétons durcirent instantanément. Cameron comprit alors qu'il serait terriblement difficile de la laisser partir et de garder à l'esprit les tourments de sa sœur. Il devrait placer sa sœur sous bonne garde, songea-t-il en sentant la langue de la jeune femme courir délicatement sur son torse. La passion avait bien trop souvent joué de mauvais tours au laird, et elle n'avait jamais été aussi ardente. Si Avery avait dans l'idée de lui faire oublier ses résolutions, elle découvrirait qu'on ne le manipulait pas si facilement. Elle enroula ses doigts autour de son membre, et Cameron décida qu'il serait tout de même idiot de ne pas la laisser essayer.

— Tu devrais dormir, dit-il en savourant ses caresses. Tu auras sans doute mal demain matin.

— Pas plus qu'en chevauchant toute la journée, ce qui ne m'a jamais empêchée de remonter en selle le matin suivant.

Elle fit glisser ses mains le long de l'aine de son amant, les posa à la base de son érection en refermant doucement ses doigts.

Cameron la retourna brusquement sur le dos et s'allongea sur elle, lui arrachant un petit rire surpris.

— Tu bouges vraiment très vite pour un homme de ta taille. (Elle caressa de ses pieds ses mollets puissants.) Tu n'aimes pas qu'on te touche ?

— J'aime beaucoup trop ça, au contraire.

Il lui pinça les tétons, puis les lécha l'un après l'autre, ravi de la sentir se tortiller sous lui.

— Peut-être que dans une semaine ou deux, je serai capable de supporter plus d'une caresse de ces jolies mains.

Avery accueillit avec soulagement son baiser, car il l'empêcha de poser les quelques désolantes questions qui venaient de l'assaillir : à quelle distance seraient-ils de Cairnmoor à ce moment-là ? Cameron voudrait-il encore la renvoyer chez elle alors ? Elle refusa de laisser de telles pensées assombrir le bonheur qu'elle ressentait dans ses bras. Elle veillerait seulement à ne pas laisser cet aveuglement volontaire la pousser à croire que tout était pour le mieux, et prierait pour que Cameron comprenne la valeur de ce qu'elle lui offrait.

Chapitre 9

Avery, qui venait d'aider Peter à manger son porridge, se releva en grimaçant légèrement. Elle n'avait pas vraiment mal, mais de toute évidence faire l'amour faisait travailler des muscles dont elle n'avait pas l'habitude de se servir. Elle avait découvert à son réveil Cameron déjà profondément en elle, et emportée par le désir, elle n'avait pas pris conscience de cette gêne. Il lui fallait un long bain bien chaud, mais elle devrait attendre le soir pour cela : tout le camp aurait compris pourquoi si elle l'avait pris maintenant.

Anne la pria de ramasser du bois pour le feu, une tâche qu'elle fut ravie d'accepter. Elle s'empressa d'aller chercher le petit chariot à bras puis, Gillyanne à ses côtés et leurs gardes sur les talons, se dirigea vers la forêt. Ainsi, elle n'aurait plus à se demander pendant un instant au moins si les hommes de Cameron la regardaient parce qu'ils savaient ce qu'elle avait fait. Il lui faudrait quelque temps avant d'assumer le rôle de maîtresse de Cameron. Nul n'ignorait que l'homme n'avait aucunement l'intention d'officialiser leur liaison, ce qui l'embarrassait plus qu'elle ne l'aurait cru.

— Alors, qu'est-ce que ça fait d'être une femme ? interrogea Gillyanne en déposant du petit bois dans la charrette.

— Comment sais-tu que j'ai franchi le pas ? rétorqua Avery avec irritation. Ce n'est pourtant pas inscrit sur mon front !

— Non, tu n'as pas changé, ce que je trouve d'ailleurs un peu décevant, ricana la jeune fille. Tu m'avais simplement confié que tu voulais te donner à lui, et je ne conçois pas que cet homme refuse une invitation pareille.

— Tu as raison, il ne l'a pas fait, et je me sens un peu bizarre. Tout allait bien dans ses bras, le bonheur m'aveuglait, mais maintenant je suis… très mal à l'aise. Je me demande qui dans le camp sait ce qui s'est produit, mais je n'ai pas honte pour autant. Je suis seulement un peu ennuyée que ma vie privée ne soit pas aussi préservée que je le souhaiterais.

— Ah, ça ne durera probablement pas, et puis je ne pense pas que tu sois pour autant descendue dans l'estime des gens de Cameron. À vrai dire, je crois même qu'ils pensent que les soucis de sa sœur ont eu quelques conséquences sur la santé mentale de leur maître.

— Voilà qui ne plaira pas à Cameron s'il l'apprend.

— Certes, mais avec un peu de chance, ça fera réfléchir un peu cet idiot.

— On peut toujours l'espérer.

— D'ailleurs, à quoi voudrais-tu qu'il réfléchisse ? demanda Gillyanne.

— À ce qu'il perdrait s'il ne me retenait pas.

— Peut-être qu'un bon coup sur la tête lui éclaircirait les idées ?

La jeune fille ramassa un gros morceau de bois et le soupesa.

— Peut-être, en effet, ricana Avery.

— Et que comptes-tu faire s'il ne comprend pas qu'il doit te garder, qu'il a besoin de toi ?

Me briser en mille morceaux, songea Avery.

— Survivre.

Gillyanne la dévisagea un moment, puis continua à ramasser du bois.

— Puis-je savoir ce qui te met de si bonne humeur ? demanda Leargan à Cameron alors que les deux hommes sellaient leurs chevaux pour aller chasser.

— Ça ne te regarde pas.

— Eh bien, si tu ne veux pas que le camp tout entier sache que tu as enfin obtenu ce que tu convoitais, tu ferais mieux de regarder cette jeune fille un peu moins… affectueusement.

— Tu ne m'as pas dit que je le faisais depuis plusieurs jours déjà ?

— C'est vrai, mais pas de cette façon. Maintenant, tu la dévores des yeux comme si tu savais déjà ce qui t'attend.

Cameron monta sur son cheval, balaya le campement du regard et poussa un profond soupir. Leargan avait raison : il avait probablement l'air d'un homme sûr que la femme qu'il désirait ne se refuserait pas à lui – et Dieu sait qu'il désirait Avery Murray. Il lui avait fallu toute sa volonté pour s'arracher à ses bras, ce matin-là. Il aurait voulu passer toute la journée dans sa tente, à lui faire l'amour... À la vérité, plusieurs jours d'étreintes passionnées n'auraient pas suffi à émousser son ardeur. La simple évocation de cette nuit le faisait frémir.

— Ça ne surprendra personne : mes intentions étaient claires dès le départ. Et puis de toute façon, ce ne sont pas leurs affaires.

Leargan grimpa à son tour sur sa monture et suivit Cameron.

— Vraiment ? Tes gens aiment beaucoup cette jeune fille, de même que sa petite impertinente de cousine, tu sais. Elles nous ont sauvés, elles aident nos femmes, soignent nos blessés, et c'est grâce à elle si Peter est encore en vie. Tu es leur laird et ils te suivront sans poser de questions, mais ils n'en pensent pas moins. Selon eux, Avery ne mérite pas d'être utilisée, humiliée puis renvoyée chez elle.

— Tu oublies ce qu'a enduré Katherine ?

— Bien sûr que non, mais Avery n'y est pour rien. Nous approuvions tous tes projets avant de la connaître, mais maintenant cette histoire ne nous plaît plus du tout. Tu aurais dû oublier ton entreprise de séduction et simplement t'en servir d'otage.

— J'aurais pu, mais sache que cette nuit, c'est elle qui m'a séduit. (Leargan éclata de rire, incrédule.) C'est la vérité ! D'accord, elle n'a pas eu besoin de recourir à de grands stratagèmes : ce n'est pas un secret, je la désire depuis que je l'ai vue. Crois-moi, je doutais de mon plan, je ne voulais plus la déflorer, mais c'est elle qui est venue à moi. Je lui ai même offert de laisser son hymen intact, mais là encore, elle a pris les devants.

— Eh bien, beau brigand, on dirait que tu as fait perdre la raison à cette malheureuse. (Leargan répondit au regard furieux de son cousin par un large sourire.) Épouse-la.

— J'aurais beaucoup de mal à l'échanger contre Payton si elle est ma femme, ne crois-tu pas ?

— Alors propose Gillyanne.

— Si Avery devient mon épouse, mes menaces n'auront plus aucun poids. Que pourrais-je faire à sa petite cousine, à part les gros yeux ? Doux Jésus, les Murray sont bien placés pour savoir que je devrais d'abord affronter Avery avant de lui faire le moindre mal. Et puis de toute façon, je ne veux pas me marier.

— Tous les hommes ont besoin d'un héritier.

— Pas moi : je t'ai, toi, sans parler d'une bonne dizaine d'autres cousins.

— Et bien sûr tu ne fais confiance à aucune femme.

— Comment m'en blâmer ? Ce sont de fourbes créatures, enjôleuses quand elles veulent quelque chose, mais promptes à te poignarder en plein dos quand l'envie leur en prend ou qu'elles trouvent plus riche ailleurs. Pour l'instant, Avery est douce et aimante, mais ça ne durera pas.

— C'est absurde. Tu ne te méfies pas de tous les hommes parce que tu en as rencontré des perfides, je me trompe ? Et pourtant, tu dénigres la gent féminine tout entière à cause de ce que t'ont fait deux ou trois félonnes.

— Plus que deux ou trois, grommela Cameron.

Néanmoins, il le savait, Leargan avait raison.

— Quoi qu'il en soit, une seule chose importe : Katherine doit épouser le malotru qui l'a séduite, poursuivit-il. Et puis suppose qu'elle attende vraiment un enfant ! Il faudra un père à ce petit. Inutile de tergiverser, nous avons besoin de Gillyanne et d'Avery.

— Mon cousin, tu es terriblement têtu.

— Pourquoi, parce que je fais passer ma famille avant une femme qu'on a jetée à mes pieds, la sœur de celui qui a déshonoré mon propre sang ? À ma place, Avery ferait exactement la même chose. Elle resterait fidèle à son clan, et s'attendrait à ce que je le comprenne.

— Ah, mais pour cela il faudrait qu'elle ait un sens de l'honneur et de la loyauté, ce que selon toi il est impossible de trouver chez une femme, rétorqua Leargan avant d'éperonner son cheval, mettant ainsi un terme à la conversation.

Cameron lui emboîta le pas en jurant. Il commençait à concevoir que sa conception du beau sexe souffrait – peut-être – de quelques défauts. Il n'était cependant pas disposé à changer d'avis. Son cynisme et son manque total de confiance en ces dames étaient les seuls remparts contre les charmes d'Avery, et il avait bien l'intention de les conserver.

Cameron était également soulagé que cette discussion avec Leargan ne se soit pas éternisée.

Il n'avait aucune envie d'évoquer la possibilité d'épouser Avery ; c'était beaucoup trop tentant. Maintenant qu'il avait goûté aux plaisirs qu'elle lui offrait, il ne désirait plus qu'une chose : la garder dans son lit, recommencer encore et encore. À son grand dépit, il imaginait sans difficulté un avenir avec elle, jusqu'aux enfants qu'ils auraient ensemble. Le mot « mariage » suffisait à son esprit pour s'emballer, ce qu'il ne pouvait pas se permettre. Il renverrait Avery chez elle. Cette aventure était éphémère – il le fallait, pour son bien, et celui de Katherine.

Avery se plongea dans l'eau brûlante et parfumée avec un soupir ravi. Elle trouvait certes plutôt comique que Cameron voyage avec un imposant bassin et un matelas rembourré de plumes, mais savourait à vrai dire l'un comme l'autre. Puisqu'ils étaient convenus de rester au même endroit plusieurs jours, il avait décidé de s'accorder ces petits luxes. De toute évidence, l'homme tenait à son confort. Il semblait également escompter que le voyage se ferait désormais sans encombre, ce qui était plutôt rassurant.

Laissant le bain chaud soulager ses tiraillements, elle tenta de prévoir la suite des événements. Cameron et elle étaient maintenant amants, et même si elle en avait eu envie, il était trop tard pour reculer. Lord MacAlpin était un homme extrêmement têtu, et il était résolu à se servir d'elle pour forcer Payton à épouser Katherine. De plus, il ne faisait aucune confiance aux femmes, ce qui la mettait dans une position particulièrement compliquée : elle devait lui prouver qu'elle était exactement ce dont il avait besoin. Pourtant, elle lui avait épargné une mort certaine, elle aidait à ce que ses hommes soient bien nourris et bien vêtus, elle avait soigné ses blessés, et voilà que maintenant elle réchauffait son lit et, sans se vanter, s'en acquittait plutôt bien. Qu'aurait-elle pu faire de plus ?

Elle envisagea un instant de lui révéler ses sentiments, mais y renonça bien vite. Cameron était tellement méfiant ! Il verrait dans sa déclaration un habile stratagème pour obtenir ce qu'elle voulait, et Avery n'osait imaginer à quel point elle en souffrirait.

Ce qui lui laissait cette passion partagée. Cameron ne s'en apercevait apparemment pas, mais elle mettait tout son amour dans chacun de ses baisers, chacune de ses caresses, dans ses soupirs d'extase. Peut-être réussirait-elle ainsi à adoucir son cœur et à le pousser à remettre en question ses projets. Cameron n'était pas stupide : il finirait par se rendre compte que toutes les femmes n'étaient pas comme celles qui l'avaient abusé et rendu si amer.

Faute de mieux, elle parviendrait peut-être à améliorer son opinion des femmes. Cela ne réchaufferait certes pas son lit une fois qu'il l'aurait évincée, ni ne soignerait son cœur brisé, mais Avery pourrait tout de même en retirer une certaine fierté.

Cameron apparut comme par magie à côté du bassin, entièrement nu et tout sourires. Bouche bée, Avery le regarda la rejoindre dans l'eau. C'était un si bel homme ! Elle n'avait qu'à le regarder pour sentir son désir s'éveiller. Perdue dans ses pensées, la jeune fille ne l'avait même pas entendu entrer dans la tente et se déshabiller.

— Tu es sûr que ce bassin est assez grand pour nous deux ? demanda-t-elle tandis qu'il se laissait lentement glisser dans l'eau.

— Oui, même si je risque de le regretter. (Il porta une main à son nez et renifla avec une grimace.) Mes hommes vont trouver que je sens beaucoup trop bon ! Au moins tu n'as pas mis de pétales de rose, et puis je suis certain qu'en transpirant un peu, je parviendrai à me débarrasser en bonne partie de cette horrible odeur.

— Et comment comptes-tu transpirer, au juste ? demanda Avery, même si le regard de Cameron était déjà bien assez éloquent. En chassant ? En entraînant tes hommes ? En luttant ?

— Voilà, en luttant, contre toi, toute la nuit, répondit-il en lui prenant savon et linge. Allons, jeune fille, tourne-toi, je vais te frotter le dos.

— J'avais presque fini, murmura Avery en obéissant cependant.

— Même ton dos ?

— Eh bien… non, admit-elle, persuadée que Cameron avait bien plus en tête que sa toilette.

Elle se trouvait parfaitement ridicule : il ne faisait rien d'érotique ! À la vérité, il l'effleurait à peine, mais la façon qu'il avait de frotter le linge mouillé suffisait à faire bouillir son sang. Il était manifestement vain d'espérer maîtriser la passion qu'elle ressentait pour cet homme. Depuis qu'elle avait découvert toute l'ampleur de l'extase que leur procuraient leurs étreintes, la jeune femme était encore plus vulnérable à ses charmes.

— Lève-toi, que j'achève le travail.

La voix rauque de Cameron prouvait bien qu'il n'était lui-même pas indifférent, ce qui la réconforta un peu. Elle éprouvait cependant une pointe de tristesse, consciente qu'ils passeraient peut-être le peu de temps qu'ils avaient à résister de toutes leurs forces pour ne pas devenir esclaves de leur passion. L'amour aurait du mal à prendre racine dans de telles conditions.

Elle sursauta quand Cameron passa à ses jambes et ses fesses. Il la savonnait maintenant avec ses mains, la caressait, même. La jeune fille soupira de soulagement quand il la rinça enfin, mettant un terme à cette torture... mais faillit tomber à genoux quand il déposa un baiser au creux de ses reins. Les poings serrés, elle le sentit descendre.

— Retourne-toi, ordonna Cameron en lui prenant les hanches pour l'inciter à lui obéir.

Avery devint écarlate, sans savoir si elle devait mettre cela sur le compte du désir ou de l'embarras. Elle avait une conscience aiguë de sa nudité, mais le regard intense de Cameron la dissuadait de se dérober. Il lui écarta les jambes pour la nettoyer et elle s'agrippa à ses cheveux par crainte de s'effondrer. Elle essaya de reculer, mais l'homme la maintenait fermement. Il pressa les lèvres sur les douces boucles qu'il venait de rincer, et Avery poussa un cri aussi ravi qu'outré.

— Cameron, non ! protesta-t-elle.

— Oh que si.

Il la fit taire de quelques habiles coups de langue. Avery ferma les yeux et s'abandonna entièrement à son plaisir. Très vite, elle ne se soucia plus de ce qu'il voyait ni faisait, tant qu'il continuait. Il lui fit perdre la tête en s'aidant de ses doigts et de sa bouche, l'amenant plusieurs fois au bord de l'extase avant de la lui dérober au dernier moment. N'y tenant plus, elle le supplia de mettre fin à ce supplice.

Cameron l'arrêta quand elle voulut coller son corps au sien et la conduisit jusqu'à l'orgasme simplement avec sa langue. Elle tremblait encore quand il la guida jusqu'à ses genoux pour la pénétrer. La soutenant d'un bras, il la força à cambrer le dos pour se consacrer voracement à ses seins. Les mains sur ses hanches, il la fit monter et descendre jusqu'à ce qu'elle jouisse de nouveau – et cette fois, il se joignit à elle.

Plusieurs minutes passèrent, mais Avery était toujours hébétée quand Cameron l'aida à sortir du bassin pour la sécher. Elle recouvra suffisamment ses esprits pour lui arracher la serviette et l'essuyer à son tour, bien décidée à le mener elle aussi aux confins de la folie.

Agenouillée à ses pieds et occupée à lui frotter les cuisses, Avery l'entendit respirer avec force. Sentant son propre désir s'intensifier, elle s'attaqua méthodiquement à son entrejambe, savourant chacun de ses grognements. Elle laissa alors tomber la serviette, posa les mains sur ses hanches et passa lentement la langue le long de son membre. La plainte qui échappa à son compagnon sembla résonner dans son corps tout entier.

Cameron regardait fixement Avery, les poings serrés, tâchant tant bien que mal de se dominer. Elle le prit dans sa bouche alors qu'elle venait de croiser son regard. Il ne serait certainement pas capable de savourer ce plaisir bien longtemps.

L'homme poussa un cri où se mêlaient le plaisir et la frustration de ne pas pouvoir maîtriser ses ardeurs, et saisit Avery sous les bras pour l'emmener jusqu'au lit. Il la pénétra sans attendre, conscient qu'il aurait au moins dû s'excuser de ne pas l'avoir mise dans un état d'excitation semblable au sien – mais la découvrit parfaitement prête à l'accueillir. S'ensuivirent des étreintes passionnées auxquelles Avery s'adonnait avec une intensité croissante, rivalisant bientôt avec celle de son amant. L'extase qui emporta Cameron en fit de même avec la jeune fille quelques secondes plus tard.

MacAlpin s'effondra dans les bras de sa partenaire. Il craignait d'être trop lourd pour elle, mais il était surtout trop épuisé pour bouger. Au bout d'un instant, il sentit la jeune fille se tortiller légèrement et trouva la force de rouler sur le dos. S'ils persistaient à s'ébattre avec une telle frénésie, c'est sur une civière que Cameron franchirait les portes de Cairnmoor ! Il se rappela alors que retrouver son domaine mettrait un terme à son aventure avec Avery, et chassa prestement cette perspective de son esprit. Pas question de penser à cette triste issue quand son corps tout entier tremblait encore de bonheur.

— Jeune fille, nous allons devoir nous y prendre avec plus de douceur, dit-il en déposant un baiser sur le front d'Avery. À cette allure, je ne pourrai bientôt plus m'asseoir sur une selle.

— On n'a plus l'endurance de ses vingt ans ?

— Très drôle. Tu n'es pas trop fatiguée pour ces impertinences ?

— Je récupère vite. (Elle bâilla et frotta sa joue contre le torse de Cameron.) Ce que nous avons fait était… convenable ?

Cameron ricana doucement.

— Tu crains d'être excommuniée ? (Il lui caressa le dos, puis les fesses, incapable de la laisser tranquille.) Si tu confessais cela, tu devrais sûrement faire deux ou trois pénitences, puisque l'Église considère le moindre petit plaisir comme un péché. À l'écouter, on devrait le faire dans le noir, tout habillés, et à toute allure. Ne t'inquiète pas, nous sommes loin d'être les premiers à faire de telles choses, et tu ne t'es pas laissé entraîner par le malin.

Non, seulement par mon bas-ventre.

Si elle en croyait le peu qu'elle avait entendu de la bouche des hommes de son clan, tout le monde s'adonnait à de telles pratiques à la première occasion venue. Si de tels plaisirs suffisaient à vous envoyer en enfer, elle était sûre d'y retrouver une grande partie des Murray.

— Voilà, maintenant je suis en nage à cause de toi, grommela-t-elle.

— Tu veux que je te frotte le dos ? demanda Cameron avec un large sourire tandis qu'elle se dirigeait vers le bassin.

Avery s'aspergea précipitamment d'eau maintenant froide, se contentant pour toute réponse d'un regard écœuré. Elle s'enveloppa dans la serviette et revint vers le lit. Alors qu'elle se glissait sous les couvertures, Cameron lui ôta le pan d'étoffe et partit se laver à son tour. La jeune fille poussa un petit cri surpris quand, de retour dans le lit, il l'attira dans ses bras.

— Cameron, tu es glacé !

— Je sais. Tu vas me réchauffer.

L'homme glissa une main entre ses cuisses, et le hoquet choqué d'Avery se mua en gémissement de plaisir. Voir la jeune femme réagir au moindre de ses effleurements le ravissait au plus haut point. Il lui prit la jambe pour la passer derrière sa hanche, ce qui lui permettait de la caresser à sa guise.

— J'ai nettement plus chaud maintenant, chuchota-t-il à l'oreille d'Avery.

La jeune fille, qui sentait le grondement de cette voix grave résonner dans son corps tout entier, se mit à trembler.

— Jc croyais quc tu voulais modércr nos ardcurs.

Il la retourna soudain sur le dos et se pencha sur elle ; si elle en jugeait par la taille de son érection, il n'avait pas l'intention de refréner quoi que ce soit.

— Je suis sûr que nos dernières étreintes les auront un peu tempérées : cette fois, je vais prendre mon temps. (Il lécha le téton d'Avery.) Je vais te savourer, jouer avec toi, et m'attarder sur chaque centimètre de ta peau.

Avery en frémit d'excitation.

— Tu craignais de ne pas pouvoir t'asseoir sur ton cheval.

— Je pourrai toujours marcher, ou demander à Leargan de me porter.

Cameron embrassa ses hanches, puis s'installa entre ses jambes et lécha l'intérieur de ses cuisses.

— Tu as décidé de me rendre folle, je me trompe ?

Il souleva les jambes d'Avery pour les poser sur ses épaules, glissa les mains sous ses fesses et déposa un baiser sur les boucles qui abritaient la partie la plus intime de son anatomie.

— Exactement.

— Doux Jésus…, murmura-t-elle.

Ce seraient probablement, elle n'en doutait pas, les derniers mots cohérents qu'elle prononcerait avant quelque temps.

Chapitre 10

— Les DeVeau… encore eux.

Cameron lança un regard incrédule à Leargan, assorti d'un juron rageur.

Les deux hommes étaient certes partis en reconnaissance pour s'assurer que la route était sans danger, mais Cameron, à vrai dire, ne croyait pas rencontrer d'obstacles. Les MacAlpin se dirigeaient à vive allure vers le port où ils embarqueraient pour l'Écosse – une si vive allure, même, qu'ils avaient presque rattrapé les quatre jours perdus à attendre que leurs blessés soient en état de voyager. Pour être parfaitement honnête, il poussait peut-être un peu trop ses gens. Il y avait bien eu quelques protestations, mais il avait fait mine de ne pas les entendre. C'était peut-être absurde, mais Cameron avait le sentiment que s'il prenait son temps, ses troupes penseraient qu'il agissait ainsi pour rester le plus longtemps possible avec Avery – et comme c'était exactement le cas, il s'escrimait à faire tout le contraire. Bien entendu, il n'était pas d'humeur à affronter les DeVeau.

— Je m'imaginais qu'ils renonceraient après avoir perdu autant d'hommes au cours de leur dernière attaque, maugréa Cameron. Après tout, DeVeau ne nous a pas si bien payés que ça. Il lui coûtera presque aussi cher de réparer ses pertes.

— Je suis d'accord, ça n'a aucun sens. Que dirais-tu de les espionner un moment ? Après tout, ils ne sont peut-être même pas à notre recherche.

Cameron réfléchit quelques secondes, puis opina du chef. Les deux cavaliers s'approchèrent du campement des DeVeau, puis descendirent de cheval et attachèrent leurs bêtes. Ils se glissèrent alors jusqu'à la lisière de la forêt et s'accroupirent dans l'ombre. Cameron réprima un juron quand il vit qui sortait de la tente la plus proche : sir Charles DeVeau ne partait que très rarement en expédition avec ses sbires, et sa présence en ces lieux avait de quoi inquiéter.

Les hommes installèrent une petite table qu'ils couvrirent d'une belle nappe avant d'y poser assiettes, couverts, puis une coupe. Cameron les regarda ensuite avec un dégoût manifeste installer une chaise matelassée et richement ornée. Sir Charles s'assit et un petit valet fébrile accourut pour lui servir ce qui était probablement le premier d'une longue série de mets. Cameron doutait très sincèrement que le seigneur nourrisse aussi bien ses serviteurs.

Sir Charles en était au troisième plat de son dîner, et Cameron commençait à penser qu'il perdait son temps, quand l'un des soldats de DeVeau vint se planter à côté de la table.

— Où sont les MacAlpin ? demanda sir Charles après s'être essuyé la bouche avec une serviette ourlée de dentelle.

— Plus très loin, seigneur.

— Et où se trouve l'objet de nos recherches ?

— Il devrait être là d'un instant à l'autre. La chance nous a souri : nous avons pu le récupérer sans alerter leur camp.

Cameron sentit un frisson lui parcourir l'échine. Ces deux hommes ne parlaient certainement pas de l'argent que DeVeau lui avait versé : il était entreposé avec le reste des bagages, et n'aurait pu être subtilisé à l'insu de ses compagnons de voyage. Il passa en revue toutes les possibilités, pour revenir toujours à la même : sir Charles avait envoyé ses hommes enlever quelqu'un… Cameron n'avait pas oublié les vieilles rancœurs qui opposaient les familles DeVeau et Murray, et craignait de savoir qui pouvait bien être cet « objet ».

Il lança un regard à Leargan, dont le visage fermé ne le rassura guère.

— Nous restons ? articula-t-il en silence, et Leargan acquiesça.

Cameron se résolut donc à attendre en s'efforçant de garder les idées claires, sans cesser de prier pour que ses déductions se révèlent fausses.

Avery s'écarta du camp pour profiter d'un moment d'intimité. Son garde l'observa passer, s'assura que Gillyanne était toujours là, et retourna à son ouvrage. Les hommes chargés de les surveiller avaient manifestement décidé que les deux jeunes filles ne s'échapperaient pas si elles n'étaient pas ensemble.

Avery fut tout d'abord tentée de partir à toutes jambes pour épicer un peu les choses, mais elle se ravisa : Cameron ne croirait jamais qu'elle avait voulu seulement le taquiner.

Elle marcha lentement dans les bois pour étirer ses jambes éprouvées par une longue journée à cheval, veillant à rester à portée de voix du camp, à défaut de le voir en permanence. Cela faisait maintenant une semaine qu'ils faisaient route vers le port où ils prendraient la mer, et Cameron leur imposait une allure effrénée. Avery comprenait son désir de rentrer au plus vite pour régler les problèmes de sa sœur – ou peut-être était-ce seulement l'Écosse qui lui manquait ? – mais un tel empressement la faisait tout de même souffrir. À sa connaissance, il avait toujours l'intention de se débarrasser d'elle une fois arrivé à Cairnmoor. Elle avait beau se répéter qu'elle n'était pas le centre du monde et que le désir dont Cameron faisait montre quand il la rejoignait sous les draps ne pouvait être feint, Avery ne pouvait s'empêcher de penser qu'il semblait avoir terriblement hâte de se débarrasser d'elle.

La jeune fille cherchait souvent un moyen de régler le problème posé par la sœur de Cameron sans que Gillyanne ou elle ne servent de monnaie d'échange. Le plus efficace aurait encore été de prouver que cette Katherine mentait, mais c'était certainement plus facile à dire qu'à faire. Avery avait cru comprendre que la demoiselle savait très bien comment obtenir ce qu'elle voulait – en l'occurrence, Payton. Il y avait très peu de chances que son véritable amant – s'il y en avait un – se réveille soudain pour prendre ses responsabilités. Avery n'avait plus qu'à prier pour que Cameron tombe amoureux d'elle, ce qui l'obligerait à trouver une autre issue à cet imbroglio… un miracle qui, manifestement, n'était pas près de se produire.

Avery remarqua un buisson couvert de baies bien mûres et se précipita pour les cueillir. Elles agrémenteraient un peu des repas pour l'heure essentiellement composés de viande et de pudding. La jeune femme remplissait gaiement la banne qu'elle s'était fabriquée en soulevant les pans de sa robe quand elle sentit une présence. Elle scruta les bois sans rien trouver et s'apprêtait à se retourner quand une grosse main ceinte d'un gantelet se pressa sur sa bouche.

Avery laissa aussitôt tomber les baies pour se débattre, mais on lui tira les bras en arrière pour lui attacher les poignets dans le dos. La main qui la réduisait au silence fut remplacée par un bâillon, trop prestement cependant pour qu'elle ait le temps de crier. La jeune fille eut beau se débattre, elle fut hissée sans difficulté sur une large épaule, puis douloureusement secouée tandis que son ravisseur s'éloignait en courant du campement des MacAlpin.

Au bout d'un instant, on la jeta sans égard en travers d'une selle. L'homme qui l'avait enlevée monta sur son cheval et lança la bête au galop avant que sa captive puisse reprendre sa respiration. Avery, tout en luttant contre les nausées, tâcha de découvrir qui étaient ses ravisseurs. Elle découvrit seulement qu'ils étaient trois, et que, si elle se fiait à leurs accoutrements et leurs montures, c'étaient, sinon des chevaliers, tout du moins de prospères mercenaires.

Ce ne fut qu'une fois arrivée dans un campement inconnu qu'Avery eut une petite idée des ennuis qui l'attendaient. Étourdie, les tempes battantes, le ventre meurtri par la selle, la jeune fille fut tirée en arrière, remise brutalement debout… et elle aperçut alors la bannière des DeVeau. Tandis qu'on l'emmenait vers une tente richement ornée, elle pria pour que tout ceci ne soit qu'une manigance de sir Charles pour récupérer son argent, et qu'il n'ait pas découvert son identité.

Un de ses ravisseurs la conduisit devant le seigneur et lui ôta son bâillon. Avery but de bon cœur le vin qu'on lui versa sans ménagement dans la bouche, même si elle manqua de s'étrangler.

— Ça devient un peu fatigant, dit-elle en regardant sir Charles droit dans les yeux. De quoi s'agit-il, cette fois ? Devez-vous, vous aussi, vous acquitter d'une dette de jeu ? Voulez-vous demander à Cameron de verser une rançon pour me récupérer ?

— Oh non, sir Cameron n'est pas près de vous revoir, répondit le seigneur entre deux gorgées de vin.

— Pourquoi ? Vous me jugiez trop négligeable pour payer la dette de sir Bearnard. Aurais-je pris de la valeur ?

— C'est le moins qu'on puisse dire. Vous êtes une Murray.

Avery s'efforça d'endiguer la vague de terreur qui la submergea et lança à l'homme un regard innocent.

— Une quoi ?

— Quelle comédienne ! Allons, ne gâchez ni votre temps ni le mien. Vos cousins, les Lucette, exigent que vous leur soyez rendues, votre cousine et vous. Ils refusent de croire que ce n'est pas moi qui vous retiens.

— En quoi ce que croient les Lucette vous importe ?

— En rien du tout ! Mais leur inquiétude m'a fait comprendre que vous pourriez m'être très utile.

— Comment ?

Avery espérait que DeVeau avait en tête de l'échanger contre une rançon, ou des prisonniers, mais sa réponse lui retourna l'estomac.

— Je ne sais pas encore… je voulais seulement vous enlever à sir Cameron, et maintenant que c'est fait, je dois réfléchir aux options qui s'offrent à moi. Je suppose que l'Écossais vous a troussée ?

— Sir Cameron a fait vœu de célibat, et il me ramène simplement auprès de mon clan.

— Ah oui, la meurtrière et l'homme qui l'a aidée à échapper à la justice.

— Ma mère n'a tué personne ! Son innocence a été prouvée, et on a pendu les véritables coupables.

— Oui, c'est ce que les Lucette veulent nous faire croire. Peu importe : c'est de l'histoire ancienne, même si je dois dire qu'elle en a bien profité, la garce. Mais j'y pense… à quoi lady Gisele serait-elle prête à renoncer pour retrouver sa fille ?

— Votre roi serait sûrement furieux que vous la forciez ainsi à abandonner une chose qu'il a – et son père avant lui – déclaré revenir de droit à ma mère et aux Lucette.

Sir Charles se leva lentement et tourna autour d'Avery. Il caressa ses cheveux emmêlés, lui tapota les fesses puis, avec une terrifiante froideur, posa une main blafarde sur son sein. Avery fit tout son possible pour cacher sa répulsion et dévisagea sans ciller l'homme.

— Je me demande bien quelle tête ferait votre père si je vous renvoyais chez vous avec mon bâtard dans le ventre, dit sir Charles en se rasseyant pour finir son vin.

— Je vous suggère de réfléchir à la façon dont votre cousin Michael a trouvé la mort.

— Vous me châtreriez ?

— En moins de temps qu'il n'en faut pour le dire.

— Mais quelle fougue ! J'aimerais beaucoup voir comment elle se manifeste une fois sous les draps.

Le seigneur appela l'un de ses serviteurs d'un geste paresseux.

— Anton, attache-la solidement dans ma tente, déclara-t-il avec un léger sourire. Et assure-toi qu'elle n'y trouvera pas d'objets tranchants.

Avery se laissa emmener, consciente que résister n'aurait été qu'une perte de temps et d'énergie. Elle ne dissimula pas en revanche sa consternation quand elle découvrit que la tente de DeVeau était aménagée avec le raffinement d'une chambre à coucher. Son garde défit ses liens, puis, avec l'aide de l'écuyer solidement charpenté de sir Charles, attacha ses poignets et ses chevilles au grand lit.

Une fois seule, Avery riva son regard au feu qui brûlait au centre de l'immense tente et tâcha de se calmer. Elle avait besoin d'espérer. Cameron viendrait la secourir. Hélas, elle avait le sentiment que ce ne serait pas vraiment pour elle, mais parce que son honneur était en jeu et qu'il avait besoin d'elle pour venger sa sœur… *Cela dit, quelle importance?* L'essentiel, c'était qu'il vienne. Avery pria pour que la tirer des griffes de DeVeau ne lui coûte pas trop cher – et qu'il arrive avant que le Français l'ait souillée de ses caresses.

Cameron prit plusieurs grandes inspirations et indiqua d'un signe de tête à Leargan qu'il pouvait le relâcher. Quand il avait vu Avery, puis entendu ce que sir Charles comptait faire d'elle, il s'était laissé emporter par la rage. Il pouvait remercier la célérité de Leargan, qui l'avait aussitôt empêché de se ruer sur sir Charles pour trancher la main qu'il avait osé poser sur la jeune fille. Lentement, prudemment, Cameron suivit son cousin jusqu'à leurs chevaux.

—Je dois la secourir, gronda Cameron, les mains serrées sur le pommeau de sa selle.

—Je suis bien de cet avis, répondit Leargan. Je me demande comment son cousin Michael a péri, ajouta-t-il, en grande partie pour distraire Cameron le temps que ce dernier recouvre quelque peu son calme.

— On lui aurait tranché ses mâles attributs pour les lui fourrer dans la bouche, avant de finalement l'égorger.

— Doux Jésus ! Où as-tu entendu ça ?

— J'ai demandé pourquoi sir Charles voulait attaquer les Lucette, et j'ai beaucoup appris sur la querelle qui oppose ces clans. Avery m'a ensuite raconté cette histoire, mais du point de vue de sa mère cette fois. Si tu veux mon avis, la cupidité joue aussi son petit rôle là-dedans. (Cameron monta à cheval.) Nous allons avoir besoin de quelques hommes.

Leargan l'imita et les deux cavaliers s'éloignèrent doucement, ne lançant leurs montures au galop qu'à bonne distance du camp des DeVeau.

— Nous n'avons pas eu grand mal à nous approcher, et la tente de sir Charles est ridiculement près du bord.

— Il nous faut donc assez d'hommes pour faire diversion, et quelques-uns pour prendre la tente d'assaut.

— Ça devrait faire l'affaire.

— Pendant ce temps-là, les autres devront lever le camp et se mettre en route : inutile de rester à attendre que DeVeau vienne chercher ce qu'on lui aura pris. (Cameron réfléchit un instant.) De toute façon, je crois que je vais devoir le tuer.

Il lança alors son cheval à vive allure sans laisser à Leargan le temps de mettre en question la pertinence de cette déclaration.

Les cousins retrouvèrent leur campement en émoi : on avait déjà découvert qu'Avery avait disparu. Cameron se retint de décharger toute sa colère sur Petit Rob. Après tout, il avait demandé à l'homme de veiller à ce qu'Avery ne s'échappe pas, et c'était ce qu'il avait fait. Comment l'infortuné aurait-il pu deviner qu'on tenterait d'enlever la jeune fille ? Cameron s'était tout simplement montré stupide. Il savait tout des vieilles rancœurs qui opposaient DeVeau et Murray. Il aurait dû prévoir que sir Charles devinerait l'identité de la prisonnière de sir Bearnard et voudrait la récupérer. Au moins, Gillyanne était en sécurité, songea Cameron en contemplant l'enfant aux yeux écarquillés par la peur avec une grimace coupable.

— Vous êtes sûr que sir Charles sait qui est vraiment Avery ? interrogea-t-elle.

— Oui, je l'ai entendu de sa bouche. Avec Leargan, nous étions assez près pour comprendre la moindre de ses paroles.

— Mon Dieu, il va lui faire du mal.

— Allons, nous n'en savons rien, mentit Cameron pour apaiser la jeune fille.

— Bien sûr que si, même si je vous remercie d'essayer de me ménager. Les DeVeau se comportent comme de véritables brutes avec les femmes, tout le monde le sait. Je me demande bien pourquoi Avery n'a pas senti le danger arriver.

— Les hommes de sir Charles se seront glissés derrière elle et l'auront attaquée par surprise.

— Ce n'est pas le problème. Elle était sûrement préoccupée par quelque chose. (Gillyanne sourit en observant la mine déconcertée de Cameron.) Avery est très douée pour sentir le danger approcher. Elle nous avait prévenus avant que les DeVeau attaquent notre clan. Soit, je suppose que ça ne marche pas chaque fois.

— Tu me racontes des sornettes !

— Pas du tout. On dirait que pour elle, le danger a une odeur. Son père est pareil. C'est un don très précieux, même s'il semblerait qu'il ne soit pas infaillible. (Elle considéra les hommes qui se rassemblaient autour de Cameron.) Vous allez la secourir.

— C'est notre plan, en effet… même si je suis sûr que sa vie n'est pas menacée, ajouta Cameron pour apaiser les craintes de la jeune fille.

— Sauf si elle essaie de tuer sir Charles, Dieu l'en garde.

Sur ce, Gillyanne partit en trottinant aider les femmes à lever le camp.

Cameron emmena ses guerriers à l'assaut du campement de DeVeau, incapable de chasser les derniers mots de Gillyanne de son esprit. Avery n'était certainement pas femme à accepter son sort sans rien faire, à sangloter et à prier pour que quelqu'un vienne la secourir. Il n'avait aucune idée de ce qu'une créature aussi frêle pourrait faire contre sir Charles, mais savait qu'il était très dangereux de mettre le seigneur en colère. Il avait de prime abord regretté d'avoir pris à Avery son couteau… mais se retrouver désarmée et vulnérable permettrait peut-être à la jeune fille de rester en vie le temps qu'il vienne la tirer des griffes de DeVeau.

— Ne t'inquiète pas, tu fais le bon choix, lui dit Leargan. Nous allons la sauver.

— Oui, si elle ne fait rien d'inconsidéré, comme essayer de s'en tirer toute seule.

— Je n'avais pas pensé à ça. Allons, sir Charles a ordonné qu'elle soit solidement attachée : à l'heure qu'il est, elle est sans doute incapable d'entreprendre quoi que ce soit.

— Je n'aime certainement pas l'imaginer ligotée à la merci de ce porc, mais tu as raison, c'est peut-être ce qui lui sauvera la vie.

— Oh, et puis elle doit être habituée maintenant.

S'ils n'avaient pas été à cheval, Cameron aurait sans doute frappé son cousin – pourtant, ce dernier ne faisait que dire la vérité. Il voulait croire qu'Avery ferait la différence entre ce que sir Charles comptait lui faire subir et ses propres actes. La jeune fille était-elle consciente qu'il ne lui aurait jamais fait de mal ?

— Espérons que lui aussi enveloppe ses cordes de soie pour atténuer leur morsure, grommela Cameron, qui ressentait le besoin de se défendre, même médiocrement. Et surtout, qu'il soit encore en train de dîner.

— Tu crois qu'il a vraiment l'intention de l'engrosser ?

— À mon avis, il ne sait pas encore ce qu'il va faire d'elle, même si on entendait bien à son ton que l'idée lui plaisait.

Imaginer sir Charles posant la main sur Avery suffisait à rendre Cameron fou de rage. Elle était à lui, peu importait s'il prévoyait de la renvoyer chez elle, ou luttait obstinément contre tout ce qui n'était pas de l'ordre du simple désir. Il avait été le premier à jouir de sa passion, et jusqu'à ce qu'il la quitte, il avait bien l'intention d'être le seul. Si sir Charles violait Avery, celui-ci en viendrait à envier le sort qu'avait connu son cousin Michael.

Cameron et ses hommes laissèrent leurs chevaux à bonne distance du campement des DeVeau, sous la surveillance de deux d'entre eux, et s'approchèrent sur la pointe des pieds. Cameron remarqua immédiatement que sir Charles n'était plus à l'extérieur de sa tente et son cœur se serra. Il lutta pour ne pas se ruer à l'attaque, l'épée brandie, et ordonna à quatre de ses guerriers de contourner le camp pour faire diversion, ce qui le laissa avec Leargan, Petit Rob, Colin… et l'horripilante perspective de n'avoir rien à faire d'autre qu'attendre.

— Il ne leur faudra pas très longtemps pour attirer l'attention de tout le camp, chuchota Leargan.

— N'essaie pas de me rassurer.

Quelle mine pouvait-il bien avoir pour que Leargan se sente obligé de le calmer ?

— Tu semblais prêt à charger.

— Ce n'était qu'une impulsion passagère, et elle est passée.

— Tu devrais te demander pourquoi tu as ressenti une telle chose. Après tout, ce n'est que la petite Avery Murray, la fille que tu as l'intention de renvoyer dans son clan une fois rentré à Cairnmoor. Il te reste toujours Gillyanne pour faire ton échange.

— Et si tu te tais tout de suite, il te restera une langue pour ravir ces dames.

Leargan leva les yeux au ciel, mais n'insista pas. Cameron ramena toute son attention sur la tente de sir Charles, furieux de ne pouvoir voir au travers ni prévenir Avery qu'il était là. Contraint à l'inaction, il ne pouvait empêcher les paroles de Leargan de hanter son esprit.

Cameron n'aurait pas dû éprouver une telle rage à l'idée qu'un autre homme puisse toucher Avery. Il ne parvenait pas à savourer leur passion sans que cette dernière éveille des émotions plus profondes.

Avery le faisait rire, une chose qui ne lui était pas beaucoup arrivée ces dernières années. C'était une jeune femme délicieuse, pleine d'esprit et de charme. Malgré son rang, elle n'hésitait pas à travailler aux côtés des compagnes de ses guerriers, voire se lier d'amitié avec elles. Elle s'empressait de secourir les blessés ou les malades. Leur voyage s'était révélé pénible, parfois même éreintant, mais elle ne s'était jamais plainte. À vrai dire, Cameron et Avery n'avaient qu'un inévitable sujet de discorde : les accusations de sa sœur.

Cameron comprit qu'il appréciait beaucoup la jeune fille. La considérer comme une amie lui semblait parfaitement naturel, s'étonna-t-il. Et puis ne lui devaient-ils pas la vie, ses hommes et lui ? Autant de bonnes raisons de tout faire pour la tirer de ce mauvais pas, se dit-il en tâchant d'ignorer la petite voix qui lui répétait qu'une fois de plus, il se mentait à lui-même.

À son grand soulagement, ses hommes lui offrirent enfin la diversion qu'il attendait, mettant ainsi un terme à ses ruminations. Deux chariots brûlaient à l'autre bout du camp et les chevaux des DeVeau, libérés de leurs entraves, se mirent à galoper dans tous les sens. Un sourire féroce aux lèvres, Cameron se dirigea vers la tente de sir Charles.

Chapitre 11

Sir Charles fit irruption dans sa tente, et Avery s'efforça tant bien que mal de dissimuler sa peur. Il la contemplait comme si elle était quelque victime offerte en sacrifice. La jeune fille aurait donné cher pour avoir son couteau. Certes, tuer cet homme lui aurait coûté une mort aussi brutale qu'immédiate, mais en cet instant précis, cela semblait en valoir la peine.

— Est-ce ainsi que votre bel Écossais vous retenait auprès de lui ? interrogea sir Charles.

— Non, lui ne m'attachait à son lit que par le poignet. Il est plus brave que vous.

DeVeau tira brusquement son épée et en pressa la pointe contre la gorge d'Avery, qui laissa échapper un cri étranglé.

— Vous devriez apprendre à tenir votre langue, jeune fille, surtout dans votre position.

— Monsieur, vous allez souiller vos draps.

— C'est vrai, ce serait fâcheux.

Il entreprit de trancher lentement les lacets du corsage d'Avery. Ce DeVeau était manifestement aussi froid et pervers que ceux que sa mère avait connus.

La jeune fille se demandait comment cette dernière pouvait être aussi joyeuse et douce après avoir subi ce genre d'insanités ? Voilà qui expliquait cependant pourquoi elle ne revenait que très rarement sur ses terres natales. Avery adorait sa famille maternelle, mais elle savait que, si d'aventure elle sortait vivante de ce guêpier, elle n'aurait plus guère envie de revenir en France.

— Vous comptez me rendre nue à ma famille ? demanda-t-elle, fière de pouvoir parler d'une voix calme alors que la terreur la rongeait.

Lentement, méthodiquement, sir Charles découpait un à un ses vêtements.

— Bien sûr que non, je suis un homme galant. Je vous ferai enfiler une jolie robe, une toilette digne de nos catins, au moins aussi belle que celle que mon cousin Vachel a donnée à votre mère il y a bien des années.

— À ce propos, comment va ce cher homme ? Il est mort, j'espère.

Sir Charles ouvrit sa robe déchirée d'un coup sec.

— On ne peut plus mort, en effet, dit le seigneur en caressant les jambes d'Avery.

La jeune fille serra les dents pour ne pas tressaillir.

— Je suppose qu'il a péri paisiblement, dans son lit.

— Dans son lit, oui. Paisiblement, pas tout à fait. Il y a dix ans de ça, on l'a empoisonné. Le malheureux a succombé après plusieurs jours d'atroces souffrances.

Si elle en jugeait par le ton désinvolte de sir Charles, s'il n'avait pas lui-même tué son cousin, il savait qui l'avait fait, comment, et pourquoi. La mort de Vachel lui avait bien profité. Avery le trouvait bien hypocrite de condamner ainsi sa mère, dont l'innocence avait été prouvée, quand lui-même avait manifestement assassiné l'un des siens. Visiblement, chez les DeVeau il était parfaitement normal de s'entre-tuer.

Sir Charles rengaina son épée, et entreprit de défaire les lacets de la chemise d'Avery, qui se mordit la lèvre pour ne pas le supplier d'arrêter. Les caresses effrayantes de l'homme la glaçaient moins que son regard vide de tout désir. Il faisait cela pour l'humilier, rien de plus. Elle comprit qu'il avait l'intention de jouer avec elle pendant très longtemps, jusqu'à ce que, folle de peur et de honte, elle l'implore de la violer pour en finir.

L'homme observa longuement ses seins en se tapotant le menton. Avery aurait tout donné pour pouvoir libérer une de ses chevilles et gratifier son bourreau de quelques coups de pied en plein visage.

— Ils sont bien petits. Je préfère les poitrines plus rebondies.

— Si j'avais su que vous les jugeriez aujourd'hui, j'aurais tâché de m'engraisser davantage.

— En revanche, ces tétons sont parfaits. Je suis sûr que mon futur bâtard les appréciera autant que moi.

DeVeau posa les mains sur ses seins et les frotta de ses pouces.

— Ils ne réagissent pas beaucoup.

— Vous voulez une réaction ? demanda Avery. Approchez-vous un peu, je ne vais pas tarder à vomir.

DeVeau la gifla aussitôt avec le même calme impassible et méthodique qui semblait caractériser toutes ses actions. Avery commençait à croire que rien de tout ceci n'était réel, qu'elle était prisonnière de quelque effroyable cauchemar. Quel homme pouvait manquer à ce point d'émotions ? Sir Charles remonta l'ourlet de sa chemise, dévoilant ses braies. Dans d'autres circonstances, elle aurait volontiers goûté la mine surprise de cet individu d'ordinaire si inexpressif, mais elle ne pouvait s'empêcher de penser au peu qui séparait son ravisseur de la partie la plus intime de son anatomie.

— Vous croyez vraiment que ce bout de tissu peut vous protéger d'un homme ? interrogea sir Charles en tirant un couteau de sa ceinture...

— Il me tient chaud, répondit-elle, la honte et la peur cédant progressivement la place à une rage froide.

L'homme découpa l'étoffe le long de sa jambe et la rabattit, dévoilant complètement la jeune fille à ses regards.

— Fascinant, vous êtes donc entièrement dorée. Et propre également, ce qui me sied.

— Je voudrais vous tuer !

— Vraiment ? Vous n'êtes pourtant pas en position de me menacer.

— Je sais me montrer patiente quand il le faut. Quand viendra le moment – que ce soit demain, après-demain ou dans deux ans, peu importe – je vous tuerai, et croyez-moi, vous envierez alors les morts qu'ont connues sir Michael et sir Vachel.

Avant que sir Charles puisse répondre, de grands cris résonnèrent à l'extérieur de la tente.

— Je vais voir ce que fabriquent ces imbéciles, mais j'espère qu'à mon retour, vous me distrairez avec le récit de toutes les horreurs que vous me réservez.

Il lui caressa l'entrejambe de ses doigts glacés et sortit.

Avery inspira profondément. Elle se sentait nauséeuse, ignorant si elle devait mettre cela sur le compte de sa colère ou de cette main répugnante qui avait touché sa peau. Elle savait que derrière sa rage se cachait une femme terrifiée par les sévices que sir Charles comptait lui faire subir. La fureur étant cependant une option nettement préférable, elle s'y cramponna de toutes ses forces.

Un bruit de toile déchirée interrompit soudain ses sombres pensées. La jeune fille essaya de regarder derrière elle, mais ses entraves l'en empêchaient. L'apparition de Cameron et Leargan à son chevet l'emplit d'un tel soulagement qu'elle en oublia momentanément son embarrassante nudité.

— Où est sir Charles ? demanda Cameron en tranchant les liens qui lui immobilisaient les bras tandis que Leargan détournait courtoisement le regard.

— Parti voir ce qui a causé un tel tintamarre, répondit Avery en se massant les poignets, manifestement impatiente que Cameron libère également ses chevilles.

— Dommage, je voulais le tuer. Leargan, va voir si tu peux trouver ce porc.

Cameron laça prestement la chemise d'Avery, puis déchira les draps raffinés de DeVeau en fines bandelettes.

— Est-ce qu'il t'a violée ?

Avery ôta ses braies en piteux état, et laissa Cameron refermer sa robe avec ces morceaux d'étoffe.

— Non, je crois qu'il avait d'abord l'intention de me menacer de le faire, simplement pour me torturer.

— Doux Jésus, c'en est trop. Je dois le tuer.

— Pas question.

— Mais…

— C'est à moi de le faire, gronda Avery en prenant le couteau que Cameron avait laissé sur le lit pour se diriger à grands pas vers l'entrée de la tente.

Cameron la rattrapa aussitôt, mais elle se débattit comme un animal pris au piège. La jeune fille faisait attention à ne pas lui faire mal avec son couteau, signe qu'elle n'avait pas complètement perdu la raison. Ils gaspillaient cependant un temps précieux, qui leur aurait été probablement nécessaire pour s'échapper sans encombre. Cameron s'apprêtait à prendre une décision radicale quand Leargan le devança : il murmura de brèves excuses et frappa Avery à la mâchoire. Elle s'effondra dans les bras de Cameron, inerte, et l'homme la hissa sur son épaule tandis que son cousin ramassait le couteau tombé à terre.

— Désolé, Cameron, murmura Leargan tandis qu'ils quittaient la tente par l'arrière pour retrouver au pas de course leurs hommes et leurs chevaux.

— Tu n'avais pas le choix. Pour être honnête, je m'apprêtais à faire la même chose. Nous n'avions pas le temps de la calmer, et si je brûle moi aussi de voir DeVeau mort, nous avons bien fait de ne pas le tuer. Nous nous serions retrouvés avec toute sa famille à nos trousses.

— Alors que pour l'instant, il est le seul dont nous devons nous soucier.

— D'habitude, il n'accompagne jamais ses troupes dans leurs expéditions.

— C'est dire à quel point il la convoitait. A-t-il violé cette malheureuse ? demanda Leargan en tenant Avery pendant que Cameron grimpait sur sa monture.

— Non, mais il l'en a menacée, répondit Cameron en soulevant la jeune fille inerte. De constantes humiliations, la promesse d'en subir bien d'autres… Pas étonnant qu'elle veuille l'achever.

Cameron attendit que ses guerriers soient à cheval et s'élança au galop loin du camp des DeVeau. Il leur faudrait désormais rejoindre le port au plus vite. Sir Charles serait sans doute fou de rage quand il découvrirait que sa prisonnière avait disparu. Cameron espérait seulement que le Français, poussé par l'avarice et la honte, renoncerait à mêler les siens aussi malades que nombreux à cette histoire.

Ils retrouvèrent le reste de leurs rangs deux heures plus tard. Cameron envoya quelques hommes couvrir leur piste, puis s'arrêta le temps d'assurer à Anne et Gillyanne qu'Avery n'avait rien. Le laird avait décidé qu'ils feraient route aussi vite qu'ils le pouvaient pendant encore deux heures puis dresseraient un nouveau camp car, malgré ses paroles réconfortantes, il s'inquiétait un peu pour la jeune femme.

Leargan ne l'avait pas frappée fort, et pourtant elle était toujours inconsciente. Elle affirmait que sir Charles n'avait pas abusé d'elle et Cameron la croyait – ce qu'avait confirmé une inspection rapide mais vigilante de son corps dans la tente de DeVeau –, cependant il n'avait jamais vu une femme aussi folle de rage – et bien peu d'hommes, à vrai dire. Que lui avait donc fait ce scélérat ? Se réveillerait-elle tout aussi furieuse, ou au contraire choquée et terrifiée ? Il l'avait trouvée nue, ses habits en lambeaux, ce qui laissait tout de même entendre que sir Charles lui avait fait subir quelques mauvais traitements. C'était certes égoïste, mais Cameron ne pouvait s'empêcher de se demander s'ils affecteraient son désir et la manière dont elle réagissait à ses caresses.

Quand ils s'arrêtèrent pour la nuit, Avery était réveillée, mais un peu chancelante. Cameron la serra contre lui et pria Leargan de dresser la plus petite de ses tentes. Il envoya ensuite Donald préparer sa couche la plus simple, faite de fourrures et de couvertures, et des habits de rechange. Il souhaitait que le reste de ses biens ne quitte pas leur chariot pour pouvoir partir au plus vite le matin suivant.

— J'ai besoin de prendre un bain, annonça Avery tandis qu'Anne et Gillyanne se précipitaient à ses côtés.

Cameron comprit au ton de sa voix qu'il ne pouvait lui refuser une telle faveur, mais hésita.

— Je n'avais pas vraiment l'intention d'allumer un feu…

— Peu importe si l'eau est à peine plus chaude que de la glace fondue, je dois prendre un bain.

— Il y a un ruisseau non loin, intervint Anne. Je vais vous y accompagner avec Gilly. (Elle se tourna vers l'enfant.) Allez-y, je vous rejoins dès que j'aurai trouvé du savon, des serviettes et des vêtements propres.

Une fois les deux Murray parties, elle demanda à Cameron :

— A-t-elle été violée ?

— Elle dit que non, et je la crois. En revanche, je l'ai trouvée nue, et si déterminée à tuer sir Charles que Leargan a dû l'assommer. Cette charogne lui a forcément fait quelque chose, j'ignore seulement quoi.

— Il lui a fait peur, soupira Anne.

— De toute évidence, mais est-ce suffisant pour la rendre aussi folle de rage, prête à tout pour en finir avec lui ?

— Ça le serait pour moi.

Cameron, trop étonné pour répondre, se contenta de regarder Anne s'éloigner. Quelque peu inquiet, il envoya Petit Rob s'assurer qu'Avery ne tenterait pas de s'échapper pour mettre ses menaces à exécution, puis médita de nouveau sur les paroles de la femme jusqu'à ce que Leargan le rejoigne.

— Anne et Gilly vont la remettre sur pied, annonça ce dernier. Je n'ai jamais vu une demoiselle si désireuse de répandre le sang d'un homme.

— Selon Anne, c'est parce que DeVeau l'a terrorisée.

— Connaissant Avery, je me doute qu'elle n'a pas dû apprécier.

— Pourtant, malgré toutes ses menaces, elle n'a jamais essayé de me tuer !

— Oui, car elle n'a pas peur de toi.

— C'est pourtant le cas de beaucoup de femmes, et je suis un danger pour elle comme pour son clan !

— Je te l'accorde, tu as une mine patibulaire, tu ne parles pas beaucoup et tu pourrais sourire un peu plus… mais pour autant que je puisse en juger, tu ne lui as jamais fait peur. Peut-être qu'en grognant davantage…

— Leargan, la ferme, rétorqua Cameron non sans affection.

— Je la ferme, je la ferme… dans un instant.

— Leargan…

— Non, je ne vais pas te taquiner cette fois. C'est au sujet d'Avery et de ce qu'elle a vécu… Mon cousin, tu peux être un peu rude parfois, mais cette jeune fille va avoir besoin que tu te montres légèrement plus… doux. Comment dire… Ne t'attends pas à ce qu'elle soit complètement remise une fois que ces dames l'auront baignée. Il lui faudra de la compassion. Ce que lui a fait cet homme l'a sans doute profondément secouée.

— Sa cousine Sorcha, la grande sœur de Gillyanne, a été violée.

— Par les flammes de l'enfer… voilà qui explique quelque peu son état.

— C'est aussi mon avis. Laisse-moi, Leargan. J'ignore peut-être ce qu'on doit faire pour apaiser une jeune fille bouleversée, mais je sais que je ne peux pas la laisser seule.

— Je comprends.

— Après tout, elle est peut-être toujours aussi décidée à tuer DeVeau.

— Vous vous sentez mieux ? demanda Anne en aidant Avery à enfiler des vêtements propres.

— Un peu. J'ai toujours envie que ce monstre périsse, mais ma folie meurtrière s'est apaisée. (Elle sourit à Gillyanne qui peignait ses cheveux encore humides.) Je compte en revanche tourmenter un peu Leargan pour le punir de m'avoir frappée.

— Grimacez et frottez-vous la mâchoire : le pauvre garçon vous suppliera de le pardonner.

— Je ne veux pas le torturer à ce point ! répondit Avery en riant. (Elle passa les bras autour de sa poitrine en frissonnant.) Je pensais qu'un bain me ferait oublier la sensation des doigts de cet homme sur ma peau, mais il n'en est rien.

— Ma pauvre enfant, soupira Anne en l'étreignant brièvement. Consolez-vous en vous disant qu'il n'est pas entré en vous.

— Je sais, mais ses mains étaient si froides ! Je suis sûre qu'il m'aurait gelé les entrailles s'il l'avait fait.

— Voilà exactement le genre de pensées que tu dois immédiatement chasser de ton esprit, murmura Gillyanne en tressant ses cheveux. Que fabrique cet imbécile de Petit Rob dans les bois ?

— Il a sans doute été envoyé pour me surveiller, répondit Avery.

— Cameron pense-t-il vraiment que tu voudrais t'échapper, après ce qui est arrivé aujourd'hui ?

— Non, mais il a sûrement peur que je prenne la première épée venue et parte chercher la tête de sir Charles. (Elle saisit les mains d'Anne et de sa cousine, reconnaissante de leur soutien.) Je ferais mieux d'aller le rassurer. Si j'avais tué cette crapule, toutes les routes et toutes les forêts de France auraient fourmillé de DeVeau assoiffés de vengeance ou de mercenaires. C'est ce qui est arrivé à ma mère, et elle était innocente.

— Peut-être que Cameron te réchauffera un peu s'il te prend dans ses bras, dit Gillyanne.

— Pourquoi pas ? Autant que cette grande brute serve à quelque chose, rétorqua Avery, provoquant l'hilarité de ses compagnes.

Ce ne fut que longtemps après s'être glissée dans la tente de Cameron et préparée pour dormir qu'Avery, vêtue de sa simple chemise, remarqua à quel point l'homme la regardait intensément. Il était allongé sur sa couche, superbement nu. Elle lui était reconnaissante de ne pas avoir changé ses habitudes ; les sévices de sir Charles lui en semblaient presque moins graves.

— Si tu t'attends à ce que, l'écume aux lèvres, je me précipite dans la nuit, épée à la main, tu risques d'être déçu, déclara-t-elle en s'installant sur les fourrures.

— C'est un spectacle qui m'aurait pourtant beaucoup amusé.

— Seulement si j'avais été nue et peinte en bleu, comme nos ancêtres. (Elle surprit le sourire de l'homme.) Ça te fait rire ?

— Je me demandais où je pourrais trouver de la peinture bleue.

— Vicieux personnage.

Cameron l'enlaça, et la jeune fille poussa un soupir où se mêlaient plaisir et soulagement.

— Que t'a-t-il fait, Avery ?

— À part m'attacher à son lit, découper mes vêtements et me menacer de m'offrir son bâtard ?

— Oui, même si ça suffit amplement pour que je lui arrache le cœur.

— Seulement si tu me laisses t'aider. (Elle caressa son torse, savourant la chaleur de sa peau.) Il m'a un peu touchée – mais c'étaient la façon dont il le faisait et ses paroles qui m'ont rendue folle de rage. Il était dénué de toute émotion, et ses mots étaient aussi froids que sa peau.

Avery répéta alors ce que DeVeau lui avait dit, le regard fixe.

— Je crois que jusqu'à aujourd'hui, je n'avais jamais vraiment compris ce que ma mère avait dû affronter.

— C'est de toute évidence une femme très courageuse, observa Cameron, qui s'efforçait de contenir la rage que le récit d'Avery avait éveillée en lui.

La jeune femme embrassa sa poitrine et le sentit réagir – mais manifestement, il se retenait. Elle appréciait sa considération, mais n'avait certainement pas besoin de cela. Elle voulait sa passion, sa chaleur. Qu'il lui fasse l'amour pour effacer complètement le souvenir des attouchements de sir Charles. Son dernier souvenir de cette journée devait être marqué par les délices brûlantes qu'elle trouverait dans les bras de Cameron.

— Tu ne vas pas m'embrasser pour me souhaiter bonne nuit ? demanda-t-elle en frottant un pied le long de sa jambe.

— Mais, mon petit chat, si je commence, rien ne pourra m'arrêter.

Avery l'enlaça et l'entraîna vers elle jusqu'à ce que leurs lèvres se frôlent.

— Cameron, chasse le froid qui me hante.

Il la regarda longuement, puis l'embrassa. Avery s'abandonna entièrement à ses étreintes. Elle accepta chacune de ses caresses, chacun de ses baisers, et absorba la chaleur de leur désir. La jeune fille se cramponna à lui quand il plongea en elle, et l'encouragea tandis que tous deux s'élevaient vers les cimes de leur passion. Elle ne le lâcha pas non plus lorsqu'ils tentèrent de se remettre de la violence de leur orgasme. Cameron roula sur le dos, et elle n'attendit pas qu'il l'attire à elle pour se lover contre lui. Dans ses bras, elle se sentait non seulement réchauffée, mais en sécurité.

— Ça t'a fait du bien ? s'enquit-il en l'embrassant sur le front.

— Oui, je n'ai plus du tout froid.

Elle tenta de dissimuler un bâillement.

— Essaie de dormir. L'aube poindra bientôt.

— Tu crois qu'il nous faut maintenant nous dépêcher pour rejoindre le port ? Que sir Charles va nous poursuivre ? (Cameron hésita.) Non, ne cherche pas à me mentir, il le fera, ne serait-ce que parce qu'il veut se servir de moi pour récupérer une partie des biens que ma mère a hérités de son premier mariage.

— C'est probable. Ne t'inquiète pas, je ne laisserai pas faire ce gredin.

Avery trouvait quelque peu étrange qu'un homme projetant de se servir d'elle comme otage soit prêt à risquer tant pour la sauver d'un seigneur décidé à faire exactement la même chose, mais elle n'en dit rien. Cameron n'agissait pas par cupidité, et ne lui ferait pas de mal – tout du moins, pas volontairement, ni physiquement. Il lui briserait peut-être le cœur, mais DeVeau pouvait aisément détruire son âme.

— À présent, nous sommes quittes, murmura Cameron.

— Quittes ?

— Oui, tu nous as sauvé la vie, et nous venons de te rendre la pareille. Nous avons payé notre dette, et pouvons reprendre les choses où elles en étaient avant que tu t'échappes.

Avery était tout simplement trop épuisée pour le frapper.

Chapitre 12

À l'approche d'une rivière qu'il leur faudrait traverser, Avery ressentit brusquement un étrange trouble. Elle scruta les alentours, mais ne vit rien d'alarmant. Ses compagnons de route ne paraissaient pas inquiets. Pourtant, son mauvais pressentiment ne s'évapora pas.

— Qu'y a-t-il, Avery ? demanda Gillyanne.

Elle se retourna vers sa jeune cousine, assise derrière elle sur leur monture. Les deux Murray avaient été quelque peu surprises quand Cameron leur avait donné le même cheval, mais avaient très vite remarqué les hommes qui les encerclaient. Ces gardes n'étaient pas là pour les empêcher de s'échapper mais pour les protéger des DeVeau, Avery parvenait donc à tolérer leur présence. Cameron avait très vite compris que Gillyanne était elle aussi en danger, car sir Charles savait qu'elle l'accompagnait.

— Cette rivière me semble un peu trop profonde, et un peu trop agitée, répondit Avery.

— Nous devrions pouvoir la traverser.

— Sans doute, à ce gué en tout cas. Je me sens seulement un peu nerveuse.

— Les DeVeau sont loin derrière nous, et à moins de connaître un excellent raccourci pour rejoindre le port, ils le resteront.

— Tu as sans doute raison. Ces trois jours de fuite m'ont épuisée, et je vois le danger derrière chaque arbre. L'Écosse se rapproche, beaucoup plus vite que si nous n'étions pas pourchassés par les DeVeau. Ensuite viendra Cairnmoor, et je saurai alors si j'ai gagné ce pari insensé.

— En attendant, tu perds un temps précieux, qui pourrait te permettre de te rendre indispensable à notre ténébreux seigneur. Je suis sûre que tu comptes pour lui : il t'a tirée des griffes de sir Charles, et fait maintenant tout pour te protéger.

— Il a besoin de moi – de nous – pour forcer la main à Payton.

— Certes, mais je suis convaincue que ce n'est pas la seule de ses motivations.

— Moi aussi… de temps en temps. Hélas, ce que nous pensons importe peu : tout dépend de lui.

— Ces messieurs ne raisonnent pas comme nous, c'est certain, mais ça ne signifie pas qu'il n'entendra pas raison – avant qu'il soit trop tard, espérons-le. Un homme a parfois besoin de perdre quelque chose avant de se rendre compte à quel point il y tient.

— Mais si Cameron s'aperçoit que je compte pour lui, il risque de me repousser encore davantage. J'ai l'impression qu'il se montre aussi vigilant avec son cœur qu'avec nous.

— Personne ne peut dompter complètement ses sentiments.

— De toute façon, ce n'est vraiment pas le moment de penser à de telles choses, soupira Avery tandis que le cortège s'apprêtait à traverser ce cours d'eau. Un pont n'aurait pas été de trop.

— On dirait que cette rivière te préoccupe vraiment.

— J'ignore ce qui le provoque, mais je n'arrive pas à me défaire de ce mauvais pressentiment.

Elle regarda Donald grimper sur le chariot qui transportait leurs bagages.

— Donald ne devrait-il pas plutôt traverser à cheval ? demanda-t-elle à Cameron qui venait d'immobiliser sa monture à côté de la sienne.

— Ne t'inquiète pas pour lui, répondit celui-ci, touché par sa sollicitude. Il a largement de quoi se cramponner.

— Tu as sans doute raison.

Pourtant, Avery ne put s'empêcher de serrer les dents quand le chariot s'enfonça dans la rivière, conduit par un Petit Rob s'efforçant de maîtriser les animaux affolés qui le traînaient.

Avery voulut de nouveau parler à Cameron, mais il avait disparu ; elle se retourna donc vers la rivière. Elle avait fini par se convaincre que son esprit lui jouait des tours, et s'apprêtait à rejoindre les autres quand un dernier regard en direction du chariot fit bondir son cœur dans sa poitrine. Le véhicule penchait dangereusement sur la droite, sa roue arrière probablement enfoncée dans quelque trou. Le courant particulièrement violent projeta l'infortuné Donald dans la rivière qui l'entraîna aussitôt.

Personne ne plongea pour le secourir, signe qu'aucun des MacAlpin ne savait nager. Certains hommes avancèrent leurs chevaux dans la rivière pour essayer de rattraper le garçon, mais au-delà du gué, le cours d'eau était trop profond pour les bêtes. Deux des guerriers manquèrent de le rejoindre avant de parvenir à retrouver de justesse la berge. Avery poussa un juron bien senti et lança sa monture dans l'eau.

— Prends les rênes ! ordonna-t-elle à Gillyanne en ôtant ses bottes et son épais manteau.

Cameron s'approchait d'elle à vive allure. Avery savait qu'il allait tenter de l'arrêter, mais elle était probablement la seule à pouvoir sauver le pauvre Donald. Assise de côté sur sa selle, elle noua prestement ses jupes autour de sa taille. Cameron venait d'arriver à sa hauteur quand elle plongea dans l'eau glacée et nagea en direction de Donald.

— Colin, fais traverser tout le monde ! cria Cameron en regagnant la rive. Leargan, viens avec moi. Cette folle va se tuer.

Il suivit le cours de la rivière pour ne pas quitter Donald et Avery des yeux.

— Elle sait très bien nager ! lui lança Gillyanne en lui emboîtant le pas.

Cameron lâcha un chapelet d'imprécations quand il constata que l'enfant l'avait suivi au lieu de se joindre aux autres.

— Je vois bien, mais peut-elle y arriver en retenant un garçon terrifié et beaucoup plus grand qu'elle ?

Le silence de Gillyanne ne le rassura guère.

Ce n'était certes pas chose facile, mais Avery passa outre au froid mordant de l'eau, même s'il semblait imprégner jusqu'à la moelle de ses os. Ses vêtements lourds comme du plomb suffisaient amplement à épuiser ses quelques forces. Donald était à quelques mètres d'elle et battait follement des bras, ce qui manifestement lui permettait de garder la tête hors de l'eau et le ralentissait légèrement. Il l'aperçut enfin et la reconnut, mais son visage restait tordu par la peur. Elle s'approcha lentement, consciente qu'un homme aussi terrifié pouvait représenter une menace pour celui qui essayait de le secourir.

— Donald ! l'appela-t-elle en restant prudemment hors de portée jusqu'à ce qu'elle soit sûre qu'il la laisserait l'aider.

— Avery, je ne veux pas me noyer !

— Et ça n'arrivera pas si vous faites tout ce que je dis. Vous m'avez bien comprise ?

— Oui !

— Très bien. Calmez-vous un peu : je vais m'approcher, et je n'ai pas envie de me faire assommer.

— D'accord. J'ai si froid !

— Je sais, moi aussi.

Elle s'approcha de Donald par-derrière et passa un bras autour de sa poitrine.

— Laissez-vous aller en arrière et cessez de bouger.

Le garçon obéit immédiatement, ce qui ne manqua pas d'étonner Avery ; il semblait lui faire entièrement confiance.

— Parfait, maintenant, battez doucement des jambes… Voilà… Un peu plus doucement.

Elle aperçut un enchevêtrement de branches échouées sur un rocher, au milieu du cours d'eau.

— Maintenant, vous allez me sentir remonter dans votre dos. Continuez de battre des jambes.

Même s'il obtempérait parfaitement, Avery savait qu'elle n'irait pas très loin de cette façon, car elle nageait pratiquement pour deux.

— Nous allons essayer d'atteindre ces branches.

— Pourquoi ne pas rejoindre la berge plutôt ? demanda Donald.

— Elles sont beaucoup plus près, et nous pourrons y attendre qu'on nous lance une corde. Vous êtes plus grand que moi : je peux vous aider à garder la tête hors de l'eau, mais je ne vais pas vous traîner bien loin.

— Je vois le laird, bredouilla-t-il.

— Bonne nouvelle. La corde ne va pas tarder.

Une fois tous deux arrivés à hauteur de l'amas de bois, Avery s'assura que Donald s'y était bien cramponné avant de le libérer. Elle jeta ensuite un regard en direction de la rive et fut soulagée d'y trouver Leargan, Gillyanne et Cameron – ce dernier armé d'une grosse corde.

— Je me charge de l'attraper, dit-elle à Donald. Ne lâchez pas ces branches, même si elles se décrochent du rocher. N'ayez pas peur : les autres vous suivront, et ce bois vous permettra de flotter.

— Mais vous aurez besoin de moi pour nouer la corde autour de votre taille ! s'écria le jeune homme.

— Vous passerez en premier. Non, ne protestez pas. Donald, je sais nager, et pas vous.

Avery dut s'y reprendre à deux fois avant d'attraper la corde que Cameron lui lança. La pierre qu'il avait attachée à son extrémité lui heurta au passage l'épaule, ce qui lui laisserait sans doute une belle ecchymose – même si personne ne la remarquerait, perdue au milieu de ses semblables.

— Quand je mettrai cette corde autour de votre torse, je veux que vous preniez de grandes inspirations, puis que vous expiriez lentement, ordonna Avery. Quand je crierai « prêt ? », prenez autant d'air que vous le pourrez, et gardez-le. Le trajet jusqu'à la berge sera houleux, mais très rapide, et retenir votre respiration vous aidera. Vous m'avez comprise ?

— Oui, madame.

— Et essayez de vous mettre sur le dos quand vous sentirez qu'on vous tire : votre avancée n'en sera que plus facile. Prêt ?

Avery fut soulagée d'entendre Donald inspirer profondément au moment où la corde l'attirait vers la rive. La traversée du garçon fut effectivement très courte, et sans doute terrifiante pour lui. La jeune fille agita les doigts, quelque peu inquiète de les constater si engourdis par le froid, et attendit que Cameron lui envoie à son tour la corde. Quand ses mains refusèrent d'agripper celle-ci, elle céda tout simplement à la peur.

— Elle n'arrive pas à tenir la corde ! s'écria Gillyanne en ôtant ses bottes.

— Essayons encore une fois..., grogna Cameron.

L'homme écarquilla légèrement les yeux quand la jeune fille abandonna à son tour sa robe.

— Elle sera encore plus engourdie par le froid !

— Vous n'avez tout de même pas l'intention d'aller la chercher ! protesta Cameron.

— Si, parfaitement. Est-ce que cette corde est assez longue pour que je m'y attache tout en laissant dépasser un morceau grâce auquel je pourrais faire de même avec Avery ?

— Je ne peux pas vous laisser faire une chose pareille.

— Il le faut ! Vous ne savez nager ni l'un ni l'autre, et si Avery a trop froid pour attraper cette corde, elle ne pourra bientôt plus se cramponner à ces branches.

Sans se priver de maudire le peu de choix qu'on lui donnait et le manque de temps, Cameron attacha la corde autour de la taille menue de Gillyanne en veillant à laisser de quoi arrimer Avery.

— Si j'ai l'impression que vous êtes en danger, je vous ramènerai immédiatement sur la berge.

— Entendu, approuva Gillyanne avant de plonger gracieusement dans l'eau.

— Doux Jésus, murmura Leargan en enveloppant un Donald frissonnant dans une couverture. Je crois que nous pouvons ajouter la natation à la longue liste de talents incroyables que possèdent les petites Murray.

Incrédule, il regarda la jeune fille traverser les remous en quelques mouvements de bras fluides et vigoureux.

— Peut-être même que nous devrions apprendre.

Cameron se contenta de hocher la tête, le regard fixé sur Avery et les mains serrées sur sa corde. Il comprenait pourquoi la jeune fille s'était précipitée au secours de Donald, il était heureux que ce dernier ne se soit pas noyé, et il respectait même grandement le courage dont faisaient preuve les deux Murray… mais il décida que si Avery survivait à cette aventure, il l'étranglerait de ses mains.

— Gilly ? Tu n'aurais pas dû prendre de pareils risques ! murmura cette dernière quand sa cousine la rejoignit.

— Toi non plus, rétorqua l'enfant en attachant la corde autour de sa taille.

— Je ne pensais pas que l'eau était aussi froide.

— Elle vient probablement en majeure partie de la fonte des neiges, grande idiote. Prête ? demanda Gillyanne après avoir vérifié le nœud qu'elle venait de faire.

— Oui.

Avery eut tout juste le temps de prendre une profonde inspiration avant que Gillyanne fasse signe à Cameron. Elle se retrouva aussitôt sur le dos, dans les bras malingres de sa cousine, entraînée vers la rive à une vitesse alarmante. Elles heurtèrent la terre ferme et Avery laissa échapper avec un grognement l'air qu'elle gardait jusque-là dans ses poumons.

Les deux cousines furent hissées sur la berge sans un mot et enroulées dans des couvertures. Gelée, épuisée, Avery sentit tout de même la colère qui émanait de Cameron quand il la serra dans ses bras pour retrouver les autres. Il aurait dû la remercier pour avoir sauvé la vie de Donald ! De toute façon, les humeurs de cet homme étaient le cadet de ses soucis : elle devait avant tout penser à se réchauffer. S'il voulait la réprimander, il pourrait attendre qu'elle se soit un peu reposée.

Avery était presque endormie quand on la confia à Anne. Aidée par les autres femmes, cette dernière se hâta de sécher les deux jeunes Murray et de leur enfiler des vêtements secs. Cameron, qui n'avait toujours rien dit, les installa ensuite dans le chariot qui transportait ses bagages et les couvrit d'une de ses fourrures. Avery entendit la voix de Donald, ce qui la rassura ; le jeune homme était manifestement bien plus solide qu'il n'y paraissait.

— Je n'ai pas envie de me reposer ! grommela Gillyanne tandis que Cameron les bordait fermement.

— Vous êtes là pour aider votre idiote de cousine à se réchauffer, rétorqua-t-il.

Avery parvint à ouvrir suffisamment les yeux pour voir Gillyanne adresser une grimace à Cameron qui s'éloignait à grands pas.

— C'est vrai, j'ai un peu froid, murmura-t-elle.

Gillyanne se tourna sur le côté, dos à Avery, et répondit :

— Alors viens te coller à moi, et ça ira mieux : ta chère brute a raison sur ce point. Je te trouve cependant plutôt chaude.

— Pourtant je suis frigorifiée, mais Anne m'a frictionnée si fort que je m'étonne de ne pas avoir pris feu.

— Selon elle, c'était pour faire circuler ton sang.

— Oh ça, il circule, mais mes os sont glacés. Donald a l'air de s'être bien remis, en revanche.

— Certaines personnes sont moins sensibles au froid que d'autres – à moins qu'il ne se soit tenu chaud dans l'eau à force d'agiter les bras comme un beau diable.

Avery se sentait un peu mieux, mais elle était complètement épuisée et savait que le sommeil ne tarderait pas à avoir raison d'elle.

— Je me demande pourquoi Cameron est tellement en colère.

— Si je raisonnais comme toi, je penserais que c'est parce que son meilleur atout a bien failli se noyer, heureusement, je suis beaucoup plus intelligente, et je sais qu'il a eu très peur de perdre la femme qu'il aime. Il est furieux parce que tu as pris de grands risques et aussi, peut-être, parce qu'il a été incapable d'aider Donald. Les hommes n'aiment pas se sentir impuissants.

— Beaucoup de gens ne savent pas nager, souffla Avery, trop éreintée pour se lancer dans une joute verbale avec l'espiègle Gillyanne.

Celle-ci répondit par un bâillement.

— Je crois que mon petit séjour dans l'eau m'a moi aussi fatiguée, après tout.

— Si c'est une ruse pour me pousser à dormir, épargne tes efforts : j'ai du mal à garder les yeux ouverts.

Quand Gillyanne se retourna, un instant plus tard, elle trouva sa cousine profondément assoupie. Le sommeil l'avait sans doute gagnée peu de temps après la fin de sa phrase. L'enfant s'apprêtait à en faire autant quand elle vit Cameron s'approcher à cheval et caresser doucement la joue d'Avery du dos de la main.

Il leva alors le regard vers Gillyanne, quelque peu embarrassé que son geste plus tendre que soucieux ait été remarqué.

— Elle ne tremble plus, constata-t-il.

— Oui, mais elle dit qu'elle a toujours froid.

— Qui vous a appris à nager comme ça ?

— Ceux qui, dans notre famille, savaient déjà s'y sont pris à tour de rôle. Nos pères pensaient que c'était une bonne chose à savoir. Ma mère nage elle aussi. C'est comme ça qu'elle a sauvé mon père, une fois. Avery savait qu'elle pouvait secourir Donald, elle n'allait pas laisser la rivière l'emporter.

Cameron laissa échapper un profond soupir, qui balaya avec lui la plus grande partie de sa colère.

— Non, bien entendu. J'aurais dû me douter qu'une Murray ne pourrait pas s'empêcher de sauter dans une rivière en furie pour secourir un garçon qu'elle connaît à peine.

— En furie ? Un peu agitée, voilà tout.

— Vous êtes une petite impertinente qui n'a clairement pas reçu assez de gifles dans sa vie.

— C'est ce qu'on me dit souvent, même mon père – pourtant, il me gâte. Il affirme que c'est parce que je ressemble trop à ma mère, qu'il gâte aussi.

— Et à qui ressemble Avery ? À son frère ?

— Non, surtout à son père, oncle Nigel. Payton tient un peu de ses deux parents. Il est… vraiment beau. Une servante a un jour déclaré à notre cousine Elspeth que Payton n'avait qu'à entrer dans une pièce pour arracher un soupir à toutes les femmes présentes, qu'elles soient jeunes ou vieilles. (Cameron leva les yeux au ciel et Gillyanne éclata de rire.) C'est généralement ainsi que réagissent les hommes quand ils entendent cette phrase, mais il est beau, c'est un fait. Je n'en connais pas beaucoup qui le soient autant : mon père, peut-être, et Cormac, le mari de ma cousine Elspeth.

Exaspéré par sa propre curiosité, Cameron ne put s'empêcher de demander :

— Puis-je savoir ce qui le rend si beau ?

— Il a de superbes cheveux, un parfait mélange de roux et d'or, épais et doux comme la soie. Sa peau dorée fait beaucoup songer à celle d'Avery. Il n'est pas aussi immense ou large d'épaules que vous, mais il est plutôt grand, fin, et très gracieux. Ses traits sont harmonieux et il a de magnifiques yeux marron clair parsemés d'émeraude. Mais il reste mon cousin : je vois certes sa beauté, mais pas de la même façon qu'une autre… votre sœur par exemple. Certaines seraient prêtes à tout pour posséder un tel homme.

Cameron contempla un instant Gillyanne, puis lâcha :

— Surveillez pour voir si elle n'a pas de fièvre.

Sur ce, il s'éloigna.

Il eut beau se consacrer entièrement au bien-être des siens et à la recherche d'un endroit sûr pour passer la nuit, Cameron ne parvenait pas à chasser les paroles de Gillyanne de son esprit. Les deux Murray avaient chacune à leur tour affirmé que Payton était le genre d'individu qui n'avait pas besoin de séduire une jeune fille, un argument qu'il n'avait eu aucun mal à ignorer… Dans ce cas, pourquoi une description détaillée de l'homme le faisait maintenant douter ? Cameron ne se considérait pas comme un spécialiste en matière de goûts féminins, mais Payton semblait réunir un grand nombre des attributs qui faisaient chavirer ces dames.

Katherine, le voyant pour la première fois, aurait-elle pu décider qu'il devait être à elle coûte que coûte ? Inutile de se mentir, sa sœur était une enfant gâtée, habituée à obtenir tout ce qu'elle désirait. Payton avait peut-être repoussé ses avances, ce qui l'avait poussée à l'accuser à tort, sous le coup de la colère et de l'humiliation. Elle n'avait sans doute pas prévu que les choses deviendraient si compliquées, et se retrouvait maintenant devant un imbroglio inextricable.

Voilà des pensées fort déloyales, s'admonesta Cameron. S'il continuait dans cette voie, il finirait par croire que sa sœur était une de ces femmes prêtes à sacrifier des vies pour arriver à ses fins – or il refusait d'envisager qu'un être partageant le même sang que lui pouvait être capable d'une telle abomination.

Cependant, il en vint à juger Payton avec moins de sévérité. L'hypothèse d'un viol lui paraissait désormais improbable, et il en venait même à douter que cet homme ait séduit sa sœur par pure cruauté. Pour changer d'avis, il lui avait suffi de mieux connaître Avery et Gillyanne. Certes, on trouvait un canard boiteux dans bien des familles, mais il avait du mal à croire que les deux Murray défendraient avec tant d'acharnement un violeur ou un cruel séducteur.

Cela voulait-il dire que sa sœur et Payton avaient eu une aventure ? Avery avait pourtant affirmé à plusieurs reprises que son frère ne prendrait jamais une vierge pour ensuite refuser de l'épouser. Et puis pourquoi Katherine aurait-elle couru le risque de passer pour une menteuse avec ces fausses accusations ? Mais peut-être avait-elle cédé à la panique quand leur liaison avait été découverte. C'était un péché pardonnable, surtout si elle se pensait enceinte.

Cameron s'approcha de nouveau du chariot des deux cousines Murray. Peu importait le fin mot de cette histoire, sa sœur avait besoin d'un mari. Elle avait révélé que Payton avait été son amant, peut-être même le père de son futur enfant, chose qui désormais n'était un secret pour personne. Il comprenait que Katherine ait mis au point une fable pour tenter de sauver sa réputation, mais elle ne pouvait pas avoir tout inventé. Sir Payton avait défloré sa sœur, et il devrait l'épouser. Cameron voulait à présent en apprendre un peu plus sur cet homme, même si ses parentes avaient brossé de lui un tableau trop beau pour être vrai. Il saurait peut-être alors comment affronter le problème qui l'attendait à Cairnmoor. Après tout, il serait malvenu d'offenser son futur beau-frère.

Il découvrit Anne et Gillyanne dans le chariot, penchées sur Avery, et oublia aussitôt Katherine et ses soucis.

— Un problème ? demanda-t-il d'une voix qui, espérait-il, ne trahissait pas sa soudaine terreur.

— Mon laird, nous allons devoir nous arrêter, annonça Anne.

— Que lui arrive-t-il ?

Cameron comprit à l'expression d'Anne qu'il n'apprécierait guère sa réponse.

— Elle a beaucoup de fièvre, mon laird, dit la femme, lui glaçant le sang.

Chapitre 13

— Je brûle.

— Je sais, ça va passer, répondit Cameron.

Il plongea son chiffon dans un bol d'eau fraîche pour humecter le visage de la jeune fille, comme il l'avait fait des centaines de fois au cours des trois derniers jours.

Avery ouvrit les yeux, et s'efforça de fixer son regard sur le propriétaire de cette voix grave et familière.

— Cameron, c'est toi ? J'ai tellement chaud.

— Tu as de la fièvre. (Il baigna ses bras.) C'est le résultat de ton petit plongeon dans la rivière.

— Alors je vais mourir.

— Bien sûr que non.

— Je suis trop fatiguée. Où sont ma mère et tante Maldie ? Maldie saura me soigner.

Cameron grimaça ; Avery n'avait pas les idées aussi claires qu'il l'avait cru de prime abord. Elle ne délirait certes pas complètement, ce qui lui était parfois arrivé quand la fièvre l'emportait, mais elle était indéniablement désorientée. Il mélangea un peu de la décoction qu'il devait lui administrer – Gillyanne s'était montrée particulièrement insistante sur la question – et passa un bras autour de ses épaules pour l'aider à boire. La chaleur de son corps l'épouvanta. Rien ne semblait pouvoir faire baisser cette fièvre, et Cameron imaginait mal comment une créature aussi menue pourrait la supporter bien longtemps. Pour être honnête, il s'étonnait même qu'elle ait survécu jusque-là.

— C'est tante Maldie qui a préparé ça ? demanda Avery.

— Ta tante n'est pas là. Nous sommes encore en France.

La jeune fille sembla soudain terrifiée.

— DeVeau ! Ne le laisse pas me toucher !

— Jamais, je te le promets, soupira Cameron en regardant les larmes couler sur les joues d'Avery.

— Mais tu vas m'abandonner.

— Bien sûr que non. Je reste là pour veiller sur toi.

— Pour l'instant, mais ensuite tu m'abandonneras. Je n'ai pas eu le temps qu'il me fallait. Tu ne veux pas de moi, j'ai échoué.

Cameron déposa un baiser sur le front de la jeune fille.

— Ne sois pas idiote, je ne t'ai pas assez prouvé le contraire ?

— Pour me mettre dans ton lit, peut-être, mais c'est tout. J'avais besoin de temps, et je n'en ai pas eu assez. (Elle ferma les yeux et se mit à marmonner.) Tu vas bientôt me quitter. Je n'ai pas réussi à te pousser à m'aimer autant que je t'aime. C'est tellement injuste !

Elspeth a réussi, elle, alors pourquoi pas moi ? L'amour devrait toujours être partagé.

— C'est vrai, murmura Cameron, mais Avery s'était rendormie.

Il se leva lentement, se servit une grande coupe de vin et la vida d'une traite. C'était la fièvre qui la faisait délirer ainsi, se dit-il comme chaque fois qu'Avery avait évoqué son amour pour lui au cours de ces derniers jours. Elle était perdue au milieu de ses rêves, de ses souvenirs, et le confondait même probablement avec quelqu'un d'autre. Penser seulement qu'elle puisse adresser ces paroles à un autre homme, même si celui-ci n'existait que dans son imagination, lui serrait les entrailles. Pourtant, mieux valait cela que croire à ses aveux. Il trouvait l'idée qu'Avery puisse l'aimer bien trop tentante, et porteuse de bien plus de problèmes et de doutes qu'il ne pouvait le supporter. Après tout, pour aider sa sœur, il devrait rendre Avery à sa famille et menacer de tout révéler de leur aventure, ce que même une femme amoureuse aurait du mal à pardonner.

— Servez-vous de ce qu'elle vous a dit pour lui nuire, et je vous arrache la langue.

Cameron ne fut pas surpris de trouver Gillyanne derrière lui, même si la violence de ses paroles et son regard froid le décontenancèrent quelque peu.

— La fièvre la fait délirer, je ne prends donc pas ses propos très au sérieux.

Gillyanne ricana avec mépris.

— Si ça vous permet de vous sentir mieux, je ne vais pas vous en empêcher.

— C'est si aimable de votre part.

Parfois, Cameron devait faire un effort pour ne pas oublier que la très mûre Gillyanne avait à peine treize ans.

L'enfant posa la main sur le front d'Avery et inspira profondément.

— Les herbes n'ont pas l'air de faire effet.

— Son état n'a pas empiré.

— Non, mais j'espérais que la fièvre aurait commencé à baisser. Anne lui fait préparer un bain froid.

— Vous croyez que c'est très prudent ?

— Selon ma tante Maldie, c'est un remède efficace.

Cameron n'insista pas. Depuis qu'Avery était tombée malade, l'homme avait eu tout le loisir de comprendre que tout ce que disait cette Maldie avait valeur d'évangile. Puisque la jeune fille était encore de ce monde, il devait bien admettre qu'elle devait un tant soit peu connaître son affaire. Il n'était pas complètement sûr que plonger Avery dans de l'eau glacée, la source même de son mal, était le meilleur des remèdes.

— Leargan s'apprête à explorer les environs pour guetter les DeVeau, et il serait ravi que vous l'accompagniez, dit Gillyanne avec ce regard entendu qui le mettait si mal à l'aise. Nous aurons fini quand vous reviendrez.

— Je crois qu'elle aimerait qu'on lui lave les cheveux.

Il vit Gillyanne sourire et rougit légèrement.

— Vous avez raison, je m'en occuperai.

Craignant que l'enfant ne perçoive toute l'étendue de son trouble s'il restait plus longtemps en sa compagnie, Cameron s'empressa de rejoindre Leargan. Il se sentait ridicule d'être ainsi désarçonné par cette créature plus fillette que femme. Pourtant, il ne pouvait s'empêcher de penser que Gillyanne lisait en lui comme dans un livre, qu'elle savait percer toutes les armures et passer outre à toutes les défenses derrière lesquelles les êtres humains avaient coutume de se cacher. Il avait presque envie de lui demander ce qu'elle voyait en lui, espérant que cela l'aiderait à dissiper les émotions contradictoires qui le tourmentaient.

Cameron répondit avec mauvaise humeur aux questions de Leargan quant à l'état de santé d'Avery, puis monta à cheval pour s'éloigner du camp au côté de son cousin. Hélas, traquer les DeVeau ne parvint pas à chasser la jeune fille de ses pensées.

L'idée qu'elle puisse mourir le terrifiait, ce qui montrait bien à quel point il n'avait pas réussi à séparer son désir de ses sentiments. La joie amère qu'il avait ressentie en entendant ses déclarations d'amour enfiévrées prouvait qu'il était trop tard pour faire marche arrière, émotionnellement tout du moins. Il ne pourrait pas non plus renoncer à ses étreintes : sa passion était tout simplement trop forte.

Il lui faudrait trouver un moyen de se protéger encore mieux.

— Si le scélérat n'a pas abandonné, nous risquons de le retrouver sur les quais, occupé à nous attendre tranquillement, déclara Leargan.

— Je sais. Nous avons perdu notre avance, soupira Cameron en reprenant le chemin du camp.

— Que pouvons-nous y faire ? Il ne nous reste plus qu'à approcher du port avec mille précautions.

— Tu as raison. De toute façon, nous ne pourrons pas voyager avant plusieurs jours. Même si la fièvre d'Avery venait à baisser d'ici à demain matin, elle aura besoin de temps pour se remettre, sans compter que nous devrons cheminer très lentement pour ne pas l'affaiblir.

— Ce qui laissera amplement le temps à sir Charles de nous préparer un comité d'accueil.

— Dans ce cas, j'aurai enfin le plaisir de le tuer, lâcha Cameron. Il la hante, tu sais. J'ai eu le malheur de dire tout haut que le mieux serait d'en finir avec lui, et sa petite cousine assoiffée de sang a immédiatement proposé d'aller trancher la tête de cet homme pour la lui rapporter. (Leargan éclata de rire.) Maudite gamine. Le pire, c'est que je crois qu'elle était sérieuse.

— Ça ne m'étonnerait pas. Chaque fois qu'elle parle de sir Charles, on entend dans la voix de cette petite une rage sourde fort peu de son âge. C'est sans doute à cause de ce qui est arrivé à sa sœur. Je crois que les filles Murray n'ont pas une once de pitié pour les violeurs.

—Je le sais, inutile de me faire la leçon. Pour être honnête, très vite après avoir rencontré Avery et Gillyanne, j'ai commencé à douter des accusations de Katherine. Elles ont, il est vrai, tendance à dépeindre sir Payton comme un ange descendu des cieux, mais je ne crois pas qu'elles le défendraient ainsi s'il était homme à maltraiter ses conquêtes.

—Mais si Katherine a menti à ce sujet, tu ne crois pas qu'elle l'a fait aussi pour le reste ?

—Qui pourrait le dire ? Pas moi, en tout cas, pas tant que je ne lui ai pas parlé. Même si Payton et elle n'ont eu qu'une brève aventure qui s'est achevée quand elle ne l'a plus intéressé, le nom de ma sœur a été souillé, et cet homme doit maintenant se racheter. De plus, si elle porte vraiment son enfant, celui-ci aura besoin d'un père. (Cameron leva la main pour interrompre Leargan.) Il ne sert à rien de discuter en long et en large des problèmes de Katherine. Quelle que soit la vérité, sa réputation a été ternie, et il lui faut un mari. Sir Payton est un choix aussi bon qu'un autre, meilleur que beaucoup, même, et j'ai les moyens de le convaincre.

—Mais pour ça, tu dois renoncer à Avery, ce qui ne sera pas aussi facile pour toi qu'au début de notre voyage.

—Quel homme voudrait se séparer d'une femme qui réchauffe si bien son lit ?

Cameron détestait parler ainsi d'Avery, mais il songea qu'une telle attitude lui permettrait de retrouver la distance nécessaire.

— Bien entendu, repartit Leargan, qui n'était visiblement pas dupe.

— Un tel festin après trois années de jeûne a de quoi t'embrouiller les idées ! Quand toute cette histoire sera réglée, je veillerai à me trouver une maîtresse particulièrement habile.

— Je suis sûr qu'une catin parviendra à te faire oublier Avery.

Cameron lança un regard furieux à son cousin, mais ne répondit pas. Qu'il remette ou non Leargan à sa place, il ne pourrait jamais faire taire les voix qui hantaient son esprit. Cameron n'avait aucune envie d'avouer à son cousin qu'il devait livrer un combat acharné pour ne plus penser à Avery. Il suffisait qu'il se convainque qu'il avait hésité à faire son devoir de frère parce qu'il désirait cette jeune fille et trouvait sa compagnie relativement agréable, voilà tout ! En admettant qu'il y avait davantage entre eux, il était sûr de provoquer une tragédie.

De retour au camp, Cameron découvrit tous ses gens amassés devant sa tente.

— Elle est morte…, souffla-t-il, trop effrayé pour descendre de cheval.

— Ou rétablie, répondit Leargan. Il n'y a qu'un moyen de le savoir.

À contrecœur, Cameron mit pied à terre et se dirigea vers la tente… pour s'arrêter à un pas des badauds. Il savait qu'il avait la bouche ouverte, mais un bref regard en direction de Leargan lui apprit qu'il n'était pas le seul.

On chantait à l'intérieur de la tente – mais ce mot semblait bien faible pour décrire le son qui flottait dans les airs. Cameron comprenait parfaitement comment cette voix porteuse d'émotions pouvait envoûter ainsi ses troupes. Il ressentait le même émerveillement.

Elle chantait pourtant une ballade en français assez banale qui évoquait un amour malheureux, le genre de sornettes qu'entonnaient d'ordinaire les ménestrels, mais Cameron n'était pas étonné de voir Petit Rob sangloter, sans que personne se moque de lui.

La chanson finie, une main jaillit des rabats de la tente et s'agita avec vigueur avant de disparaître. Tous les spectateurs tournèrent les talons et partirent précipitamment, manquant de renverser Cameron et Leargan. Malgré le tumulte, Cameron parvint à arrêter Donald.

— Qui chantait ?

— Gillyanne, bredouilla le garçon.

— Cette voix, c'est celle de Gilly ? demanda Leargan, sidéré.

— Oui. J'ignore comment un corps si menu peut émettre un tel son. Petit Rob ne peut pas s'empêcher de pleurer chaque fois qu'il l'entend.

— Et pourquoi je ne l'ai jamais entendue, moi ? questionna Cameron.

— Elle n'a commencé à chanter que depuis que sa cousine est malade, et seulement quand vous n'êtes pas là. Anne dit que ça calme Avery, mais Gilly est très timide. Anne lui a donc promis que nous ne l'importunerions pas. Nous étions censés l'ignorer, mais je ne crois pas qu'elle se rende compte à quel point sa voix est belle… alors nous l'écoutons en cachette.

— Ainsi, cette main que j'ai vue sortir de ma tente, c'était Anne qui vous ordonnait de déguerpir. (Donald hocha nerveusement la tête.) Allez va, mon garçon. Rapporte-moi de quoi manger et de l'eau pour me laver.

— Tu crois que cette petite a conscience de son don ? interrogea Leargan une fois le garçon parti.

— Probablement pas. Elle doit savoir qu'elle chante bien, mais pas que sa voix a le pouvoir de faire pleurer de solides gaillards. C'est une chose assez dure à expliquer, et toutes les louanges qu'on peut lui faire doivent ressembler pour elle à des compliments polis et un peu creux.

— Tu as sans doute raison. Je ferais mieux de m'éclipser pour faire comme si, moi aussi, je ne venais pas d'entendre un ange chanter.

Cameron entra dans sa tente et trouva Gillyanne sur le point de sortir. L'enfant rougit légèrement en le voyant, probablement parce qu'elle le soupçonnait de l'avoir entendue. Il s'étonnait qu'un être possédant un tel don craigne de le partager.

— Comment va Avery ? s'enquit-il. Le bain a-t-il fait son effet ? (Il passa une main sur la joue de la jeune fille.) On dirait qu'elle est un peu plus fraîche.

— C'est vrai, répondit Anne. Si ça se vérifie, nous recommencerons, même si je dois vous avouer qu'elle n'aime pas du tout ce traitement.

— Elle a suffisamment recouvré ses esprits pour se plaindre ?

— Oh oui, elle a trouvé plusieurs noms très fleuris pour ceux qui l'ont plongée dans l'eau. Cette jeune personne connaît quelques jurons particulièrement intéressants.

— Bien sûr, elle avait de la fièvre, ajouta Gillyanne, qu'Anne poussait gentiment vers la porte de la tente. Personne n'écoute ce que raconte une malade qui délire… ce serait complètement idiot, n'est-ce pas, Cameron ?

Il regarda l'enfant sortir en se retenant de lui donner une bonne claque sur le derrière. Dans quelques années, une fois devenue femme, elle causerait bien des tourments à un pauvre hère, songea-t-il en regrettant un peu de ne pas être là pour assister à ce spectacle. Cameron comptait bien faire de Payton son beau-frère, mais il doutait franchement que la famille Murray l'accueillerait à bras ouverts pour autant.

Une fois son repas fini, Cameron se lava puis, seulement vêtu de son pagne, contempla longuement sa couche. Il avait fait déballer son luxueux matelas de plume pour Avery, et Anne avait recouvert ce dernier d'une toile cirée afin de le protéger de l'eau dont la jeune fille était constamment aspergée. Il avait largement assez de place pour s'allonger à côté de la malade, mais se demandait combien de temps il pourrait dormir cette fois-ci. Cameron n'avait jusque-là réussi qu'à faire quelques rapides sommes interrompus par les accès de délire d'Avery. Il décida néanmoins que quelques minutes de sommeil valaient mieux que pas de repos du tout et se glissa sous les draps.

Couché sur le côté, face à Avery, il passa un bras autour de sa taille. Il émanait d'elle une chaleur dérangeante, mais Cameron voulait s'assurer d'être averti si jamais elle essayait de se lever. En l'examinant attentivement, il décela chez elle les premiers signes d'amaigrissement. Le bouillon qu'on lui faisait avaler de force ne suffisait pas à remplacer les réserves consumées par la maladie.

— Tu ne vas pas mourir, Avery, chuchota-t-il en l'embrassant sur la joue.

Quel mal y aurait-il, pour cette fois et cette fois seulement, à céder aux sentiments qui le rongeaient, tout particulièrement la crainte que la jeune femme ne survive pas à cette fièvre ? Bien qu'il ne veuille pas – ne peuve pas – la garder à ses côtés, Cameron aspirait tout de même à l'imaginer coulant des jours heureux… avec sa famille, car se la représenter avec un autre homme lui était insupportable. Il refusait d'admettre que cette jeune femme intelligente et pleine d'entrain pourrait mourir sans avoir réellement vécu.

— Non, tu ne peux pas laisser cette satanée fièvre l'emporter. J'ai besoin de savoir que, quelque part, tu ris, et craches quelques insultes bien senties à un idiot qui les mérite sûrement. Je préfère t'imaginer dans les bras d'un gredin qui t'aimera, t'épousera et te donnera des enfants plutôt qu'enterrée dans cette terre glacée.

Je t'en prie, vis, Avery Murray, ne serait-ce que pour faire de mon existence un enfer.

Cameron déposa un baiser sur les lèvres desséchées de la jeune fille puis reposa la tête sur son oreiller et ferma les yeux. Il avait presque autant besoin de sommeil qu'elle, mais devait d'abord se détendre pour cela. Il craignait tant qu'Avery ne se laisse emporter pendant qu'il dormait !

Il fut réveillé par une sensation de moiteur sur sa peau et grimaça, redoutant de découvrir qu'Avery avait mouillé le lit. Il comprit brusquement que cette humidité provenait de la peau de la jeune fille et, le cœur battant, alluma les bougies installées sur le coffre qui faisait office de table de nuit. Il posa une main tremblante sur le front d'Avery pour le découvrir frais et baigné de sueur.

Cameron bondit hors du lit, et partit chercher Gillyanne et Anne, enveloppé dans une couverture. Les deux femmes dormaient à quelques mètres de sa tente afin de pouvoir se rendre le plus vite possible au chevet d'Avery en cas d'urgence. Cameron fut ravi de constater avec quelle rapidité elles se levèrent, et furent sur le pied de guerre. Il apprécia beaucoup moins de se retrouver obligé d'attendre devant sa propre tente pendant qu'elles s'occupaient de la jeune fille.

— Vous pouvez entrer, annonça Anne au moment où Cameron s'apprêtait à le faire de son propre chef.

— Merci pour ton invitation, grommela-t-il.

— On s'est réveillé de mauvaise humeur, murmura Gillyanne en bordant une Avery paisiblement endormie.

— Il fait froid dehors, c'est tout. Sa fièvre a vraiment baissé ?

— Oui. Elle a émergé assez longtemps pour boire son remède et un peu de bouillon. Nous l'avons lavée et lui avons enfilé une chemise de nuit propre ; elle devrait dormir pour le restant de la nuit. Je suis certaine que le pire est passé. Il va maintenant lui falloir une bonne dose de nourriture et de repos.

Les deux femmes parties, Cameron laissa tomber sa couverture, souffla les chandelles et se recoucha. Il serra Avery contre lui pour savourer sa fraîcheur. Elle aurait besoin de reprendre un peu de poids, mais même amaigrie, elle se lovait parfaitement dans ses bras, si belle, si vivante.

— Cameron ?

— Non, c'est Leargan, répondit-il en l'embrassant au creux du cou.

— Vraiment ? Je ne vous aurais jamais cru aussi poilu que votre cousin.

— Je ne suis pas poilu !

Il l'étreignit davantage, heureux de retrouver le sens de l'humour de la jeune fille.

— Mais non, mais non. J'ai été malade ?

— Tu as lutté contre la fièvre pendant trois longues journées, mais on dirait que tu as remporté le combat.

— Si c'est le cas, nous n'avons pas dû beaucoup avancer.

— En effet, et nous n'allons sans doute pas bouger pendant encore quelques jours, le temps qu'Anne te juge apte à voyager.

— Mais nous n'avons plus d'avance sur DeVeau ?

— Ne t'inquiète pas pour ça.

— Facile à dire.

Cameron l'embrassa de nouveau.

— Repose-toi, Avery. Nous parlerons de cette canaille plus tard, une fois que tu auras recouvré tes forces. Nous le guettons chaque jour, nous savons qu'il nous attendra peut-être au port, et il n'y a rien d'autre à faire.

— Je suis trop fatiguée pour débattre avec toi.

— Nous aurons tout le loisir de le faire quand tu seras en meilleure forme.

Tandis qu'elle s'assoupissait dans ses bras, Cameron se demanda s'il affrontait vraiment de la meilleure des façons le problème que lui posaient Avery et les sentiments qu'il avait pour elle. C'était sans doute dangereux, mais il se sentait bien avec elle. Peut-être devrait-il arrêter de résister, et seulement savourer le peu de temps qu'il leur restait au lieu de s'embourber dans le doute. C'était une question qui méritait réflexion – mais seulement après une bonne nuit de sommeil.

Chapitre 14

Avery regarda Cameron se laver puis s'habiller avec un petit sourire. Ce serait la dernière journée qu'ils passeraient dans cette clairière avant de lever le camp. Entre sa fièvre et sa convalescence, elle les avait retardés d'une semaine. Une part particulièrement retorse et désespérée de son esprit était tentée de feindre une faiblesse passagère, voire une rechute, mais elle s'y refusa catégoriquement. Tout serait fini si Cameron comprenait qu'elle jouait la comédie.

Et de toute façon, qu'y gagnerait-elle ? D'autres heures interminables à demeurer prisonnière de son lit, d'autres potions écœurantes, et encore moins de temps avec Cameron – comme si c'était possible. Il quittait sa tente à l'aube, ne rentrait se coucher que tard dans la nuit, et elle avait de la chance s'il venait la voir une ou deux fois pendant la journée. Même si elle le sentait devenir dur quand, une fois allongé, il se pressait contre son dos, Avery craignait qu'il n'ait perdu tout intérêt pour elle au cours des quelques jours d'abstinence imposés par sa fièvre.

Cameron se pencha sur sa couche pour ramasser la chemise que Donald y avait posée, et Avery en profita pour admirer son ventre bien ferme. Elle s'attarda en souriant sur la petite tache de naissance en forme d'étoile qu'il arborait sous son nombril, partiellement dissimulée par quelques poils. Elle avait envie de l'embrasser chaque fois qu'elle la voyait.

C'était un sentiment étonnamment familier, ce qui n'avait aucun sens : elle n'avait pas pour coutume de déposer des baisers sur les ventres de ces messieurs. Soudain, comme si cela s'était produit la veille, et non un an auparavant, elle se revit jouant avec un bébé, et embrassant en riant la petite étoile sous son nombril. Un garçon aux cheveux noirs et épais, aux grands yeux mystérieux, et à la peau mate : le petit Alan. Cameron aurait pu être Alan devenu adulte. À la mine circonspecte de l'homme, elle comprit que son trouble ne lui avait pas échappé.

— Tout va bien, Avery ? s'enquit-il en lui touchant le front. Tu es très pâle.

— Ce n'est rien. Peux-tu appeler Gillyanne ?

— Euh… oui, bien sûr.

Cameron crut probablement qu'Avery demandait sa cousine pour l'aider à satisfaire un besoin pressant, et malgré sa gêne, la jeune fille décida de tirer parti de cette méprise. La tête baissée, elle attendit que l'homme sorte. Pour une fois, elle était bien trop remuée pour s'offusquer de ne pas recevoir le moindre baiser. Quand Gillyanne entra dans la tente, elle était affalée contre ses oreillers, occupée à jurer vigoureusement.

— Tu as besoin d'aide ? interrogea sa cousine.

— Non, mais nous devons parler. Laisse-moi seulement le temps de faire mes ablutions.

Gillyanne s'assit sur la couche tandis qu'Avery passait derrière la couverture qui avait été suspendue pour lui offrir un peu d'intimité.

— Tu n'as pas bonne mine… ne me dis pas que la fièvre est revenue.

— Non, rassure-toi. Je viens de faire une découverte qui m'a un peu secouée.

Elle s'apprêtait à regagner le lit quand Donald fit son entrée avec son petit déjeuner. Le jeune homme était malheureusement d'humeur fort bavarde ce matin-là, et resta jusqu'à ce qu'elle ait fini de manger, laissant finalement une Avery qui ne tenait plus en place.

— Et maintenant tu es écarlate, dit Gillyanne en tendant la main vers sa joue.

Avery la repoussa avec un grognement.

— Je suis rouge parce que je commence à perdre patience. Gillyanne, je crois que je viens de découvrir quelque chose de très grave, mais je veux avant tout te poser quelques questions. Tu te rappelles le petit Alan, le bébé qu'Elspeth et Cormac ont recueilli ?

— Oh oui, le pauvre ! Je n'arrive toujours pas à croire qu'on puisse abandonner comme ça un enfant dans les bois. Chaque fois que j'y pense, j'ai envie de pleurer.

Par bonheur, Notre-Seigneur avait mis Elspeth sur son chemin.

— Il est très brun, si je me souviens bien ?

— Oui. Ses cheveux sont aussi noirs que son regard et… (Gillyanne écarquilla les yeux.) Non…

— Et si je ne me trompe pas, Alan a une tache de naissance étrange…

— Comme une petite étoile, sur le bas du ventre.

— Par tous les diables ! s'écria Avery en se laissant aller sur ses oreillers. Je crois que j'ai retrouvé le père d'Alan.

— Cameron ? Tu en es sûre ?

Avery expliqua comment elle en était venue à cette conclusion à une Gillyanne de plus en plus rouge.

— Tu te rappelles vraiment à quoi ressemble la tache de naissance d'Alan ?

— Bien sûr. La plupart du temps, elles portent bien leur nom : ce ne sont que des taches informes. Il est très rare qu'elles aient un dessin aussi net. Je saurais tout de suite te dire si celle de Cameron est identique. Tu veux que je regarde son ventre ?

— Je l'ignore.

— Il faut lui dire, Avery. Cameron voudrait savoir.

— Mais as-tu pensé à Cormac, Elspeth et au petit Christopher ? Ils aiment cet enfant. Alan est maintenant assez grand pour croire qu'ils sont sa famille.

— Je sais, c'est triste, mais Cormac et Elspeth savent très bien que ce n'est pas leur fils, et qu'il a un père, quelque part. C'est vrai, il y aura sûrement des larmes, mais ils penseraient eux aussi que Cameron doit être informé.

Avery devait bien l'admettre, Gillyanne avait raison.

— D'accord, va voir s'il n'a pas encore quitté le camp et ramène-le-moi. Autant faire ça avant que je perde courage.

— Tu crois qu'il voudra qu'on lui rende son fils ?

— Oui, j'en suis sûre, mais à vrai dire, je redoute surtout de lui révéler qu'il a été trahi sans qu'il n'en ait rien soupçonné.

— Mon Dieu…

— Je sais. Cette nouvelle risque fort de le rendre de nouveau amer et méfiant. J'espère seulement l'avoir suffisamment adouci pour que cette rechute ne soit que passagère.

Une fois Gillyanne sortie, Avery se versa une coupe de vin. La boisson lui donnerait peut-être un peu de courage. Elle souhaita même un instant que sa cousine ne trouve pas Cameron – mais ce fut à deux qu'ils entrèrent dans la tente, quelques instants plus tard. Au moins, la question serait réglée sans attendre.

— Vas-y, Gillyanne, dit-elle en servant du vin à Cameron.

La jeune fille tira sur la chemise de l'homme.

— Mais qu'est-ce que vous fabriquez toutes les deux ? protesta Cameron en se rhabillant.

Son air choqué parvint à faire sourire Avery.

— Quelle pudeur ! Je veux seulement que Gillyanne voie ta tache de naissance.

— Cette gamine ne devrait pas regarder le ventre d'un homme.

— Doux Jésus, soupira Gillyanne en essayant d'arracher à Cameron les pans de sa chemise. Je voyage en compagnie d'une armée, et même si vos hommes sont étonnamment bien élevés pour des soldats, j'ai sans doute vu la panse de chacun d'entre eux à un moment ou à un autre. J'ai aussi plus de frères et de cousins que la plupart des jeunes filles ne peuvent en supporter. Allons, laissez-moi regarder, je vous promets de ne pas m'évanouir.

— Cameron, je t'en prie, fais-moi confiance, dit Avery. C'est important.

Ce dernier soupira, lâcha sa chemise et prit la coupe qu'elle lui tendait.

— Il n'y avait vraiment pas de quoi se montrer aussi timide, déclara Gillyanne. Vous avez un fort joli ventre.

— Petite effrontée, marmonna Cameron, avant de boire son vin avec un léger sourire.

Comme Gillyanne se taisait, Avery demanda :

— Est-ce la même marque ?

— Exactement la même, jusqu'à cette drôle de couleur bleuâtre.

Les deux cousines dévisagèrent un long moment Cameron qui, gêné, se rhabilla promptement. Il décelait dans leurs regards un étrange mélange de fébrilité et de tristesse. Elles avaient quelque chose à lui révéler, mais savaient qu'il le prendrait mal. Il vida sa coupe et la tendit vers Avery pour qu'elle le resserve.

La jeune fille s'exécuta, puis remplit la sienne, ce qui ne fit rien pour rassurer Cameron. D'ordinaire, elle ne buvait pas tant.

— J'ai l'impression que ce que vous avez à me dire ne va pas me faire plaisir. (Les Murray hochèrent la tête.) Bon, autant le faire sans attendre.

— Je dois avant tout vérifier une chose ou deux pour être certaine que nous avons raison. As-tu connu une certaine Anne Seaton avant de quitter l'Écosse ?

La froide colère qu'Avery lut sur le visage de l'homme était la meilleure des réponses.

— Oui, elle a été ma maîtresse avant que je vienne en France.

— Longtemps avant ?

Avery espérait que leur liaison remontait à Mathusalem. Alan était un petit garçon adorable, et elle savait que Cameron serait un bon père pour lui, mais elle ne voulait tout simplement pas lui révéler qu'il avait été victime d'une perfidie bien plus grave que celle qui avait mis sa fierté à mal. Elle raviverait forcément l'hostilité qu'il avait pour les femmes. Même si elle n'y était pour rien, Avery était sûre de payer pour les ignominies commises par Anne Seaton.

— Pas du tout. Je l'ai un jour retrouvée au lit avec un autre, et avant la fin du mois, j'embarquais pour la France.

— Et cette Anne Seaton vivait dans un village que traverse la route de la cour ?

— Oui… je lui avais acheté un petit cottage aux abords du hameau. Pourquoi toutes ces questions, Avery ?

— Je ne peux pas encore te répondre. Tu dis l'avoir trouvée avec un autre homme… Avais-tu déjà fait l'amour avec elle ?

— Oui, le matin même, avant de partir pour la cour. J'avais oublié quelque chose chez elle, et j'étais revenu le chercher. La fripouille avec qui elle m'a trompé attendait sûrement que je m'en aille, cachée quelque part.

— Vous preniez vos précautions ? demanda sans détour Gillyanne.

Cameron sentit un frisson lui parcourir l'échine. Les deux jeunes filles n'avaient pas mille raisons de lui poser de telles questions. Il espérait de tout cœur se tromper, mais les visages graves de ses interlocutrices n'avaient rien de rassurant.

— Non. Anne affirmait qu'elle était stérile.

— Elle te mentait, Cameron, annonça Avery d'une voix blanche. Elle a eu un fils, un bébé aux cheveux et aux yeux noirs, avec une petite tache de naissance en forme d'étoile sur le ventre.

Elle s'étonnait de voir Gillyanne étudier Cameron avec autant de calme, car la colère qui émanait de lui la mettait quant à elle particulièrement mal à l'aise.

— Comment sais-tu tout ça ? Tu la connais ?

— Anne Seaton ? Non, mais ma cousine Elspeth m'a raconté son histoire – même si nul ne savait qui était le père de son enfant. Il semblerait que personne dans ce village ne t'ait vu à part elle, le laird à qui tu as acheté sa maison et le malheureux avec qui tu l'as surprise. Étrange coïncidence, Elspeth a été retenue prisonnière dans cette même chaumière par un certain sir Colin MacRae.

— C'est un cousin très éloigné d'Anne, mais elle aimait se vanter de cette noble parenté pour prouver aux autres villageois qu'elle valait mieux qu'eux. Elle escomptait même, je crois, que ça me convaincrait de la prendre pour femme. Tu crois qu'elle compte se servir de cet enfant pour me forcer à l'épouser ?

— Cameron, elle est morte.

Avery ne décela aucune tristesse chez l'homme ; seulement de la surprise et une légère dose d'incompréhension.

— Elle a été accusée de sorcellerie : on l'a pendue, puis brûlée. Selon Elspeth, ce fut surtout parce qu'elle avait mis un peu trop d'hommes dans son lit, et qu'elle en tirait une certaine fierté. Ce n'était évidemment pas une sorcière, mais ma cousine découvrit qu'elle n'avait pas volé son châtiment : on trouva enterrés au fond de son jardin les cadavres de deux hommes et trois nourrissons. Apparemment, si elle ne parvenait pas à se débarrasser de sa progéniture avant d'accoucher, elle l'assassinait à peine arrivée dans ce monde.

— Doux Jésus, murmura Cameron, écœuré d'avoir été l'intime d'un tel monstre. Et mon fils ?

— Elle ne l'a pas tué, mais comment savoir si elle ne l'aurait pas fait à un moment ou à un autre ? Elle pensait qu'au bout du compte tu lui reviendrais. Oh, cela dit, elle t'en voulait énormément. Pour se venger, elle ne l'a pas fait baptiser. Elle a expliqué au prêtre venu recueillir sa confession qu'ainsi, s'il était mort, elle aurait pu te tourmenter en te révélant qu'il avait péri sans être ni béni, ni absous.

Malgré tous les efforts de Cameron pour la contenir, Avery savait que la rage qui montait en lui finirait par exploser.

— L'infâme garce, gronda-t-il. Ce n'est pas terminé, je me trompe ?

Avery acquiesça et sentit avec soulagement Gillyanne lui prendre la main pour la soutenir.

— Le reste n'a rien à voir avec Anne Seaton même si, d'une certaine façon, son attitude est à l'origine de ce qui s'est passé. Après l'avoir exécutée, les villageois ont abandonné ton fils dans les bois pour qu'il y meure. Par bonheur, Elspeth et Cormac l'ont trouvé. Ils l'ont recueilli, fait baptiser, et nommé Alan.

— Dans ce cas, j'exigerai aussi de le récupérer quand je t'échangerai contre Payton.

Ce cruel rappel qu'elle n'était rien de plus qu'un pion pour Cameron lui fit monter les larmes aux yeux, mais elle fit tout pour les retenir. Par fierté, elle ne voulait pas que cet homme sache avec quelle facilité il pouvait la blesser. Et puis il fallait penser à Alan. Cameron devait comprendre qu'il ne pouvait pas exiger qu'on lui rende l'enfant comme s'il était un manteau oublié chez une maîtresse.

— Tu ne peux pas faire ça.

— C'est mon fils ! cracha Cameron en jetant sa coupe, vaine tentative pour décharger un peu de sa colère. Contrairement à la catin qui lui a donné le jour, tu n'as aucun droit sur lui. Je ne laisserai pas une autre femme jouer avec la chair de ma chair.

— Tu ne peux pas le prendre comme ça ! rétorqua Avery, furieuse à son tour. Essaie pour une fois de songer à autre chose qu'à ta pauvre petite fierté ! Alan n'est qu'un bébé, mais quand tu rentreras en Écosse, il aura passé plus d'un an avec Elspeth et Cormac. C'est la seule famille qu'il connaisse.

— C'est moi, sa famille !

— Oui, mais il est trop jeune pour le comprendre. Tu ne peux pas surgir dans sa vie et réclamer qu'on te le rende sans penser une seconde à lui.

— J'y songe, de quel droit ta cousine s'est-elle adjugé mon fils ?

— En la soupçonnant ainsi, c'est tout le clan Murray que tu insultes ! Elle a déjà le garçon de son mari et une petite fille, et a recueilli ton fils par pure bonté. Ils étaient prêts à élever et aimer cet enfant, mais ils n'ont jamais oublié que quelque part, il a un père qui ignore tout de son existence et pourrait un jour demander à le récupérer. Pas question cependant de te laisser l'arracher à la seule famille qu'il connaisse. Un changement trop brusque ferait beaucoup de mal à Alan, et Cormac et Elspeth attendraient de toi que tu comprennes bien cela. Tout ceci devra être fait avec douceur et mille précautions.

— Et bien entendu ils ne se diront jamais qu'ils tiennent là un atout rêvé à jouer contre moi quand j'essaierai de convaincre Payton d'épouser ma sœur. Tu me prends pour un idiot ?

— En cet instant précis, oui.

Cameron contempla la jeune fille avec colère, puis quitta la tente à grands pas. Gillyanne était perdue dans ses pensées, et Avery profita de cet instant de répit pour tenter de recouvrer son calme. Elle était blessée et furieuse. Cameron n'avait pas dit grand-chose de véritablement vexant, mais son attitude avait été un affront en elle-même. Avery s'était certes attendue à ce que la révélation qu'elle lui avait faite avive son amertume et sa méfiance, mais pas à ce que celles-ci soient principalement dirigées contre elle. La jeune fille avait cru gagner la confiance de cet homme, mais en voyant comment les actions passées d'une autre femme avaient éveillé ses soupçons à son égard, elle comprenait à quel point elle s'était trompée. Il la pensait capable d'utiliser son propre fils contre lui ! Elle n'avait visiblement stimulé que son désir – chose qui pouvait se révéler aussi fugace et fragile que sa confiance.

Ce fut le moment que Leargan choisit pour faire son entrée, de fort mauvaise humeur lui aussi.

— Cette journée devient plus délicieuse à chaque minute, soupira Avery.

— Par tous les diables, qu'avez-vous dit à Cameron ? Je viens de le voir passer comme s'il avait la bête de l'Apocalypse à ses trousses !

— Explique-lui, Gillyanne. J'ai seulement envie de rester couchée à broyer du noir.

Sa jeune cousine narra alors toute l'histoire à Leargan ; le spectacle des émotions qui se succédèrent sur le visage de ce dernier avait quelque chose de fascinant.

— Même dans la tombe, cette maudite garce aura trouvé le moyen de faire de sa vie un enfer, murmura Leargan.

— Tenait-il à elle, à l'époque ? demanda Avery.

— Non… enfin, si, un peu, comme un homme tient à une maîtresse habile et agréable à l'œil.

— Il pensait que s'il l'entretenait, elle lui resterait fidèle.

— Oui, et il a très mal supporté de la surprendre avec un autre dans le lit qu'il avait à peine quitté. Pour ne rien arranger, au cours de la terrible dispute qui suivit, elle prit un malin plaisir à lui expliquer comment elle l'avait trompé avec la plupart des hommes des environs et même quelques-uns de ses amis, en leur racontant chaque fois quel idiot il était. Elle lui révéla également qu'elle était parfaitement fertile et avait dû se débarrasser de son enfant. Il ne l'avait pas crue, à l'époque, mais aujourd'hui… Il pense sans doute qu'un des bébés enterrés dans ce jardin était de lui. Savoir qu'une femme pareille a pu se jouer de lui le rend malade. Ce n'était pas qu'une catin sans foi ni loi, mais une meurtrière, une tueuse d'enfants, un être purement maléfique.

—Je ne vous contredirai pas, dit Gillyanne. Je suppose qu'il se sent sali d'avoir serré une créature aussi abjecte dans ses bras.

—À sa place, je le serais.

—Il est sûrement parti se terrer quelque part pour essayer de laver cette souillure, même si les faits remontent à plus de trois ans.

Leargan contempla longuement Gillyanne.

—Vous savez que vous êtes très perturbante quand vous parlez ainsi, jeune fille ? (Il se tourna vers Avery.) Je le pensais guéri, mais cette nouvelle a réveillé tous ses fantômes.

—C'est ce qu'on dirait, souffla Avery.

—Je suis vraiment navré.

—Moi aussi, Leargan. Vous feriez mieux d'aller le retrouver. Il n'est certainement pas en état de surveiller ses arrières.

—Il est peut-être seulement sous le choc, vous savez.

—Si c'est le cas, j'espère que ça ne durera pas trop longtemps, sinon, je ne serai plus là pour profiter de ce revirement.

Leargan s'apprêta à répondre, mais se ravisa.

—Vous avez raison, je vais le rejoindre.

Quand il fut parti, Gillyanne marmonna :

—Ça ne s'est pas très bien passé.

—Non, pas bien du tout.

—À mon avis, Cameron parlait sous le coup de la colère. Il est difficile pour un homme d'admettre qu'il s'est laissé mener par ses bas instincts et par un joli minois. Cameron pense sûrement qu'il devrait être plus sage que ça, et en découvrant que les crimes d'Anne Seaton allaient bien au-delà de l'infidélité, il s'est senti encore plus idiot.

— Ce qui l'a rendu d'autant plus furieux.

— Ah, ça lui passera. Un homme ne peut pas broyer du noir éternellement.

— Gilly, c'est à cause de cette Anne Seaton que Cameron a renoncé aux femmes et a quitté l'Écosse.

— Mais c'était il y a trois ans !

— Exactement : Cameron est extrêmement têtu et j'ai bien l'impression qu'il n'a pas son pareil dès qu'il s'agit de ruminer.

— Doux Jésus !

— Tu m'ôtes les mots de la bouche.

Chapitre 15

— Il fait toujours la tête ?

Avery regarda en souriant sa cousine grimper dans le chariot et s'asseoir près d'elle. Ils avaient repris la route depuis une semaine et la jeune femme se sentait parfaitement capable de monter à cheval, mais on lui imposait de voyager ainsi – obligée de passer la plus grande partie de son temps à observer le dos de Cameron. Ce dernier ne regagnait que rarement sa tente, ne dormait plus à ses côtés, et lui parlait à peine. Pour l'heure, il venait de partir en compagnie de Leargan afin d'inspecter le port qu'ils s'apprêtaient à gagner, et elle n'avait même pas eu l'occasion de lui souhaiter bonne chance.

— Oui, il passe ses journées à grogner et dort dehors avec ses hommes.

— Quel imbécile. Au moins, Leargan n'a pas de nouveaux bleus : ça veut peut-être dire que son humeur s'est un peu améliorée.

Pauvre Leargan ! Ce jour funeste, il avait trouvé Cameron en train de se laver dans la rivière, comme Gillyanne l'avait prédit. Avery ne saurait sans doute jamais lequel des deux avait prononcé le mot de trop, mais ils s'étaient battus. Leargan avait peut-être même provoqué à dessein son cousin pour que celui-ci laisse exploser sa colère. Sans qu'Avery comprenne pourquoi, les hommes semblaient parfois avoir besoin d'une bonne rixe pour se sentir mieux. Leargan et Cameron avaient regagné le campement couverts de sang et d'ecchymoses, mais le laird lui avait parut nettement calmé.

Hélas, maintenant, il boudait. Avery se demanda si Leargan pourrait le guérir de sa mauvaise humeur en employant la même méthode. Elle était assez tentée de s'en charger elle-même. Il ne leur restait plus guère de temps, et il le passait à ruminer un crime commis trois ans plus tôt. *Peut-être qu'avec quelques bons coups de gourdin...*, songea-t-elle en le regardant s'éloigner.

—Ne me dis pas que tu te morfonds toi aussi ! se lamenta Gillyanne.

—Non... enfin pas tout le temps. Si je l'assommais, crois-tu que cela lui rendrait la raison.

—Tu te sentirais mieux, voilà tout, répondit Gillyanne en ricanant. Selon moi, Cameron voudrait être un homme froid et dur, mais il est en réalité très sensible.

—J'aimerais beaucoup qu'il me le prouve.

—Je crois qu'il le fait déjà. Je me demande même si ses bouderies ne lui servent pas à maintenir une certaine distance entre vous. C'est un homme après tout, il est bien capable de se figurer que l'éloignement suffirait à tuer tout désir.

— Ma chère Gilly, on dirait parfois que selon toi, les hommes ne sont pas très malins.

— Pour tout ce qui concerne l'amour et les sentiments, ils sont souvent aveugles, voire franchement stupides. Les femmes peuvent l'être aussi, mais moins fréquemment. Le problème de ces messieurs, c'est qu'ils voient l'amour comme une faiblesse, et qu'un mâle, vois-tu, ne peut certainement pas être faible. J'adore mon père et mes oncles, ils sont intelligents, forts, aimants et possèdent toutes les qualités qu'on attend d'un homme – pourtant, si j'en crois ce qu'on m'a raconté, ils n'étaient pas bien dégourdis quand ils courtisaient nos mères. Réfléchis, Avery : un homme blessé à ce point par la trahison d'une maîtresse, une femme qu'il n'aimait pas vraiment, a forcément un cœur. Un cœur immense.

— J'y ai pensé. Et ?

— J'ai dit « et » ?

— Non, mais c'était sous-entendu dans ta voix. Et ?

— Et… attendre que Cameron cesse de bouder n'est peut-être pas la meilleure chose à faire, surtout s'il use de sa mauvaise humeur comme d'un rempart entre vous. Tu n'as plus beaucoup de temps, et tu devrais refuser de te laisser ignorer ainsi. Les perfidies des femmes qu'il a connues l'ont rendu amer et lui ont fait peur – ce qu'il n'admettra probablement jamais. Je suis d'accord, il est injuste que tu doives payer pour les actions de consœurs tout sauf respectables, mais ça ne te servira à rien de te cramponner à ta fierté.

Et n'oublie pas que très bientôt, il découvrira qu'une autre femme – sa propre sœur, cette fois ! – lui a menti.

— Je sais, ça sera sans doute le coup de grâce.

— Pas si ton amour hante ses pensées, et qu'il ne peut plus te chasser de son cœur. Il sera bien obligé de se rappeler que toi, tu ne lui as jamais menti, que tu es restée loyale à ton frère, que tu as choisi de sauver la vie de ses gens au lieu de t'échapper, et que tu lui as révélé la vérité au sujet de son fils. Il saura que ta passion est aussi sincère que toi.

— Tu veux donc que je me jette à son cou au lieu de lui jeter des pierres.

— Exactement, pouffa Gillyanne.

— Soit, c'est ce que je ferai… dès son retour, une fois qu'il aura trouvé où se cache DeVeau.

— Tu es sûre qu'il nous attend ?

— Certaine. J'ai l'impression que son odeur me pique les narines.

— Tu sens un danger ?

— Non, et je prie le ciel pour que ce soit bon signe.

Cameron se laissa aller contre le mur de la ruelle sombre dans laquelle il se cachait avec Leargan. Il s'était bien douté que DeVeau les attendrait, mais espérait tout de même au fond de lui que sir Charles aurait renoncé. Au lieu de ça, le Français avait posté ses soldats dans toute la ville. Faire monter ses troupes dans le bateau sur lequel il venait de leur obtenir de la place ne serait pas une mince affaire. Vu la sombre tournure des événements, il pouvait s'estimer heureux d'avoir trouvé un capitaine prêt à tous les embarquer. Cameron était sûr que l'homme n'alerterait pas les DeVeau, mais il ne voyait vraiment pas comment faire passer ses gens, leurs bêtes et tous leurs bagages au nez et à la barbe de DeVeau.

— Nous devons réduire un peu le nombre de ses sbires, déclara Leargan, adossé en face de lui.

— Je sais. Il faut que nous choisissions un itinéraire, puis que nous éliminions toutes les sentinelles qui se trouvent sur le trajet.

— Et ce peu avant que nous embarquions pour ne pas avoir à défendre notre position trop longtemps. (Leargan suivit le regard de Cameron.) Navré, tu n'auras pas le loisir de te glisser dans cette bâtisse pour lui trancher la gorge.

— Je n'en avais pas l'intention. Ce serait rendre sa mort beaucoup trop douce.

— Tu es toujours furieux qu'il ait posé la main sur la jeune fille que tu ignores consciencieusement depuis une semaine ?

— J'ai eu tort de rompre mon vœu de célibat.

— Bien entendu.

— Et puisque nous allons bientôt regagner Cairnmoor, j'ai décidé de mettre un terme à cette liaison pour clarifier les choses.

— Si tu le dis…

— Inutile de te montrer aussi méprisant !

— J'ai compris que tu étais trop borné pour profiter de mes sages conseils. Si tu veux laisser le passé gâcher le reste de ta vie, qui suis-je pour m'y opposer ? Je me réserve cependant le droit de te rosser si tu as le malheur de comparer lady Avery aux catins que tu as eu le malheur de rencontrer.

— C'est bien légitime, tant que tu ne m'empêches pas en retour de t'apprendre à être une telle plaie.

— Marché conclu.

— Retournons au campement à présent. Nous avons beaucoup à faire.

Avery écouta, désemparée, Cameron et Leargan décrire une ville dans laquelle grouillaient les hommes de sir Charles. La stratégie des deux cousins – se débarrasser d'une partie de ces derniers pendant que le reste de leur groupe montait à bord de leur bateau – lui semblait terriblement risquée. Les MacAlpin avaient à présent toutes les raisons de considérer les DeVeau comme leurs ennemis, mais ils se retrouvaient dans cette situation à cause d'elle. Elle s'apprêtait à leur suggérer de simplement la remettre à DeVeau quand Gillyanne la prit de vitesse.

— Vous avez besoin d'une diversion, dit-elle.

— C'est une bonne idée, Gillyanne, mais c'est ce que nous avons déjà fait pour libérer Avery, répondit Cameron. DeVeau sera plus méfiant, cette fois.

— Il s'attend à une diversion de soldat : une débandade de chevaux, des chariots en flammes... Vous devez trouver un moyen de le surprendre... et pourquoi pas de faire passer une partie de vos gens sous son nez.

— C'est une excellente idée, mais je ne vois vraiment pas comment faire.

— Beaucoup de pèlerins se rendent en Angleterre pour y visiter des lieux saints.

— Gilly, tu sais que tu es parfois terriblement intelligente ? dit Avery.

— J'admets que je peux me montrer parfois un peu roublarde, répondit Gillyanne en rougissant. Cameron, je suppose que sir Charles et ses soldats ne connaissent pas parfaitement tous vos gens, et que certains d'entre eux, pour peu qu'ils mettent un capuchon, pourraient passer devant les DeVeau sans éveiller les soupçons ?

— Il faudrait prendre une demi-douzaine d'hommes, avec un chariot lourdement chargé et quelques-uns des chevaux les plus passe-partout. Ils seraient accompagnés d'une des femmes, et de Gillyanne.

— Moi ? glapit la jeune fille.

— Pas question, répondit au même moment Cameron.

— Un petit groupe de pèlerins n'attirerait pas l'attention, et puis une demoiselle qui a fait vœu de chanter jusqu'à ce qu'elle atteigne le but de son voyage est sûre de captiver la ville tout entière.

Cameron savait que si Gillyanne chantait tout le long du trajet, même les matelots ne remarqueraient pas qu'on montait à bord de leur bateau. C'était la diversion parfaite. Hélas, c'était également une entreprise beaucoup trop dangereuse pour la jeune fille.

— Je ne peux pas laisser Gillyanne courir un tel risque, dit-il.

Un murmure déçu parcourut ses rangs.

— Je ne chanterai jamais devant autant de monde ! protesta Gillyanne. De toute façon, je ne vois pas vraiment comment je pourrais attirer l'attention aussi longtemps.

— Gillyanne, tu sais que tu as une voix que les gens apprécient, et pour la plupart d'entre eux, l'occasion d'entendre une bonne chanteuse est aussi rare qu'un jour de canicule chez nous, dit Avery. (Elle se tourna vers Cameron.) Elle ne serait pas moins en danger si elle essayait de monter à bord d'un navire encerclé par les hommes de DeVeau.

La discussion qui suivit fut somme toute plutôt brève : après tout, Avery avait raison. Cameron et les quelques guerriers qui l'accompagneraient ne pourraient pas venir à bout de tous les gardes – qui seraient de toute évidence plus nombreux et particulièrement vigilants autour des bateaux prêts à prendre la mer. Il accepta à contrecœur, et à condition que quelques-uns des « pèlerins » soient des hommes capables de se battre.

Avery aida Anne – qui avait elle aussi été retenue dans le groupe – et Gillyanne à se préparer en regrettant de ne pas faire partie de cette expédition. Ranald, le mari d'Anne, et trois autres soldats avaient également été choisis en raison de leur apparence relativement ordinaire. Donald jouerait le rôle du malade que le pèlerinage était censé guérir. Cameron et Leargan s'employaient à charger les chevaux et le chariot avec autant de provisions que possible. Il serait facile d'expliquer pourquoi les voyageurs transportaient une telle quantité de biens : pénitence, indulgence et bénédictions coûtaient cher.

— Je préférerais ne jamais avoir eu cette idée, grommela Gillyanne.

— Tu as été très inspirée.

— Oui, par toi, qui voulais suggérer qu'on te remette à ce porc.

— Comment l'as-tu deviné ? s'écria Avery, décontenancée.

— Ta tête semblait dire « tout est ma faute ». Je sais que Cameron n'aurait jamais accepté, mais je n'avais aucune envie d'entendre la dispute qui aurait assurément suivi… et me voilà bien récompensée, obligée de chanter au milieu d'une foule d'inconnus !

— Allons, jeune fille, pense à moi qui vais devoir me retenir d'éclater de rire chaque fois que je poserai l'œil sur mon mari déguisé en prêtre ! répondit Anne.

— Il semble très au fait de ce qu'un homme d'Église doit dire et faire, les prières, les bénédictions… Et puis il parle français comme s'il était né ici.

— C'est un de ses talents, il retient absolument tout ce qu'il entend, et c'est aussi un très bon imitateur. En revanche, cette fripouille aura certainement du mal à se comporter comme un homme pieux.

Après avoir ri tout son soûl, Anne se redressa et épousseta sa robe marron terne.

— Allons-y. Autant en finir au plus vite.

— Mais où Ranald a-t-il trouvé ces accoutrements de pèlerins ? demanda Avery.

Pour toute réponse, Anne prit Gillyanne par la main et l'entraîna vers les autres faux pénitents.

Avery rejoignit pour sa part le groupe qui entrerait dans la ville par le côté opposé. Les hommes avaient pratiquement achevé de vider les chariots qu'ils abandonneraient. Biens et provisions étaient désormais chargés sur les chevaux, ou sur le dos des soldats. Les bêtes leur poseraient sans doute les plus grandes difficultés, songea-t-elle alors que Thérèse l'aidait à attacher le lourd fardeau qu'elle porterait pour la traversée du bourg. Ces animaux ne pouvaient pas se glisser à bord d'un bateau aussi discrètement qu'un homme, et il était impossible de les dissimuler. Cameron avait décidé qu'ils les déchargeraient sur les quais, puis que de deux de ses hommes les feraient monter au dernier moment en se faisant passer pour des marchands de chevaux. Bien que ce plan lui paraisse bon, la présence des bêtes ne la rassurait guère.

Avery aurait voulu pouvoir souhaiter bonne chance à Cameron avant que celui-ci parte avec Leargan, Petit Rob, Colin et deux autres guerriers pour réduire au silence autant de DeVeau que possible. La jeune fille put tout juste échanger un signe de la main avec Gillyanne avant que leurs groupes respectifs se séparent. Elle espérait de tout cœur avoir raison d'accorder une telle confiance à toute cette entreprise. Elle était déjà terrifiée à l'idée de tomber entre les griffes de sir Charles, et n'osait même pas imaginer ce qu'il pourrait faire à Gillyanne.

Cameron laissa choir la sentinelle qu'il venait de tuer et la traîna au fond de la ruelle. Il n'aimait pas attaquer ainsi, en traître. Il s'était débarrassé de la plupart des autres gardes en les assommant d'un bon coup sur la tête avant de les laisser attachés et bâillonnés, mais celui-ci avait aperçu l'un de ses hommes qui se glissait à bord du navire et s'apprêtait à donner l'alarme. Pas de doute, Cameron préférait largement les combats à la régulière à ces procédés de brigand.

Soudain, comme pour apaiser ses remords, la voix de Gillyanne s'éleva dans le bourg. Tout se figea. Cameron n'aurait pas été surpris si les chiens errants eux aussi s'étaient assis pour écouter. Il souhaitait seulement que les siens soient maintenant assez habitués au chant de la jeune fille pour continuer leur affaire, même s'il doutait qu'on puisse l'ignorer tout à fait. Quelque chose, dans ces sonorités, vous touchait en plein cœur pour ne plus vous lâcher.

Sans quitter le groupe de Gillyanne des yeux et toujours à l'affût de nouveaux gardes, Cameron se dirigea lentement vers le bateau. *Pourvu que ses gens soient tous à bord quand les « pèlerins » embarqueraient!* Il aperçut soudain une silhouette menaçante qui approchait prestement, mais se détendit dès qu'il reconnut Leargan.

— Ils ont presque tous embarqué, annonça ce dernier. Les chevaux monteront d'une minute à l'autre. Cette petite a vraiment ensorcelé tout le monde, dit-il en désignant l'auberge d'un signe de tête. Même cette crapule de DeVeau.

Sir Charles semblait en effet sous le charme, mais la façon dont il regardait fixement Gillyanne rendait Cameron nerveux. Il n'était pas vraiment sûr que le Français ne reconnaîtrait pas ses soldats. De plus, il avait peut-être simplement décidé qu'il voulait posséder cette superbe voix pour son plaisir personnel.

Avery, accoudée à la balustrade du navire à côté du capitaine, regardait l'homme soupirer de plaisir en écoutant Gillyanne. Tout semblait se dérouler parfaitement, mais elle n'osait se fier à ses pressentiments. Son étrange capacité à sentir approcher le danger s'était montrée plutôt capricieuse ces derniers temps, sans doute en raison du tourbillon émotionnel dans lequel elle se débattait. La jeune fille cessa de chanter et elle vit en souriant le marin essuyer les larmes qui roulaient sur ses joues.

— Ma cousine chante comme un ange, vous ne trouvez pas ? dit-elle en lui tapotant le bras. Son père, sir Eric Murray, laird de Dubhlinn, est très fier d'elle.

— Eric Murray ? Il ne serait pas parent avec les MacMillan de Bealachan, par hasard ?

— Si, c'est leur neveu. Ils apprécient tant ma cousine qu'ils lui ont donné quelques terres pour lui servir de dot.

— Je suis un cousin éloigné, vous savez.

En apprenant que le capitaine s'appelait MacMillan, Avery avait en effet soupçonné un lien de ce genre, mais elle feignit la surprise.

— Quel heureux hasard ! Je suis soulagée de savoir que nous serons guidés sur les flots par un parent. J'espère seulement que ma cousine parviendra à monter à bord sans encombre.

— Et pourquoi ne le pourrait-elle pas ? Elle est en danger ?

— Je n'en suis pas sûre, mais l'homme qui cherchait à m'enlever pourrait bien décider de jeter son dévolu sur elle à la place. Il a peut-être même l'intention de priver l'Écosse de cette superbe voix afin de la garder pour lui.

— Ces Français, tous des voleurs…, gronda le capitaine MacMillan en faisant signe à ses matelots.

Avery réprima un sourire en voyant tous les marins s'armer. Les gens de Cameron attendaient déjà près du bastingage, arc à la main, et bénéficiaient maintenant du renfort de cette dizaine de solides gaillards. Le capitaine s'était déjà montré bienveillant en acceptant de les prendre à son bord, et elle venait de lui donner une raison de se battre pour eux.

Elle regarda Cameron et ses hommes approcher. Les guerriers se glissèrent sur le bateau tandis que leur laird et Leargan aidaient Anne et les pèlerins à hisser le chariot. Gillyanne, restée sur le quai, chantait doucement, et Ranald bénissait la mer et l'embarcation. Avery commençait à se détendre quand sir Charles et quatre de ses sbires surgirent derrière sa cousine. Avant que Ranald puisse l'arrêter, DeVeau saisit Gillyanne et pressa la lame d'un couteau contre sa gorge. Le faux prêtre eut beau tirer son épée, il ne pouvait rien faire. Leargan et Cameron, postés au pied de la passerelle, lames brandies, étaient tout aussi impuissants.

— Vous pensiez que je me laisserais abuser indéfiniment, lady Avery ? cria sir Charles.

— Honnêtement, oui, répondit Avery avec un calme qu'elle était loin de ressentir. Comment nous avez-vous démasqués ?

— Sir Renford, que voilà, a tout d'un coup reconnu cette demoiselle. Voyez-vous, les hommes ont tendance à très bien se rappeler le visage des femmes qu'ils convoitent et n'ont pu avoir. Je vous suggère de venir ici au plus vite si vous ne voulez pas que ce petit oiseau gazouille d'une tout autre manière.

Avery s'apprêta aussitôt à descendre du navire, mais Petit Rob lui saisit les bras et la plaqua contre le bastingage. Sans quitter sir Charles des yeux, Cameron fit un signe de la main à ses hommes, qui bandèrent tous leurs arcs. Les marins qui n'en faisaient pas autant brandissaient épées ou gourdins. Même DeVeau, malgré son arrogance, avait compris qu'il serait mort avant que la première goutte de sang de Gillyanne touche le sol. Avery espérait seulement qu'il n'était pas assez fou pour penser pouvoir s'échapper ou pire encore, pour vouloir emporter avec lui Gillyanne dans l'au-delà. Terrifiée, toujours immobilisée par Petit Rob, la jeune femme regarda les sbires de sir Charles parler à leur maître.

— Laissez-la partir, DeVeau, lança Cameron en français. Vous ne pouvez pas gagner.

— Mes hommes…, commença sir Charles en écartant lentement sa lame de la gorge de Gillyanne.

— Sont pour la plupart morts ou ficelés. Vous n'avez plus que les quatre qui se terrent derrière vous.

— Je n'aime pas beaucoup perdre, répondit sir Charles, en poussant cependant Gillyanne vers Ranald.

Ce dernier prit la jeune fille sous son bras et courut en direction du navire.

— Nous nous reverrons, lança le Français à Avery avec une révérence.

— Je crois que j'en ai vu assez de ce pays, rétorqua-t-elle avant de se précipiter à la rencontre de Gillyanne.

Cameron, appuyé contre le bastingage, garda le regard fixé sur sir Charles pendant que le bateau s'éloignait du quai.

— Il s'en est fallu de très peu, souffla-t-il.

— Je ne te le fais pas dire, approuva Leargan. Par bonheur, sir Charles préfère encore perdre la face que mourir. Savais-tu que le capitaine est un parent de la petite Gillyanne ?

— Seulement depuis quelques minutes, repartit Cameron en serrant le bastingage alors que le navire prenait de la vitesse. Tu crois que ces deux jeunes filles lui demanderont de les aider à nous échapper ?

Leargan se cramponna lui aussi. Son visage avait pris une teinte verdâtre.

— Elles ont dû y penser, mais elles savent qu'une telle entreprise risquerait de faire des blessés.

Cameron sentit une sueur glacée couler sur son front ; il n'avait sans doute pas plus fière allure que Leargan.

— Nous ne ferions pas de bien vaillants adversaires, tu ne crois pas ? haleta-t-il.

Son cousin répondit par un grognement déchirant qu'il imita quelques secondes plus tard.

Chapitre 16

— Je crois que ce voyage ne sera pas l'intermède romantique dont je rêvais.

Cameron voulut se retourner pour regarder Avery, mais s'en découvrit incapable.

— J'ai les poignets attachés au bastingage !

Avery vint s'agenouiller à côté de lui ; elle n'avait jamais vu un homme aussi misérablement malade.

— Petit Rob avait peur que tu ne suives le contenu de tes entrailles et ne te retrouves à l'eau.

— Où est Leargan ? demanda Cameron en observant autour de lui sans voir son cousin.

— Anne et Gillyanne l'ont détaché pour le coucher.

— Et en quoi ça va l'aider ? Les lits bougent, eux aussi !

— C'est vrai, mais nous avons une potion qui l'aidera à se sentir un peu mieux. Nous en avons d'ailleurs préparé beaucoup, car la moitié de tes hommes sont malades.

Cameron regarda longuement Avery. Elle était hâlée, joliment ébouriffée par le vent tout au plus, ce qui le contraria grandement.

— Tu en as pris ?

— Moi ? Non.

Elle écarta les mèches collées par la sueur qui retombaient sur le front de Cameron et décida qu'outre une nouvelle dose de potion, il avait également besoin d'un bon bain.

— Évidemment ! J'aurais dû savoir que les petites Murray étaient aussi des marins accomplis !

— À la vérité, nous n'avions guère navigué jusque-là, répondit Gillyanne en défaisant ses liens. Seulement pour venir en France.

— Tu n'arranges pas ton cas.

— Allons, et dire qu'avec Petit Rob, nous avons eu tant de mal à te faire avaler ton remède !

Cameron se rappela vaguement qu'on lui avait versé dans le gosier un liquide infâme – et mesura brusquement qu'il était lucide pour la première fois depuis que le bateau avait hissé les voiles.

— Suis-je demeuré longtemps attaché ainsi ?

— Depuis la fin du deuxième jour, expliqua Avery en l'aidant à se lever.

— Tu ne devrais pas rester si près de moi. Je dois empester.

— En effet, c'est pour ça que j'ai fait préparer un bain dans ma cabine.

— Je n'en ai pas une à moi ?

— Non, le navire n'en compte pas beaucoup, et le capitaine les a réservées aux femmes, même si elles sont à présent surtout occupées par des hommes malades – ce qui va bientôt arriver à la mienne, on dirait.

Cameron aurait voulu protester, mais il était bien trop faible. Avery lui tendit une coupe remplie d'une étrange décoction et entreprit de le dévêtir. C'en était fait de ses résolutions : jamais il ne parviendrait à garder ses distances ainsi. Il prit cependant conscience qu'il était bien trop mal en point pour se laisser emporter par ses pulsions et se détendit.

Le breuvage avait un goût horrible, mais il but tout le contenu de sa coupe et accepta avec gratitude le vin offert par Avery pour qu'il se rince le palais. Cameron se plongea dans l'eau brûlante avec un soupir ravi, et se rendit compte qu'il n'avait pas senti son estomac se tordre depuis un certain temps. La potion d'Avery était manifestement aussi efficace qu'infecte.

— On dirait que ton remède fait effet, observa-t-il tandis qu'elle lui lavait les cheveux.

— Il faut généralement attendre la quatrième dose pour ça, répondit la jeune fille en lui rinçant lentement la tête avec une cruche. Tu en es à ta sixième.

— Avec un goût pareil, je m'étonne qu'il ne me rende pas encore plus malade.

Avery rit doucement et lui frotta le dos. Le laisser sur le pont pendant ces deux longues journées avait été très difficile pour elle. Il avait été si malade, et elle n'avait rien pu faire d'autre que le forcer à boire sa potion et patienter jusqu'à ce qu'elle agisse. Elle comprenait désormais qu'elle avait eu raison d'attendre que le pire passe avant d'amener Cameron dans sa cabine : il disposait maintenant d'un endroit propre pour recouvrer des forces.

Et il était à sa merci, songea-t-elle avec un sourire en lui lavant les jambes et les pieds. Gillyanne avait raison : il était absurde de lui permettre de maintenir une distance entre eux. Elle n'allait pas le laisser lui voler le peu de temps dont elle disposait pour se créer de doux souvenirs. En la renvoyant sitôt qu'ils seraient arrivés à Cairnmoor, il la condamnerait à un avenir sans joie, et elle n'avait pas l'intention de renoncer aux bonheurs du présent. Les signes évidents d'excitation qu'elle décelait chez lui en finissant de le baigner lui montraient que Cameron la désirait toujours. Il était grand temps qu'il cesse de fuir leur passion.

— Je me sens assez bien pour me sécher tout seul, dit-il en quittant le bassin.

Avery tendit une serviette à Cameron, puis ouvrit la porte à laquelle on venait de frapper. Deux hommes entrèrent, disposèrent un plateau rempli de nourriture sur une petite table et emportèrent le bassin. Quand ils furent de nouveau seuls, la jeune fille trouva Cameron vêtu du peignoir qu'elle avait préparé pour lui et assis devant son repas, l'air circonspect.

— Tu peux manger, dit la jeune fille en s'approchant d'une bassine pleine d'eau chaude. (Elle commença à se dévêtir.) Ça ne te fera pas de mal, même si je te conseille d'aller lentement. Tes entrailles sont encore un peu fragiles.

— Je veux bien te croire, répondit Cameron d'une voix étranglée en voyant la chemise d'Avery, puis ses braies se retrouver par terre.

Il la regarda se laver en mâchonnant une grosse tranche de pain. Le spectacle de ce dos mince et gracieux enflamma son désir. Pas de doute, il allait beaucoup mieux. Il but une grande rasade de vin pour refroidir ses ardeurs.

Elle se comportait comme s'ils étaient toujours amants. C'était absurde, il l'ignorait complètement depuis plus d'une semaine ! Elle aurait dû ne voir qu'un froid rejet ! Certes, la façon dont son corps avait réagi aux caresses de la jeune fille quand elle l'avait lavé venait contredire son attitude distante. Peut-être devait-il lui déclarer très brutalement que tout était fini entre eux.

Avery le rejoignit à table, seulement couverte de son propre peignoir, sa chevelure ondoyante retombant follement sur ses frêles épaules. Elle lui souriait tendrement comme si, pour quelque raison, elle voyait dans son comportement de la semaine passée une simple bouderie. Il ne la quitta pas des yeux de tout le repas, sentant l'excitation tendre chacun de ses muscles. Cameron en venait à se trouver complètement stupide de refuser ce qu'on lui offrait si volontiers avant d'y être définitivement obligé.

— À quoi joues-tu, jeune fille ? demanda-t-il enfin.

— Moi ? Mais à rien du tout, répondit Avery en croisant les jambes. Qu'est-ce qui te laisse croire des choses pareilles ?

Elle ne fit rien pour ajuster les pans de son peignoir qui dévoilaient une bonne partie de ses cuisses.

Cameron se força à quitter du regard ses jambes fuselées, qu'il brûlait de couvrir de baisers.

— Tu as bien vu comment je me suis comporté ces derniers jours ! Une jeune femme aussi intelligente que toi devrait vouloir m'assommer à grands coups de gourdin et toi, tu me soignes, me laves, me fais manger, me souris… et essaies de me tenter !

— Tu agissais ainsi à dessein ? Moi qui croyais que tu faisais la tête…

— Je ne faisais pas la tête.

— Comment appelles-tu ça, dans ce cas ?

— Je voulais prendre quelques jours pour me rappeler que les femmes sont de traîtresses créatures.

Avery plissa les yeux.

— Si j'étais moins délicate, je te dirais que seul un idiot s'étonne de ne trouver ni honneur ni vertu chez mes congénères en ne fréquentant que des catins et des femmes adultères.

— Ouille. Touché.

— Merci.

Cormac ne s'offusqua pas des paroles d'Avery, car il en était arrivé à la même conclusion. Il souffrait certes de s'être fait traiter d'idiot, mais décida d'ignorer cette remarque. Après tout, hommes et femmes ne se faisaient-ils pas tourner en bourrique depuis la nuit des temps ? Au moins, il pouvait se consoler en songeant qu'il avait appris de ses erreurs passées.

— Sache qu'elles ne l'étaient pas toutes. J'ai été fiancé à une dame issue d'une haute lignée, chaste – soi-disant – et délicate.

— Tu as été marié ?

Avery ne savait pas pourquoi imaginer Cameron avec une épouse la perturbait autant, alors qu'elle n'avait eu aucun mal à accepter qu'il ait eu des maîtresses.

— Non, fiancé seulement. Deux semaines avant nos épousailles, elle vint passer quelques jours à Cairnmoor avec sa mère, ses serviteurs et quelques membres de son clan, y compris un certain Jordan, un cousin éloigné.

Cameron se tut et contempla sa coupe de vin, la mine sombre.

— Et ? Ils étaient amants, je me trompe ?

— Oh oui, et ce n'était d'ailleurs pas du tout son cousin. Ce Jordan était le fils d'un vieil ennemi de mon père : nos deux tourtereaux avaient l'intention de tirer parti de mon mariage pour faire pénétrer ses hommes dans mon château et me le prendre. Ils avaient également prévu de tuer ma famille, mes gens, et moi, bien entendu, l'idiot de mari. Ils avaient déjà fait entrer une demi-douzaine de leurs sbires, qui avaient entamé leur sombre besogne. Je n'ai commencé à me douter de quelque chose que quand six de mes hommes ont manqué à l'appel. On retrouva plus tard leurs corps au fond des douves, lestés par des pierres.

Et tu te reproches chacune de ces morts, songea Avery. Elle aurait tant voulu le soulager de sa culpabilité.

— Et comment as-tu découvert ce qu'ils préparaient ?

— Je m'apprêtais à rendre visite à ma promise dans sa chambre quand j'ai vu Jordan s'y glisser.

— Et l'expression « les murs ont des oreilles » a pris tout son sens à ce moment-là, dit Avery en grimaçant.

— C'est vrai. J'ai appris ce qu'ils projetaient de faire, et ce qu'il était advenu des serviteurs qui avaient disparu. Ma future femme a également annoncé qu'elle serait très soulagée si toute l'entreprise pouvait être achevée avant qu'elle soit obligée de m'épouser ou de se glisser dans le lit nuptial. Elle était terrifiée à l'idée que ce démon brun et patibulaire touche sa jolie peau.

— Ouille. Je suppose qu'elle préférait les beaux chevaliers blonds qui tranchent la gorge de ceux qui les accueillent dans leur demeure. (Cameron sourit, ce qui la rassura.) Il est parfois très difficile de voir ce que cachent les sourires et les mots doux. Les flatteries sont si agréables à entendre, on a forcément envie de les croire sincères. Au moins, quand j'ai eu pour ma part l'occasion de comprendre à quel point il est facile de se leurrer, je n'ai plus eu à m'inquiéter de sauver ma fierté, en plus de mon clan. Alors, qu'as-tu fait ?

— J'ai fait fermer les portes, j'ai débusqué les premiers assassins, ma future épouse et Jordan puis, quand les hommes de ce dernier sont arrivés en vue de mon château, pendu les traîtres à mes remparts. Les soldats ont aussitôt tourné les talons.

Cameron s'était montré sans pitié, mais Avery savait qu'il avait offert à ses ennemis une mort plus clémente que bien d'autres à sa place.

— Même ta fiancée ?

— Oh non, je les ai un peu terrorisées, elle et ses servantes, avant de les renvoyer d'où elles venaient.

Il l'observa un long moment puis demanda brusquement :

— Et toi, qui t'a menti ?

— Oh, un homme. Juste avant que je vienne en France, mes parents m'ont emmenée à la cour. Ils espéraient probablement que j'y trouverais un mari. Disons seulement que ces messieurs ne se bousculent pas pour se jeter à mes pieds. Pourtant, j'en ai rencontré un là-bas qui semblait vraiment s'intéresser à moi – et, n'ayant jamais été flattée et courtisée jusque-là, j'ai été, je l'admets, transportée. J'avais entendu dire que c'était un séducteur prompt à abandonner ses conquêtes, un bon à rien qui passait plus de temps dans les bras d'une femme qu'à travailler. Je me répétais que tous les jeunes hommes se comportent de la sorte avant de s'assagir en se mariant.

Cameron savait bien comment cette histoire se terminait, et songea à lui dire de ne pas poursuivre. Il ne comprenait pas pourquoi les autres hommes ne voyaient pas la beauté d'Avery, cette promesse d'une passion enflammée qu'abritait son corps menu. Sans surprise, il ressentit une envie impérieuse de retrouver l'idiot qui lui avait fait du tort pour le rosser consciencieusement. Depuis ses mésaventures avec sir Charles, force était de le reconnaître, il se sentait chargé de la protéger.

— Et ce n'est pas ce qui s'est passé avec lui.

— Peut-être que si, qui sait ? En tout cas, ce ne fut pas avec moi. Il n'était pas vraiment discret, et s'affichait avec une femme mariée alors même qu'il me faisait la cour. Un soir, je les ai surpris occupés à minauder dans le jardin. Sa bonne amie se montra très jalouse de l'attention qu'il me portait, mais il lui expliqua qu'il n'appréciait chez cette maigrichonne aux yeux étranges que la beauté de sa dot. J'ai compris que ce n'était pas à la cour que je trouverais mon bonheur.

— Je suppose qu'il était blond et très beau garçon.

Avery ricana doucement.

— Il avait les cheveux noirs, des yeux d'azur et la peau blanche comme le lait. J'ai d'ailleurs pu constater que cette dernière se couvrait très facilement de bleus. En effet, quand j'ai quitté le jardin, j'ai par hasard croisé le mari de son amie, qui m'a demandé si j'avais vu son épouse.

— Tu es diabolique, dit Cameron en levant sa coupe dans sa direction.

— J'ai eu tort de laisser ma fierté l'emporter. Cet homme aurait très bien pu les tuer tous les deux. La correction qu'a reçue le pauvre garçon lui a tout de même fait beaucoup de mal, car il n'était ni très grand ni très fort.

— Curieux, les femmes préfèrent d'ordinaire les solides gaillards.

— Ah, mais si je me fie à ce qu'a déclaré sa maîtresse ce jour-là, il avait un atout de taille : un très gros…

— Avery…, l'avertit Cameron avec un regard réprobateur, même s'il avait plutôt envie de rire.

— Ne t'inquiète pas, je n'ai pas vérifié.

— C'est très courtois de ta part. Avery, tu n'es pas trop maigre, et tes yeux ont peut-être une couleur singulière, mais ils sont magnifiques.

— Merci, monseigneur, répondit la jeune fille d'un ton badin, mais en rougissant légèrement. Il se trouve que j'ai un faible pour les beaux chevaliers ténébreux.

Cameron posa sa coupe et lui tendit la main. Avery la serra dans la sienne, et il fut aussitôt envahi d'un dangereux sentiment de bien-être. Avec un soupir dans lequel se mêlaient plaisir et résignation, il l'attira sur ses genoux.

— Tu te sens mieux, à ce que je vois, dit-elle d'une voix tremblante quand il caressa ses jambes.

— Beaucoup mieux, acquiesça Cameron avant de la gratifier d'un petit coup de langue au creux du cou.

— On ne fait plus la tête ?

— Non, c'est fini. Cela dit, tu ne peux pas t'attendre à ce qu'un homme réagisse très bien en découvrant qu'on lui a caché l'existence d'un fils qui n'a même pas été baptisé.

Avery supposa que Cameron essayait d'expliquer ainsi son comportement des derniers jours ; c'était sans doute ce qu'il ferait de mieux en matière d'excuses, et elle devrait s'en contenter.

— C'était très cruel, et abandonner ce pauvre bébé dans les bois l'était encore davantage.

— Parce que avec ses cheveux et ses yeux noirs, il ne pouvait être que le fils du Malin, ce que prouvait cette marque sur son ventre, gronda Cameron, incapable de dissimuler sa colère.

C'était sans doute ce qui lui faisait le plus mal. Avery n'aurait pas été étonnée d'apprendre que cette révélation avait fait remonter nombre de rebuffades et d'insultes passées dans l'esprit de Cameron. Le laird n'était certes pas le joli prince aux yeux bleus dont rêvaient la plupart des jeunes filles : il était inquiétant, d'humeur changeante, et moyennement doué pour dispenser mots doux et flatteries. Beaucoup auraient été surpris d'apprendre qu'elle pouvait aimer un tel homme, et pourtant, c'était le cas, et sans doute bien plus que de raison. Il était son chevalier noir. Elle caressa sa mâchoire carrée et se demanda comment les autres femmes pouvaient ne pas voir la beauté de ses traits réguliers, ne pas être intriguées par son regard sombre.

— Dans ce cas, je dois être la pire des pécheresses, car chaque fois que je vois cette marque sur ton ventre, j'ai envie de l'embrasser, murmura-t-elle.

Elle posa les mains sur son torse et le sentit trembler.

— On ne dira pas que j'ai refusé à ma dame ce qu'elle voulait.

Avery aimait être appelée ainsi, se dit-elle en s'agenouillant entre les jambes de Cameron. Elle voulait qu'il pense à elle comme à sa dame quand il l'aurait renvoyée chez elle. Sa dame qui l'avait fait fondre de désir. Sa dame qui, à chaque baiser, avait révélé la passion qu'elle ressentait pour son corps massif et hâlé. Ce serait un joli souvenir à laisser, qui pourrait survivre à son retour dans son clan, et même l'inciter à trouver un moyen de la récupérer une fois qu'elle serait partie.

Elle caressa et embrassa les jambes de Cameron jusqu'à ce qu'elle le sente frémir puis, se redressant, ouvrit son peignoir. Elle embrassa son ventre, ses hanches, le haut de ses cuisses… tout, sauf l'endroit où il brûlait de recevoir ses baisers. Cameron, en tirant légèrement sur ses cheveux, lui fit comprendre qu'il ne pouvait endurer davantage ses taquineries sensuelles. Avery rit doucement et lui donna ce qu'il voulait.

L'homme s'agrippa aux bras de son siège. Elle devenait vraiment très douée, et savait instinctivement comment le faire vaciller aux confins d'une merveilleuse folie. La voir lui offrir ce plaisir, et s'en délecter elle aussi, ne faisait que décupler son extase. Il aurait voulu pouvoir attendre bien plus longtemps, mais comprit très vite qu'il devait l'arrêter.

Lui arrachant un petit cri surpris, il se leva, la prit sous les bras et la déposa sur son fauteuil. Il écarta les pans de son peignoir et se reput de ses seins. Ses mains, ses lèvres devinrent de délicieux instruments de torture. Cependant, quand il se mit à genoux devant elle, la pudeur d'Avery vint jeter une ombre sur sa passion.

— Non… c'est trop, protesta-t-elle faiblement quand il l'empêcha de presser ses jambes l'une contre l'autre.

— Je ne t'ai rien refusé, souffla-t-il contre sa cuisse.

— Vous êtes sans doute plus hardis que nous, vous autres, les hommes.

— Tu es pourtant superbe ici, dorée et soyeuse.

Avery n'eut besoin que d'une caresse et de quelques baisers pour oublier sa réserve. Cameron l'emmena vers les sommets de la passion à une vitesse effrénée. Elle comprit qu'il avait agi ainsi sciemment, pour ensuite jouer avec elle à sa guise. Elle ferma les yeux et essaya de se maîtriser. Si intime que fût ce jeu sensuel, elle l'adorait. Là encore, il lui fit connaître l'extase – mais, quand il sembla prêt à le faire une troisième fois, elle l'arrêta. Cette façon de l'aimer était certes délicieuse, mais elle avait besoin de sentir Cameron en elle, de ne plus être seule à connaître ce plaisir.

Cameron la prit par la taille, la souleva du siège et la déposa lentement sur lui – comme si rien ne pressait, et qu'ils ne tremblaient pas tous les deux de désir. Avery le regarda longuement, cramponnée à ses épaules musclées. Il avait la tête rejetée en arrière, les yeux fermés. Elle lut un tel plaisir sur son visage, une telle attente, qu'elle sentit aussitôt sa propre ardeur prendre son essor. Quand leurs corps se pressèrent enfin l'un contre l'autre, la jouissance les avait déjà presque emportés. Il ne fallut que quelques vigoureux coups de reins à Cameron pour la rejoindre.

Avery s'effondra dans ses bras, et Cameron se laissa aller sur le dos. Elle s'étonnait de pouvoir encore respirer. Comment ses parents pouvaient-ils être encore de ce monde après s'être livrés à ce genre d'exercice depuis plus de vingt ans ? Voilà qui expliquait la taille de leur famille, et les regards ardents qu'ils échangeaient avant de disparaître mystérieusement.

On frappa sèchement, arrachant la jeune fille à ses pensées. Elle contempla la porte avec effroi ; avait-elle seulement songé à tirer le verrou ?

— Avery ! l'interpella Gillyanne. Viens regarder les étoiles !

Celle-ci partit sans même attendre de réponse, et Avery retomba dans les bras de Cameron.

— Inutile, je viens tout juste de les voir, murmura-t-elle en souriant.

— Allez, ma chère, fit Cameron en se levant. J'ai envie de sortir d'ici pour tester les effets de ta potion.

— L'endroit du bateau où tu te trouves n'a pas d'importance, répondit Avery en s'habillant. Si tu en bois trois fois par jour jusqu'à ce que nous touchions terre, tout devrait bien se passer.

— Auras-tu assez d'herbes ? Tu as dit que la moitié de mes hommes sont malades.

— Il en faut à peine quelques-unes pour préparer de grandes quantités de cette décoction, et puis ils ne sont pas tous aussi mal en point que toi ou Leargan. Certains avaient seulement besoin d'un jour ou d'eux pour s'habituer à la mer, et quelques doses leur ont suffi. Anne saura te dire qui s'est remis vite, et qui souffre depuis le début du voyage.

— Ton remède est horrible, mais pas autant que ces nausées, constata Cameron en l'aidant à nouer le corset de sa robe.

Il tressa ensuite ses cheveux et les attacha avec le ruban que la jeune fille lui tendait.

— Allons donc voir ce que ces étoiles ont de si intéressant.

Cameron lui prit la main et tous deux quittèrent la cabine. L'homme était de nouveau passionné, espiègle, amical même. Il en avait fini de ruminer, et s'il avait jamais essayé de maintenir une certaine distance entre eux, il avait visiblement changé d'avis. Au prix d'un grand effort, Avery tint sa langue. Sa fierté n'appréciait guère d'être tour à tour prise puis rejetée selon le bon vouloir du laird. Elle se promit cependant, s'ils venaient à passer leur vie ensemble, d'expliquer à Cameron que les explications et les excuses ne pouvaient pas faire de mal – contrairement aux femmes qui n'en recevaient pas.

Chapitre 17

— Je ne m'étais pas rendu compte à quel point l'Écosse m'avait manqué ! s'écria Avery en admirant avec Gillyanne la campagne alentour du haut d'une colline rocheuse. Nous n'avons passé qu'une journée ici, et déjà je me sens changée !

— Tu veux dire gelée, répondit sa cousine, maussade en serrant son manteau autour de ses frêles épaules.

— La poésie te fait cruellement défaut.

— Au contraire. Je déteste seulement être glacée jusqu'aux os par le vent du Nord.

— Tu as besoin de t'étoffer un peu, voilà tout.

Gillyanne roula des yeux.

— Et c'est une brindille qu'un bon coup de vent emporterait qui me dit ça.

— Malgré cette bourrasque, je suis toujours là. Qui sait, j'ai peut-être pris quelques livres.

— Si tu n'avais pas eu tes affaires quand tu étais souffrante, je te croirais enceinte tant tu es dodue.

— Tomber de cette colline doit être très douloureux, tu sais, rétorqua Avery, le regard mauvais.

Sa cousine se contenta d'éclater de rire.

— J'aimerais tant que nous fassions route vers Donncoill, ajouta-t-elle.

— Je sais, répondit Gillyanne en lui prenant la main. Nous devons d'abord passer par Cairnmoor.

Avery réprima un sanglot.

— Je n'ai pas réussi à lui faire changer d'avis.

— C'était impossible, et tu le savais. Il pense qu'on a fait du tort à sa sœur, et à moins que notre Payton ne soit déjà venu l'épouser de son plein gré, il t'utilisera pour l'en convaincre. Nos pères, nos frères, tous feraient la même chose à la place de Cameron. La seule différence, dans le cas présent, c'est que nous savons que cette femme ment. Elle se sert du sens de l'honneur de son frère. Je suis désolée si la vérité te blesse, mais en la perdant de vue, tu ne feras que souffrir encore davantage.

— Dans ce cas, pourquoi j'essaie tant de le pousser à m'aimer ?

— Parce que tu es amoureuse, et pour ce qui se passera ensuite. Afin qu'il souffre assez pour chercher des réponses, et comprendre que sa sœur ment. Pour qu'il vienne te conquérir, quoi qu'il advienne à Payton et Katherine.

— Ça risque d'être douloureux.

— Très, approuva Gillyanne avec sympathie. Dis-toi que ta peine te permettra peut-être d'obtenir ce que possèdent nos parents… et ce que j'ai bien l'intention d'avoir un jour.

— Tu n'en mérites pas moins. J'espère juste que ce sera moins compliqué pour toi.

— Oh, tu sais, comme dit le proverbe, on n'a rien sans rien.

— Qu'est-ce qu'elles mijotent d'après toi ? grommela Cameron en regardant les deux cousines perchées sur leur promontoire.

— Je crois qu'elles cherchent un gros rocher pour le faire rouler dans ta direction, répondit Leargan avec un grand sourire.

— Tu es d'une bonne humeur horripilante depuis que nous avons accosté.

— J'ai compris à quel point ce pays m'avait manqué. La bruyère, les collines, les rochers…

— Les chardons, le froid, la pluie…

— Allons, avoue, tu es content d'être rentré toi aussi.

— C'est vrai, admit Cameron avec un sourire. Je suis heureux de retrouver Cairnmoor.

Il contempla Avery, les sourcils froncés. Une ombre au moins viendrait ternir la joie de ce retour sur ses terres.

— Si tu veux mon avis, elles ne manigancent rien du tout, Cameron. Elles sont peut-être tout simplement contentes de retrouver l'Écosse elles aussi.

— À moins qu'elles ne cherchent dans quelle direction se trouve Donncoill, ou le château du membre de leur immense famille le plus proche.

— Tu crains que tes projets ne nous entraînent dans une guerre ?

— Non, pas tant que je retiens ces deux demoiselles. Et puis je n'ai pas l'intention de tuer ce garçon, je veux seulement l'obliger à épouser Katherine.

— Certains préféreraient la mort… au mariage en général, bien sûr ! Pas forcément avec Katherine.

— Je ne vois pas les Murray faire couler le sang pour ça.

— Tu as probablement raison. Tu sais tout de même que, si tu peux forcer Payton à épouser ta sœur, ça ne donnera pas une bonne union pour autant ?

— Évidemment ! Mais s'ils étaient amants, c'est bien qu'ils ressentent quelque chose l'un pour l'autre… (Cameron grimaça.) Je suppose de toute façon que le beau et vertueux Payton ne peut être qu'un mari exemplaire.

— On jurerait que tu es jaloux, cousin, ricana Leargan.

— C'est très énervant, la perfection.

— Quel âge a donc ce si parfait champion ?

— À vrai dire, je l'ignore. Il est chevalier depuis plusieurs années, donc plus ou moins le même que nous.

— Il a peut-être été adoubé très jeune.

— Par pitié, arrête ! gronda Cameron en partant vers sa tente. J'ai peur de vomir si je découvre que Payton a été fait chevalier avant l'heure pour quelque héroïque exploit.

Avery se redressa dans le lit, à côté de Cameron, et le regarda un instant dormir. Si le climat demeurait clément et le chemin qu'ils suivaient sans obstacle, ils seraient à Cairnmoor dans quatre jours – et alors Cameron l'échangerait contre Payton, et lui briserait définitivement le cœur. Elle ne s'en remettrait jamais.

Comment Cameron pouvait-il agir ainsi ? Elle comprenait bien toutes ces histoires d'honneur, de loyauté, de fierté, mais pourquoi, après tout ce qu'ils avaient partagé, n'essayait-il pas de trouver un moyen de donner un mari à sa sœur tout en la gardant, elle, auprès de lui ? Aucun homme ne pouvait faire ainsi l'amour à une femme sans tenir au moins un petit peu à elle – mais peut-être que ce « petit peu » ne suffisait pas.

Et c'était bien ce qu'Avery redoutait de découvrir. Elle était prête à être échangée contre Payton, elle avait même accepté les raisons de Cameron – et son clan en ferait autant, même si tout partait d'un mensonge. La jeune fille craignait seulement qu'il la traite sans plus d'émotion qu'un marchand vendant un cheval. Elle voulait qu'il soit anéanti, déchiré par le choix qu'il était obligé de faire.

Avery se leva avec précaution et s'habilla. Elle ne pouvait pas laisser Cameron souiller tout ce qu'ils avaient vécu. Elle avait désespérément besoin de se raccrocher au bonheur qu'elle avait découvert dans ses bras, et elle voyait désormais avec quelle facilité il pouvait détruire tout cela. Si elle n'était pas là pour le voir la rejeter froidement, elle pourrait continuer à considérer leur passion comme un merveilleux cadeau.

Elle glissa fébrilement quelques habits et provisions dans un petit sac et sortit de la tente. Cette dernière n'était pas gardée, car personne ne s'attendait à ce qu'Avery fuie le lit de Cameron. Quelques hommes étaient bien postés çà et là pour protéger le campement contre d'éventuels pillards, mais elle savait où ils étaient. La jeune fille inspira profondément et se faufila dans les bois.

Après seulement quelques pas, elle se retourna pour contempler le camp. Abandonner ainsi Gillyanne la préoccupait, mais elle savait que sa cousine comprendrait. Avery n'aurait jamais pu entraîner sa cadette sans donner l'alerte, et elle n'aurait sans doute pas d'autres occasions de s'échapper. Elle était sûre que personne ne ferait de mal à sa cousine.

Avery partit d'un bon pas en se demandant quelle distance elle pourrait parcourir avant l'aube. À moins que Cameron ne se réveille entre-temps, personne ne remarquerait son absence. Selon ses estimations, cela lui laissait trois heures, peut-être même davantage. C'était suffisant… si elle était partie dans la bonne direction.

Une fois qu'elle aurait retrouvé les siens, elle leur expliquerait que Gillyanne était en sécurité, et que quoi que dirait Cameron, il ne lui ferait rien. Même si le laird, emporté par la colère, venait à y songer, ses gens l'en empêcheraient. Avery savait de toute façon qu'il ne lèverait jamais la main sur une femme ni sur un enfant. Payton serait libre de choisir ce qu'il voulait faire. Elle espérait seulement que Cameron ne verrait pas sa fuite comme la dernière d'une longue suite de trahisons.

— Comment ça, vous ne la trouvez nulle part ?

Cameron entendit son rugissement se répercuter dans le camp et prit une grande inspiration pour se calmer. En découvrant qu'il était seul sur sa couche, il avait tout d'abord supposé qu'Avery était partie soulager un besoin naturel. Bien qu'un peu déçu de ne pas entamer la journée en lui faisant l'amour, il n'avait pas jugé son absence suspecte. Quand, une fois qu'il fut habillé, Donald lui avait apporté son petit déjeuner, il avait commencé à s'inquiéter. Après tout, la forêt était pleine de dangers. Une heure plus tard, après avoir cherché la jeune femme partout, il n'était plus soucieux, mais furieux.

— Certaines de ses affaires ont disparu, annonça Anne en entrant dans la tente de Cameron.

— Elle ne serait pas partie sans vous, dit Cameron à Gillyanne.

— Depuis notre dernière tentative d'évasion, nous sommes toujours surveillées de près dès que nous sommes ensemble – et la nuit, je suis généralement très entourée. Elle n'aurait pas pu me réveiller discrètement.

— Où est-elle partie ?

— À Donncoill.

— Elle ne sait pas comment y aller !

— Avery a eu une longue conversation avec le capitaine MacMillan... Je ne serais pas étonnée qu'il lui ait donné quelques indications à ce sujet.

Cormac se maudit : il n'avait pas du tout songé à cela.

— Vous n'avez pas l'air très inquiète d'avoir été abandonnée, grommela Cameron en faisant de son mieux pour fuir le regard pénétrant de la jeune fille.

— Vous ne me ferez rien, répondit-elle avec assurance. Je ne cours aucun danger.

— Elle non plus ! Je ne lui aurais jamais fait de mal !

— Tout dépend de ce que vous entendez par là, dit l'enfant avec un sourire un peu triste. Je crois que la pauvre Avery a simplement décidé qu'elle ne voulait pas vous voir tout gâcher.

Cameron ne comprenait pas très bien les paroles de Gillyanne, mais Leargan les interrompit avant qu'il puisse lui demander de s'expliquer.

— Tous les chevaux sont là. Elle est partie à pied.

— Dans ce cas, elle ne devrait pas être très difficile à retrouver, répondit Cameron en se dirigeant à grands pas vers les bêtes.

Il se rendit compte que Leargan le suivait et s'arrêta.

— J'irai seul.

— Tu es sûr que c'est très sage ? demanda son cousin en l'aidant à seller son cheval.

— Non, mais peu importe. Veille bien à suivre l'itinéraire que nous avons choisi. Je vous rattraperai dès que j'aurai trouvé cette idiote.

— Pourquoi ne pas la laisser partir ? Qu'elle soit là ou pas, ça ne fait pas grande différence.

— Si elle arrive par miracle à retrouver les siens, elle leur expliquera immédiatement que mes menaces à l'encontre de Gillyanne n'ont aucun poids.

— Mais en la ramenant à Cairnmoor, tu lui briseras le cœur.

— Elle savait dès le départ ce que j'avais en tête ! s'écria Cameron en enfourchant sa monture. Je ne lui ai jamais menti.

— Par tes propos, sans doute, mais…

Leargan renonça à achever sa phrase et recula de quelques pas.

— Réfléchis un peu, cousin. Il faut trois grosses journées pour rejoindre Donncoill à cheval, et Dieu sait combien à pied. Une jeune fille est bien plus en danger seule sur les chemins qu'avec moi. On pourrait lui faire bien pire que briser son pauvre petit cœur.

Cameron lança son cheval au galop en direction de Donncoill ; il espérait qu'Avery avait bien suivi les indications du capitaine MacMillan. Après tout, lors de sa première escapade, elle avait retrouvé leur campement suffisamment vite pour les mettre en garde de l'arrivée des DeVeau, et possédait donc un certain sens de l'orientation. Il aurait déjà du mal à mettre la main sur la jeune fille dans une contrée où les cachettes abondaient, mais la tâche deviendrait tout simplement impossible si elle s'était perdue.

« Elle ne voulait pas vous voir tout gâcher. »

Malgré lui, Cameron repensa aux paroles de Gillyanne et commença à en comprendre le sens.

Avery n'était pas une veuve amoureuse, une femme adultère ni une courtisane rompue aux jeux de l'amour. C'était une jeune fille bien née et, jusqu'à très récemment, vierge. Elle n'était pas du genre à collectionner les amourettes vite oubliées. De plus, en règle générale, les amants se séparaient parce que leur passion s'était fanée, et non parce que l'un d'eux voulait échanger l'autre contre un mari pour sa sœur, songea Cameron en grimaçant. Malgré son cynisme et ses efforts pour museler ses émotions, il ne pouvait nier que ce qu'ils avaient vécu était d'une grande beauté. Comment s'étonner qu'une demoiselle à l'esprit romantique veuille fuir l'issue qu'il avait prévue pour eux?

« Je n'ai pas réussi à te pousser à m'aimer autant que je t'aime. L'amour devrait toujours être partagé. »

L'homme se rappela en jurant les paroles susurrées par une Avery fiévreuse. Il était sur le moment parvenu à les chasser dans un recoin de son esprit, mais elles revenaient parfois le hanter. Cameron s'était alors convaincu que seule sa vanité voulait qu'elles soient vraies – sans pour autant parvenir à dissiper leur attrait. Il se demandait à présent si Avery croyait vraiment à ce qu'elle lui avait dit. Il aurait été très facile pour une jeune fille sans expérience de confondre passion et amour, et une femme éprise jugerait certainement préférable de quitter l'objet de cet amour plutôt que d'attendre patiemment de se faire renvoyer.

La partie la plus cynique de son esprit se gaussait de ses conclusions. Avery avait fui pour Donncoill parce qu'elle voulait, pour sauver son frère, annoncer à son clan que Gillyanne ne courait aucun danger.

C'était parfaitement logique : elle allait le trahir. Peut-être même se servirait-elle de leur liaison pour lui nuire, l'accuser du même crime que celui qu'il reprochait à Payton. Il n'avait pas la moindre idée de ce qu'Avery avait découvert au sujet de son clan et de Cairnmoor. Elle pouvait se révéler très dangereuse.

Non, il ne parvenait pas à y croire. Avery ferait certainement de son mieux pour que ses projets concernant Payton échouent, mais on ne pouvait pas vraiment appeler cela une trahison. Elle avait parfaitement le droit de protéger son frère – n'était-ce pas ce que lui-même s'escrimait à faire avec Katherine ? Après tout, si elle avait vraiment voulu lui nuire, elle n'aurait eu qu'à laisser les DeVeau l'attaquer par surprise, ce jour-là.

Une seule chose importait vraiment : retrouver Avery. Ce n'était qu'une jeune fille seule, sans défense et – en avait-elle seulement conscience ? – une multitude de dangers la guettaient.

Le soleil avait presque atteint son zénith quand Cameron la retrouva enfin, tellement soulagé qu'il ne savait plus s'il devait l'embrasser ou l'étrangler. Il venait d'arriver au sommet d'un petit promontoire, et l'aperçut assise au bord d'un ruisseau. La jeune fille ôta bottes et bas puis plongea les pieds dans l'eau. Une sensation de soulagement parcourut son corps tout entier.

Parfait, j'espère qu'elle a les pieds couverts d'ampoules.

Avec les précautions qu'il réservait à ses plus mortels ennemis, Cameron s'approcha furtivement d'elle.

L'eau glacée avait sur les pieds d'Avery un effet à la fois douloureux et apaisant. Elle avait certes beaucoup marché, mais elle s'étonnait tout de même de souffrir autant. Donncoill était encore loin, et si son état ne s'améliorait pas, elle y arriverait sur des moignons.

— J'aurais mieux fait de prendre un des chevaux, murmura-t-elle.

— Oui, si tu voulais être pendue pour vol.

Elle ne fut pas très étonnée d'entendre cette voix grave et familière. À vrai dire, elle s'y attendait même depuis le début de son escapade. Mais peut-être avait-elle senti sa présence ? Dans les circonstances présentes, ce n'était pas une très bonne chose. Elle n'avait pas vraiment envie de se savoir aussi profondément liée à lui.

— Tu ne pourrais pas échanger ma dépouille contre Payton, dit-elle sans se retourner.

Cameron ignora cette plaisanterie : il avait besoin d'exprimer la colère qui brûlait en lui.

— T'es-tu seulement arrêtée pour réfléchir avant de fuir mon lit ?

— Écoutez-le, le pauvre homme, contrarié de ne pas m'avoir troussée avant d'entamer sa journée !

Il lui prit le bras et la releva sans ménagement, lui arrachant un glapissement surpris. Elle eut le plus grand mal à le regarder calmement tant sa furie se lisait sur son visage.

— Premièrement, n'appelle plus jamais ainsi ce que nous partageons.

Pourquoi était-ce ce qui lui était tout d'abord venu à l'esprit ? Cette femme le rendait fou.

— Et deuxièmement, ne pars plus toute seule.

— Je ne rentrerai pas avec toi.

Au prix d'un certain effort, Cameron parvint à ne pas la secouer violemment pour lui faire entendre raison.

— Si je dois te ficeler et te jeter sur ma selle comme un sac, je ne me gênerai pas. Tu es loin d'être idiote, mais crois-moi, cette fugue l'était ! Il te faudrait une semaine, peut-être même deux, pour rejoindre Donncoill à pied. Avec beaucoup de chance, tu arriverais peut-être en vie, mais sûrement pas indemne. Tu te remets tout juste d'une grave fièvre, et le climat écossais est loin d'être clément. De plus, tu n'as volé de la nourriture que pour un jour ou deux. Des bêtes sauvages rôdent, et je doute qu'on ne croise que des bonnes âmes sur ces chemins. Tu pourrais aussi te blesser, et il n'y aurait personne pour t'aider.

— Ça suffit. Inutile de faire l'inventaire de tous les dangers qu'on peut rencontrer en voyageant. (Les bras croisés, elle regarda ses pieds endoloris.) Cela dit, je n'avais peut-être pas préparé ma fuite aussi soigneusement que je l'aurais dû.

Inutile d'expliquer ses actions, de dévoiler ses sentiments. Cameron ne comprendrait sûrement pas ce qui l'avait fait fuir, combien ses projets la faisaient souffrir. Elle avait certes été inconsciente de partir au milieu de la nuit, d'entreprendre un tel voyage seule et désarmée… mais même si elle avait pris en compte tous les périls qui l'attendaient, elle aurait probablement agi de la sorte.

— Mes pieds sont sales maintenant, maugréa-t-elle.

Malgré cette étrange douleur qui lui serrait le cœur, Cameron se retint d'éclater de rire. Avery semblait à la fois triste et furieuse. Même s'il se refusait à prendre en considération la véritable ampleur de ses sentiments, il savait qu'il lui ferait du mal, ce qu'il ne voulait pour rien au monde.

Encore une fois, son esprit cynique le railla. Après tout, il n'avait demandé à Avery qu'une passion charnelle, et ne lui avait certainement jamais rien promis d'autre. Que pouvait-il y faire si le cœur de la jeune fille l'avait poussée à croire autre chose ?

Cameron soupira et fit signe à Avery de s'asseoir sur la rive pour qu'il lui lave les pieds. Il commençait à croire qu'elle lui offrait bien plus que ce à quoi il s'était attendu. Il aurait voulu lui rendre les choses plus faciles, mais il était prisonnier de son devoir familial, de son honneur. Il se savait aussi égoïste, prêt à se repaître de tout ce qu'Avery lui donnerait avant de la renvoyer chez elle.

Après avoir séché les pieds de la fuyarde avec l'ourlet de son manteau, Cameron ôta celui-ci et l'étendit sur le sol. Ils se dévisagèrent longuement, mais Avery ne protesta pas quand il lui enleva ses vêtements après s'être déshabillé. Il lui fit l'amour lentement, tendrement, en savourant chacun de ses soupirs. Au moment de s'immiscer en elle, il s'arrêta un instant pour la contempler. Il voulait faire durer cet instant, se délecter de cette douce chaleur qui l'enveloppait, de ce regard habité par la passion.

— Ne sois pas triste, murmura-t-il en donnant son premier coup de reins.

— C'est ta troisième consigne ? demanda Avery en lui enserrant la taille de ses cuisses.

— Oui. Ne sois pas triste à cause de moi.

Elle enfouit les doigts dans son épaisse chevelure brune et l'attira à elle.

— À tes ordres, mon chevalier noir. Comment pourrais-je l'être quand nous partageons un tel bonheur ?

Elle l'embrassa à pleine bouche, s'envolant avec lui au sommet du plaisir.

La tristesse revint sitôt son extase dissipée, mais elle fit de son mieux pour le cacher à Cameron qui se rhabillait lentement. Elle ne voulait pas ternir le peu de temps qui leur restait. Cameron avait vraisemblablement deviné qu'elle ressentait plus que du désir pour lui. En lui ordonnant de ne pas se laisser gagner par l'affliction, il avait également montré qu'il avait des sentiments pour elle. Cela ne changerait sans doute rien, mais Avery en tirait tout de même un peu de réconfort.

Cameron la fit monter sur son cheval et déposa un baiser sur sa cuisse avant de rabattre ses jupes. Il grimpa ensuite derrière elle et partit en direction de Cairnmoor. Avery se laissa aller contre lui, et il lui embrassa le haut du crâne en souriant. Il espérait que la jeune fille était aussi résignée qu'elle en avait l'air.

— Je comprendrais que tu ne veuilles plus partager ma couche, se sentit-il obligé de dire, même s'il n'en pensait rien.

Avery se contenta d'un reniflement pour toute réponse. Il aurait été impossible de ne pas entendre que Cameron avait prononcé ces mots à contrecœur, mais elle appréciait qu'il ait fait cet effort. L'homme avait compris que les choses étaient devenues trop compliquées, et il essayait de rattraper la situation du mieux qu'il pouvait. Mettre un terme à leur liaison ne résoudrait rien. Pire encore : au lieu d'avoir seulement le cœur brisé, elle le quitterait en regrettant les quelques nuits qu'elle n'avait pu passer dans ses bras.

— Nous ne pouvons plus revenir en arrière, Cameron.

— Je crains que non, soupira-t-il.

Cameron était soulagé qu'elle accepte de rester son amante, mais il savait que la fierté de la jeune fille n'en sortirait pas indemne, et qu'elle souffrirait encore davantage.

— Avery, je changerais les choses si je le pouvais, mais je dois faire mon devoir de frère.

Avery hocha seulement la tête, et Cameron crut sentir sa déception… Mais n'était-ce pas plutôt la sienne ?

Chapitre 18

Cairnmoor était un endroit immense. Avery, les yeux écarquillés, fit de son mieux pour ne pas rester bouche bée tandis qu'ils approchaient de la colossale bâtisse. Comme jaillie du rocher sur lequel elle était construite, elle était flanquée d'un petit lac et entourée de larges douves qui s'alimentaient à ce dernier. Elle était également aussi sombre et menaçante que son laird. Si d'aventure il prenait aux Murray l'idée insensée de venir les libérer, un regard à ce château suffirait à les ramener à la raison.

Les acclamations qui accueillirent Cameron et sa suite lui firent un instant oublier la demeure. Manifestement, les habitants de Cairnmoor ne craignaient pas d'être régis par un personnage aussi inquiétant. Ils ne voyaient en lui qu'un homme capable de les protéger et, si elle en jugeait par leur apparence, les nourrir et les vêtir plus que convenablement.

Une fois qu'ils furent arrivés au pied du mur d'enceinte, Cameron la fit descendre de cheval… et elle fut aussitôt bousculée par les gens de Cameron qui se pressaient autour de lui pour le saluer. Elle se sentit un peu moins seule et délaissée quand Gillyanne vint lui prendre la main. Avery était heureuse d'assister à ces retrouvailles, mais elle ne pouvait s'empêcher de songer à sa propre famille. Les larmes qu'elle devina dans les yeux de sa cousine lui apprirent que la jeune fille ressentait la même chose. Elle savait qu'en retrouvant son clan, elle perdrait également Cameron, mais cette pensée ne suffisait pas à dissiper sa mélancolie.

Un gentilhomme élégant s'approcha de Cameron avec un grand sourire. À l'exception d'une chevelure constellée de fils d'argent et de quelques rides, c'était le portrait craché du laird. Avery ne fut donc pas très étonnée en découvrant qu'il s'agissait de son cousin Iain. Elle se raidit néanmoins quand Cameron conduisit son parent vers elle. Comment savoir quelle opinion avaient des Murray les pensionnaires de Cairnmoor ?

— Alors, tu t'es enfin trouvé une femme, mon garçon ? demanda Iain en baisant la main d'Avery, puis celle de Gillyanne.

Cameron rougit et fusilla les deux jeunes filles du regard, sans pour autant parvenir à effacer leurs sourires moqueurs.

— Iain, je te présente lady Avery Murray et sa cousine, lady Gillyanne. Mesdemoiselles, sir Iain MacAlpin, mon cousin.

— Murray ? Comme Payton Murray ?

L'homme fronçait les sourcils, mais Avery ne décela aucune colère chez lui.

— En effet. C'est le frère d'Avery.

— Je crois que tu as une histoire à me raconter, et Katherine sera ravie de te voir. Mesdemoiselles, souhaitez-vous qu'on vous montre vos appartements et qu'on vous apporte de l'eau chaude ?

— Je vous remercie, mais ce ne sera pas nécessaire, monsieur, répondit Avery. Nous nous sommes arrêtés à une demi-heure de route d'ici pour nous apprêter. Je crois que tous vos soldats voulaient avoir fière allure avant de retrouver leur famille.

Les deux jeunes filles suivirent alors Iain, Cameron et Leargan à l'intérieur du château.

— C'est gigantesque ! chuchota Gillyanne. On dirait bien que cette branche des MacAlpin sait comment gagner un sou ou deux.

En découvrant les superbes tapisseries qui ornaient les murs de la grand-salle, Avery ne put qu'acquiescer. On les assit à la table principale, à la gauche de Cameron, face à Iain et Leargan. Tandis que le laird narrait leurs aventures à son cousin, Avery puisa dans l'abondance de pain, de fromage, de fruits et de viandes froides qu'on avait disposés devant eux. Cameron omit les épisodes les plus intimes de leur histoire, mais quelque chose dans l'expression absorbée de Iain fit comprendre à Avery qu'il en devinait leur teneur.

L'homme s'apprêtait à poser quelques questions quand un petit cri attira l'attention de tous.

— Katherine…, murmura Cameron.

Elle allait enfin rencontrer celle qui essayait de prendre Payton dans ses filets. Elle étudia soigneusement la jeune femme qui se précipita gracieusement vers le laird de Cairnmoor pour se jeter dans ses bras.

Katherine était grande, plantureuse, et avait la même chevelure de jais que son frère. Sa peau parfaite avait cette teinte ivoire qui inspirait tant les poètes et Avery remarqua, grâce aux nombreux regards qu'elle lui lança, que ses yeux étaient d'un joli bleu foncé. La jeune fille y devina une curiosité bien compréhensible, mais également, ce qui la troubla davantage, une lueur froidement calculatrice. Avery essayait bien de se convaincre que les effusions de joie de Katherine étaient le résultat d'un authentique amour pour son frère, mais elle ne pouvait s'empêcher de penser que la jeune femme faisait cela pour la galerie. La mine fermée et vigilante de Gillyanne ne la rassura guère.

— Ma sœur, joins-toi à nous ! lança Cameron, qui se demandait pourquoi l'accueil réservé par sa sœur ne lui faisait pas grand-chose.

— Mais cette femme est assise sur ma chaise ! protesta Katherine en pointant Avery du doigt.

— Allons, Katherine, tu peux t'installer à côté de Leargan, répondit Cameron, quelque peu heurté par ce qui ressemblait beaucoup trop à de la grossièreté à son goût.

— Je peux changer de place, intervint Gillyanne. Je crois qu'il me reste juste assez de forces après ce long voyage pour me déplacer d'une chaise. Avery, qui est elle aussi bien fatiguée, bougera à son tour, et ainsi lady Katherine pourra poser son joli...

— Gillyanne ! la coupa Cameron.

Il décocha aussitôt un regard furieux en direction de Leargan et Iain qui semblaient sur le point d'éclater de rire.

— Katherine s'assiéra à côté de Leargan, décréta-t-il en poussant doucement sa sœur vers la chaise en question. Elle ne sera pas trop loin pour prendre part à la conversation.

— Dieu merci, il ne l'a pas mise à côté de moi, murmura Gillyanne.

— Quelque chose à dire, Gilly ? interrogea Cameron.

Avery enfonça prestement une tranche de pomme dans la bouche de sa cousine et répondit :

— Non, elle me confiait seulement à quel point elle trouvait la nourriture excellente.

La jeune fille aurait souhaité que la table ne soit pas aussi large, ce qui lui aurait permis de donner un bon coup de pied à Leargan, qui souriait de toutes ses dents.

— Mais qui sont ces femmes, au juste ? demanda Katherine en prenant place.

Cameron fit les présentations. Les signes de tête distants que s'adressèrent ces dames lui arrachèrent un soupir. Les hostilités étaient visiblement engagées. Même si Avery et lui n'avaient pas parlé des accusations portées contre son frère depuis longtemps, il était manifeste que les deux Murray pensaient toujours que Katherine mentait.

Cameron étudia la mine suffisante de sa sœur et prit conscience qu'il ne ressentait pas la même confiance inébranlable qu'Avery et Gillyanne avaient pour Payton. Elle n'était pour lui guère plus qu'une belle inconnue. Il en éprouvait un curieux mélange de tristesse et de culpabilité. C'était sa faute. Il avait tout d'abord été trop occupé pour se soucier d'elle, puis s'était enfui en France, en laissant d'autres l'élever. Maintenant qu'il était revenu, peut-être pourrait-il se rattraper et construire le genre de relation qu'avaient normalement un frère et une sœur.

— Mais peut-être sont-elles liées à mon Payton ? demanda Katherine d'une voix qui montrait bien que la jeune femme connaissait déjà la réponse.

— Oui, Avery est sa sœur.

— Vraiment ?

Ce n'était qu'un mot, mais l'expression qui l'accompagnait était suffisamment éloquente. Comment cette créature rachitique et étrange pouvait-elle partager le même sang que le superbe sir Payton ? À en juger par le froncement de sourcils qu'adressa Cameron à sa sœur, il n'entendait pas la même chose qu'Avery.

— Oui, répondit-il. Tu affirmes toujours que sir Payton t'a séduite ?

— Je crois plutôt avoir dit « violée », lâcha-t-elle, le sourcil levé.

Cameron vit du coin de l'œil Avery serrer l'épaule de Gillyanne pour la maintenir sur sa chaise.

— C'est une très grave accusation, ma sœur. Tu es vraiment sûre de toi ?

Katherine soutint le regard de Cameron un instant, puis baissa la tête en frémissant. Elle tira de sa poche un mouchoir bordé de dentelle et tamponna ses yeux soudain humides. Quand elle affronta à nouveau son frère, ce fut les paupières baissées et les lèvres légèrement tremblantes.

— J'ai peut-être mal choisi mes mots, balbutia-t-elle. J'étais si désespérée d'avoir été utilisée de la sorte, puis rejetée ! J'ai probablement parlé sans réfléchir, pour le faire souffrir autant que moi.

Cameron entendit un son étouffé sur sa gauche. Il se retourna vers les Murray, et vit Avery tapoter doucement le dos de Gillyanne, qui s'essuyait la bouche avec une serviette. Leur air innocent était quelque peu suspect.

— Un problème, mesdemoiselles ?

— Gilly a avalé de travers, voilà tout, répondit Avery.

— Je suis navré, Katherine, dit-il à sa sœur.

— Ce n'est pas ta faute. J'espérais surmonter ma honte et ma douleur, mais... je crains que mon perfide amant ne m'ait laissé une trace de lui, ajouta-t-elle en tirant sur sa robe et en révélant un ventre bien arrondi.

— Par tous les diables ! chuchota Gillyanne. Ça fait très vrai !

— On dirait bien, mais nous savons toutes les deux que ce n'est pas l'œuvre de Payton, répondit Avery. Il ne désavouerait jamais son propre enfant. S'il refuse de l'épouser, c'est qu'il est sûr de ne pas être le père.

— Reste à savoir qui c'est.

— Nous devons d'abord découvrir à quel point elle est enceinte, puis à quand remonte sa dernière visite à la cour.

— Et si nous apprenons qu'elle se trouvait là-bas quand l'enfant a été conçu ?

— Alors nous n'aurons plus qu'à chercher qui elle y a vu. Espérons seulement que Katherine n'est pas de ces maîtresses qui inspirent une loyauté indéfectible à leurs serviteurs, car ce sont sans doute eux qui détiennent les réponses à nos questions.

— Mesdemoiselles, tout va bien ? demanda Cameron.

Avery se rendit compte que Katherine avait achevé son récit larmoyant et répondit :

— Parfaitement. Nous nous désolions seulement du triste sort de ces malheureuses que des hommes sans scrupules utilisent puis rejettent sans ménagement.

À son grand désarroi, Cameron se sentit rougir ; il foudroya aussitôt Gillyanne du regard, que son trouble semblait beaucoup amuser.

— Tu ne souffriras pas davantage, annonça-t-il à Katherine. Qu'on m'apporte une plume et du papier : je vais écrire à sir Payton.

— J'apprécie tes intentions, Cameron, mais ça n'y changera rien. Il est resté sourd à nos prières.

— Peut-être, mais tu n'avais rien pour l'attirer, à part bien sûr ton amour et ta beauté, ce qu'il a été assez stupide pour refuser.

Cameron crut entendre Avery murmurer qu'il perdait son temps à flatter un être aussi vaniteux, mais il passa outre. Un page posa de quoi écrire devant lui, et sans attendre, il saisit la plume.

— J'aurais aimé qu'il en soit autrement, Katherine, mais j'ai les moyens de forcer ton amant à faire ce que l'honneur exige.

Avery et Gillyanne se levèrent si brusquement qu'elles en renversèrent toutes deux leurs chaises. Il s'était montré involontairement grossier.

— Avery ?

— Je souhaiterais qu'on me montre mes appartements à présent, dit froidement la jeune fille en regardant Iain.

Cameron lui prit la main.

— Tu savais que j'agirais ainsi ! Je le dois !

— C'est vrai, répondit-elle en se dégageant. En revanche, je ne pensais pas que tu me forcerais à assister à ce spectacle. Ma chambre ?

— Installe Avery dans les appartements de ma mère, murmura Cameron à son cousin. Gilly prendra la chambre d'à côté.

Il regarda Avery partir avec Iain, et se rendit soudain compte que Gillyanne n'avait pas bougé et le dévisageait fixement.

— J'espère que vous allez vous crever l'œil avec cette plume, cracha-t-elle.

— Gilly ! appela Avery depuis le pas de la porte. Que fais-tu ?

— Je remerciais seulement sir Cameron pour ce délicieux repas, repartit la jeune fille en courant la rejoindre.

Une fois la porte fermée, Cameron se détendit enfin… jusqu'à ce qu'il entende Leargan rire doucement.

— Ça t'amuse ? demanda-t-il sèchement.

— Ceci, pas du tout, répondit Leargan en touchant la feuille de papier sur laquelle Cameron s'apprêtait à écrire. La petite Gilly, en revanche, énormément. Si je n'avais pas près de deux fois son âge, je serais bien tenté d'attendre qu'elle grandisse pour l'épouser.

— Mais, Leargan, ses yeux ne sont pas de la même couleur, et ses cheveux si mal coiffés ! s'indigna Katherine.

— Tu sais, parfois, l'unique est bien plus beau que le parfait, expliqua Leargan comme si la jeune femme était une enfant à l'esprit particulièrement lent.

Katherine lui lança un regard atterré, et il se contenta de secouer la tête avant de se retourner vers Cameron.

— Comptes-tu également réclamer ton fils ?

— Quel fils ? s'écria Katherine. Ne me dis pas que cette maigrichonne prétend qu'elle attend ton enfant !

— Tu insultes lady Avery, rétorqua froidement Cameron.

— Vraiment ? Je suppose que tu l'as installée dans la chambre voisine de la tienne pour la surveiller de plus près !

Katherine hoqueta, la main sur sa poitrine.

— Doux Jésus, mon frère, tu as fait ça pour moi ? Puisque j'ai été utilisée et couverte de honte, tu as décidé d'en faire autant avec elle ? C'est un si grand sacrifice.

Cameron avait beau se dire que Katherine avait parfaitement le droit de ressentir de la rancœur à l'égard d'une Murray, ses paroles le mettaient tout de même en rage.

— Ce qui s'est passé ou non entre Avery et moi n'a rien à voir avec toi, Katherine, et je serais très contrarié si tu essayais de t'en mêler.

Il la regarda dans les yeux jusqu'à ce qu'elle hoche la tête, puis ajouta d'une voix qu'il espérait plus calme :

— Le garçon dont parle Leargan est un bâtard que j'ai eu avec une femme qui était ma maîtresse il y a à peu près trois ans de ça. J'ai appris que, par un nouveau coup du sort, Elspeth, la cousine d'Avery, et son mari, sir Cormac Armstrong, ont trouvé cet enfant abandonné dans les bois et l'ont recueilli.

— C'est bien aimable de leur part, voilà au moins un fardeau dont tu n'auras pas à te soucier. Oui, je pense que tu devrais les remercier.

Cameron la regarda sans un mot, et se tourna vers son cousin. Leargan semblait tout aussi abasourdi que lui. *Comment expliquer un tel manque de cœur ?* Ce garçon était certes illégitime, mais c'était tout de même son propre neveu !

— En ce qui concerne Alan, Leargan, je vais me contenter d'écrire que selon Avery et Gillyanne, il est fort probable que cet enfant soit mon fils. J'ajouterai poliment – mais fermement – que cette question doit être réglée avec les plus grandes précautions, et qu'en aucun cas elle ne doit se confondre avec notre autre problème.

— Tu as l'intention de recueillir ce garçon ? s'écria Katherine, stupéfaite.

Cameron décida qu'il était bien trop fatigué pour essayer de comprendre sa sœur.

— Katherine, je crois que tu devrais aller te reposer. De toute évidence, ton enfant et les émotions de cette journée pèsent sur ton habituelle bonne humeur. Nous discuterons plus tard, peut-être au dîner.

Une fois Katherine partie, Cameron s'attela à l'écriture de sa lettre. Il savait que Leargan attendait pour lui parler, mais il l'ignora ostensiblement. Quand sa missive fut achevée, il fit appeler Petit Rob et Colin, et leur ordonna de l'apporter à Donncoill. Le laird se laissa alors basculer en arrière dans sa chaise et but le contenu de sa coupe de vin d'une traite. Pourquoi ne se sentait-il pas mieux ? Soulagé, au moins ? Il se resservit et leva les yeux vers Leargan.

— Alors c'est fait, murmura celui-ci.

— Oui.

Il ne ressentait qu'un grand vide en lui – et une envie irrépressible de s'enivrer.

— Tu aurais peut-être dû attendre un peu.

— Pourquoi ?

— Katherine a menti en accusant cet homme de viol.

— Donc elle l'a peut-être fait pour d'autres choses ? C'est possible. Cela dit, elle continue à affirmer que sir Payton a été son amant, et qu'il est le père de son enfant.

— Et si elle mentait au sujet de la véritable identité du père ? Tu ferais peut-être bien de prêter un peu plus attention à ce que raconte ce Payton.

— Peut-être, en effet, mais je ne peux pas. Katherine est ma sœur, et je dois la croire. Il n'y a pas de temps à perdre, elle commence déjà à s'arrondir. Elle a pointé de son gracieux doigt sir Payton, et je dois agir en conséquence si je ne veux pas la condamner à la ruine.

— J'espérais que lady Katherine mentait quand elle annonçait être enceinte, soupira Avery en s'affalant sur l'immense couche de sa nouvelle chambre.

— Elle ment pour tout le reste, répondit Gillyanne en s'asseyant au pied du matelas.

— Je sais. Payton affirme que l'enfant n'est pas de lui, et pour en être aussi sûr, c'est qu'il ne s'est jamais retrouvé au lit avec Katherine. Nous le connaissons, et nous savions donc dès le départ la vérité. Cameron n'a jamais rencontré notre frère, et tout ce qu'il sait de notre clan, c'est nous qui le lui avons appris – or nous ne sommes pas vraiment objectives en ce qui concerne Payton.

— Mais Cameron n'a pas hésité une seule seconde avant d'envoyer sa lettre !

Et Avery en souffrait, même si elle essayait de le cacher. Le laird avait fait exactement ce qu'il avait annoncé, mais elle ne supportait pas qu'il ait agi devant elle. Pourtant, elle le comprenait presque. Il venait d'apprendre que sa sœur, qui n'avait pas encore d'époux, était enceinte. Protéger la susceptibilité de son amante n'était forcément pas la première chose qui lui soit venue à l'esprit.

— Gilly, son unique sœur attend un bâtard.

— Ce n'est pas juste ! Payton va devoir accepter d'élever un enfant qui n'est pas de lui et, si c'est un garçon, en faire son héritier… sans compter que Cameron et toi, vous devrez vous séparer, tout ça parce que cette Katherine, qui veut notre frère pour mari, a écarté les cuisses devant un garçon d'écurie.

— Tu aurais pu présenter les choses un peu plus délicatement, murmura Avery, qui comprenait cependant parfaitement l'indignation de sa cousine.

— Ça m'étonnerait. Tu crois que Payton trouvera un moyen de s'échapper une fois marié ?

— Peut-être, mais je ne me fais pas trop d'illusions. Katherine n'est pas vierge, et il ne pourra pas prétendre à un inceste. J'ai aussi l'impression que même en jurant sur les reliques sacrées, cette femme s'en tiendrait à son mensonge.

— Moi aussi. Elle est prête à tout.

— Elle fera de la vie de Payton un enfer. Même s'il trouvait l'amour dans les bras d'une autre, il souffrirait de briser son serment. Je pourrais sans doute tout pardonner à Katherine si elle faisait ça par amour, mais ce n'est pas le cas. Je suis sûre qu'elle n'agit que par cupidité et orgueil. Elle veut un mari riche et beau que les autres femmes lui envieront.

Le lourd silence qui suivit ces paroles fut finalement rompu par des coups à la porte. Avery fut légèrement déçue de voir entrer Thérèse et Anne, et non Cameron. Cela dit, il était peut-être préférable de laisser passer un peu de temps avant de reparler à ce dernier. Thérèse emmena Gillyanne et Avery se retrouva seule avec Anne, qui portait sur son bras deux magnifiques robes, une verte et une dorée.

— Elles sont pour moi ?

— Oui, répondit Anne en les étendant sur le lit. Le laird veut que vous soyez bien habillée pour le festin.

— Le festin ?

— Celui qui est donné pour fêter notre retour sains et saufs. Vous serez superbe dans cet habit doré. Il appartenait à Katherine.

— Elle est un peu plus grande que moi, Anne. (Avery contempla sa poitrine menue.) De bien des manières.

— Pas quand elle le portait.

— Je t'en prie, ne me dis pas quel âge elle avait. Mon humeur est bien assez morne comme ça.

Anne s'assit à côté d'Avery et la serra dans ses bras.

— J'ai appris ce qui s'est passé. Quel bel idiot.

— Oui et non. (Avery se leva et laissa Anne la dévêtir.) C'est un homme dont la sœur attend un enfant sans être mariée. Il sait que sa vie sera ruinée s'il ne lui déniche pas un époux. Les membres de ma famille agiraient exactement de la même manière. Le seul problème, c'est que Katherine ment. Je trouve en effet Cameron bien idiot de ne pas s'en rendre compte, mais après tout c'est sa sœur.

— Vous espériez découvrir un moyen de résoudre tout ceci sans qu'il vous renvoie chez vous.

— Oui, mais je ne pensais pas qu'elle était vraiment enceinte. Si d'aventure Cameron avait songé à se donner un peu de temps pour s'assurer que Katherine ne mentait pas, un coup d'œil à son ventre bien rond aurait suffi à le faire changer d'avis.

— Je remarque qu'il vous a installée dans la chambre voisine de la sienne.

— Oui, avec cette grande porte ouverte pour nous séparer. Ce n'est pas très subtil de sa part. Crois-tu que je devrais la verrouiller ?

— Je n'en ferais rien. Si j'aimais cet homme, je m'y cramponnerais jusqu'à ce qu'on me fasse monter sur le cheval qui me ramènerait chez moi. Oh, je l'aimerais tant qu'en se glissant pour la première fois dans son lit froid, il sentirait encore mon odeur sur les draps… et sur sa peau, peu importe le nombre de bains qu'il prendrait. Oui, je ferais tout pour qu'il ne m'oublie pas une seule seconde, jusqu'à ce qu'il recouvre la raison et décide de me récupérer.

— C'était bien mon idée.

— Parfait. Voyons, voilà qui fait presque l'affaire. Quelques coutures à la poitrine et à la taille, et cette tenue sera parfaite.

Anne aida ensuite la jeune fille à enfiler la robe verte.

— Et même chose avec celle-ci. Elle sera prête pour demain.

Sitôt Avery dévêtue, Anne se mit à l'ouvrage sur la toilette dorée.

— Katherine se montre étonnamment généreuse…, dit la jeune fille.

— Oui, oui, marmonna Anne sans lever la tête. J'en ai encore d'autres, aussi belles que celles-ci. Vous serez très bien habillée pendant votre séjour parmi nous.

— Anne, est-ce que Katherine m'a vraiment donné ou même seulement prêté ces robes ?

— Vous savez bien que non. Celle qu'elle a bien voulu vous laisser, sur ordre de son frère, était une horrible chose brunâtre. Sa servante m'a montré où cette petite peste remise toutes les toilettes dont elle ne veut plus, et avec Thérèse, nous nous sommes servies. Gillyanne aura fière allure, elle aussi.

— J'apprécie, mais ce n'était vraiment pas nécessaire.

— Bien sûr que si ! Vous êtes des dames, Gilly et vous, et vous devez être parées en conséquence.

— Pour impressionner Katherine ?

— Entre autres.

— Elle ne le serait pas même si j'étais couverte de joyaux des pieds à la tête.

— Sans doute que non, mais au moins, son dédain naturel sera un peu refroidi si elle s'aperçoit à quel point vous êtes resplendissante.

— Je vois, c'est une armure pour me donner la force d'ignorer les piques sur mon apparence.

— Et pour rappeler à notre laird ce que vous êtes : une dame, une jeune fille issue d'une haute lignée qu'il a mise dans son lit. Il parle beaucoup de préserver le nom de sa sœur… Il est grand temps pour lui de comprendre que vous en avez un, vous aussi.

— Je ne veux pas qu'il vienne me chercher par honneur, que ce soit le sien ou le mien, mais parce qu'il ne peut plus vivre sans moi un jour de plus – ni une nuit…

— Oh, n'ayez crainte, c'est pour ça qu'il viendra en premier lieu. Aucun de ceux qui vous ont vus ensemble n'oserait en douter. Hélas, vous savez, les hommes sont d'étranges créatures. Ils ressentent bien ces choses, mais n'osent pas les évoquer. Ils agissent plus vite s'ils peuvent se raccrocher à des prétextes bien virils comme accomplir leur devoir. Ils peuvent alors faire ce qu'ils veulent, venir chercher leur dame avec panache, et ainsi tous leurs camarades leur taperont dans le dos en proclamant à quel point ils sont de braves garçons. Il revient alors à nous autres, une fois seules avec eux, de leur faire avouer les vraies raisons de leurs actes.

— Mais que faire si l'homme n'agit que par honneur ?

— Avery, je suis navrée que vous ne voyiez pas l'amour que notre sot de laird vous porte – et pour l'instant, lui non plus – mais croyez-moi, il est bien là. Pour commencer, quel homme se comporterait de manière aussi absurde avec une femme s'il ne ressentait rien pour elle ?

— Tu penses que, si Cameron vient me chercher et qu'il ne parle que d'honneur et de devoir, je ne dois pas me hérisser ? Que je dois faire taire ma pauvre fierté et le suivre sans rien dire ? (Anne hocha la tête.) Ah, puisque de toute façon je vais souffrir et me languir autant qu'il le devrait lui…

— Mais quand vous serez enfin seuls, rossez sa bougre de fierté sans ménagement jusqu'à ce qu'il crache enfin les mots que vous voulez entendre.

— Je me fierai à tes conseils, répondit Avery en riant. Je n'ai plus qu'à prier pour que le destin soit assez bon pour rattraper tout ce qui ne manquera pas d'aller de travers au cours des prochaines semaines.

Chapitre 19

— Elles sont vivantes ?

— Oui, *maman**, et saines et sauves.

Payton regarda en souriant parents, oncles et tantes. Les femmes se mirent à pleurer et se jetèrent dans les bras les unes des autres, puis en firent de même avec leurs époux ; les hommes, tout en séchant les larmes de ces dames, tentèrent de cacher de leur mieux leur émotion, et tous redoublèrent d'attentions envers sa tante Bethia. Après ce qui était arrivé à Sorcha, Payton avait été stupéfait de la voir tenir bon pendant ces quelques semaines au cours desquelles elle avait ignoré ce qu'il était advenu d'une autre de ses filles. Cela avait dû être pour elle une terrible torture, et pourtant elle ne s'effondrait que maintenant. Bethia était une femme menue, très douce, mais de toute évidence beaucoup plus forte qu'elle n'y paraissait. Devant ces grandes effusions, Payton se félicita d'avoir laissé les deux messagers en compagnie de leurs soldats et apporté lui-même la nouvelle à sa famille.

— Où sont-elles ? demanda son père.

— À Cairnmoor, aux bons soins d'un certain Cameron MacAlpin.

— Et pourquoi ne les a-t-il pas ramenées ici ? intervint sa mère.

— Parce qu'il veut quelque chose en échange.

— Une rançon ? s'écria sir Eric. Combien ? Je n'aime guère ce genre de procédés… (Il prit les mains de son épouse et les baisa.) Mais nous ferions n'importe quoi pour retrouver notre Gilly.

— Et ta sœur, renchérit sir Nigel. Alors, combien veut-il ?

— Ce n'est pas une question de combien, mais de qui.

— Comment ça, qui ? (Sa mère fronça les sourcils.) MacAlpin… bon sang. C'est à cause de cette satanée fille ?

— Gisele, aurais-tu oublié de me dire quelque chose ?

Nigel avait parlé très calmement, mais sa colère était palpable.

— *Maman*, laisse-moi lui expliquer, répondit Payton. Lors de mon dernier séjour à la cour, une jeune demoiselle a tenté de me séduire. C'était une fille de bonne famille, venue là pour trouver un époux, et n'étant pas intéressé, j'ai tout fait pour l'éviter. En quelques occasions, elle m'a forcé à lui exprimer mon manque d'attirance de façon un peu plus ferme que je ne l'aurais voulu, et j'ai vite compris qu'elle n'avait pas l'habitude qu'on lui refuse quoi que ce soit. Je suis revenu ici en me disant que je n'entendrais plus parler d'elle… mais j'ai alors reçu un message de son tuteur annonçant que, selon elle, je l'avais violée.

Payton leva la main pour faire taire le chœur de protestations qui s'éleva alors, même s'il lui réchauffa le cœur.

— Il demande que je me rende sans attendre à Cairnmoor pour épouser celle que j'ai déflorée, lady Katherine MacAlpin.

— Je commence à comprendre notre problème, grogna Nigel.

— Mon problème ! rétorqua Payton. J'ai répondu qu'elle mentait, et j'ai défié l'homme de me présenter des témoins qui pourraient prouver le contraire.

— Ce n'était pas très conciliant de ta part.

— C'est vrai, mais je me sentais plutôt mal disposé envers cette jeune personne. Vint alors une missive annonçant qu'elle était enceinte de mes œuvres, ce que j'ai nié de nouveau. En résumé, ces échanges ont duré un moment… puis se sont arrêtés. J'ai alors songé que la vérité avait enfin éclaté, et je n'y ai plus vraiment repensé, à part pour me dire que, tout de même, les MacAlpin auraient pu me faire des excuses… (Payton regarda la lettre qu'il tenait à la main.) Mais visiblement, le tuteur de Katherine attendait le retour du frère de celle-ci, sir Cameron.

— Et maintenant, ce Cameron t'accuse lui aussi de viol ?

— Il faut croire qu'une partie de la vérité a vu le jour, car non. Katherine continue cependant à prétendre que j'ai été son amant, et que c'est moi le père de son enfant. Si je vais à Cairnmoor et accepte d'épouser sa sœur, il nous rendra Avery et Gillyanne.

— Mais comment a-t-il mis la main sur elles ?

— Il était, semble-t-il, au service d'un certain sir Charles DeVeau. (Payton accueillit avec un bref sourire le juron particulièrement fleuri que cracha sa mère.) MacAlpin avait refusé de participer à l'assaut contre les Lucette et s'apprêtait à revenir en Écosse, écœuré par les DeVeau et la France, quand il a reçu Gillyanne et Avery en paiement d'une dette de jeu. Il explique que cette histoire est plus compliquée que ça, mais qu'elles pourront tout nous expliquer une fois de retour à Donncoill.

— Ce gredin m'a l'air bien confiant, marmonna Nigel.

— Et pourquoi ne le serait-il pas ? Il a toutes les cartes en main.

— Tu crois qu'il pourrait leur faire du mal ? demanda Bethia.

— Non, je le devine à ses mots, il appelle même notre Gillyanne « la petit Gilly ». À la vérité, sa lettre ne contient aucune menace… mais il ne nous les rend tout de même pas.

— Nous devrions aller les chercher en personne, annonça Nigel, avec toutefois une légère hésitation dans le regard.

— Si nous faisons couler le sang, il risque de se montrer nettement plus agressif avec elles. Non, j'irai seul à Cairnmoor.

Gisele attrapa la main de son fils par-dessus la table.

— Mais il va te forcer à épouser une femme que tu n'aimes pas ! Votre premier-né ne sera même pas de toi !

— Je ne peux pas abandonner ma sœur et Gillyanne là-bas… et qui dit que ces fameuses menaces ne viendront pas avec le temps, ou que MacAlpin ne portera pas ce problème devant le roi ? J'irai, ce qui ne signifie pas pour autant que je vais épouser cette menteuse. Je pourrais bien lui arracher la vérité… ce qui est impossible si je reste ici. Sir Cameron parle aussi d'une autre histoire dans sa lettre. (Payton lança un regard à son oncle Balfour et sa tante Maldie.) Avery et Gillyanne lui auraient révélé qu'il pourrait très vraisemblablement être le père du petit Alan.

— Mon Dieu…, murmura Maldie. Elspeth sera à la fois contente, et très triste.

— S'il veut le garçon…, commença Gisele avant de se mordre nerveusement la lèvre.

— Non, *maman*. Sir Cameron demande que la question de l'enfant soit réglée à part, et avec précaution. Il serait en effet tentant de le faire chanter à son tour, car je n'ai aucune envie d'épouser cette Katherine, mais nous devrions alors arracher Alan à la seule famille qu'il connaissc. Peu importe ma liberté, je ne peux pas faire ça. Si sir Cameron est le père d'Alan, il doit retrouver son fils, mais il est hors de question de se précipiter.

— Je sais, mais ce mariage est si grotesque ! Tout est construit sur un mensonge, et cette Katherine m'a l'air d'être une demoiselle des plus sournoises.

— C'est le genre de créature dont la beauté n'est qu'extérieure, approuva Payton en tapotant la main de sa mère. Ne t'inquiète pas, je peux me montrer très persuasif, et je finirai par lui arracher la vérité. D'ailleurs, connaissant ma sœur et Gilly, elles sont sans doute déjà à l'œuvre.

Cameron attendit à peine qu'Avery et Gillyanne aient quitté la grand-salle pour s'affaler sur son fauteuil et boire une grande coupe de vin. Sa sœur était partie quelques minutes plus tôt, et s'il sentait que ces dames s'apprêtaient à avoir une conversation animée, il était décidé à se comporter en lâche et à ne pas s'en mêler. Chaque instant passé en compagnie des trois jeunes filles était une véritable épreuve ; pas question de s'imposer volontairement un tel calvaire. *Qu'elles se débrouillent toutes seules.* Il espérait seulement qu'il n'y aurait pas trop de sang versé.

Il n'avait envoyé sa lettre à sir Payton qu'une semaine plus tôt, mais sept jours ne lui avaient jamais semblé aussi longs. Il en attendait presque avec hâte l'arrivée de Murray – prévue pour le surlendemain au plus tard. Pourtant, en gagnant Payton, il perdrait Avery.

À ce propos, cette dernière avait décidément quelque chose en tête, songea-t-il en regardant la porte, les sourcils froncés. Il l'avait certes installée dans une chambre adjacente à la sienne, mais il n'aurait pas été surpris de trouver toutes les portes de celle-ci solidement verrouillées… pourtant voilà, il n'en était rien. Avery l'accueillait chaque fois à bras ouverts, avec toute la passion dont pouvait rêver un homme. Elle était toujours merveilleusement habillée, se comportait comme si tout allait bien entre eux et que la fin de leur liaison ne se profilait pas à l'horizon, elle ne se refusait jamais à lui, quel que soit le lieu où il la surprenait… Elle avait un dessein caché, c'était évident. Cameron ignorait simplement lequel, et ce qu'il pourrait apporter à la jeune fille.

— Ce sont ces demoiselles qui te poussent à la boisson, mon garçon ?

— C'est bien possible, Iain. Chaque fois que nous nous mettons à table, je crains qu'elles ne se jettent l'une sur l'autre, couteau à la main.

— Manger avec toute cette fureur féminine dans l'air doit être horrible pour la digestion.

— C'est épuisant.

— Tu m'as l'air fatigué, c'est vrai.

— Notre bon laird a d'autres raisons d'être exténué, ricana Leargan. Quand il n'essaie pas de fuir la guerre que se livrent ces dames, il batifole avec…

— Leargan ! gronda Cameron, un peu surpris de l'entendre parler d'Avery en termes guère galants.

— Ah, cousin, tu sais très bien que je n'insulterais jamais la jeune lady Murray. Je parle sûrement sous le coup de l'envie. Je donnerais mon plus beau cheval de guerre pour une femme aussi aimante et passionnée.

Il est rare de trouver quelqu'un qui goûte autant aux plaisirs de l'amour… (Leargan adressa un clin d'œil à Cameron.)… c'est en tout cas ce qu'il m'a semblé entendre, cet après-midi, dans les écuries.

Face à l'hilarité de ses cousins, Cameron ne put que rougir.

— Je vais devoir me montrer un petit peu plus discret, marmonna le laird. (Il tambourina contre le bras de son fauteuil.) Avery trame quelque chose, j'en suis persuadé.

— Pour l'amour de Dieu ! gémit Leargan. Et quoi, selon toi ? Elle cherche à t'épuiser pour que tu ne puisses plus faire l'amour à une femme pendant au moins quatre ans ?

— Elle est beaucoup trop gentille. (Leargan et Iain levèrent les yeux au ciel.) Je la renvoie chez elle, je force son frère à épouser une femme dont il ne veut pas… Ne vous étonnez pas si je me demande pourquoi elle fait comme si tout allait bien, pourquoi elle ne manifeste aucune colère, pourquoi elle m'accueille encore dans son lit. Avery est une fille fière, et dotée d'un sacré tempérament. Pourquoi est-elle si amicale ?

— Pas avec Katherine, en tout cas.

— C'est vrai. Je me demande parfois si je ne devrais pas poster un garde entre elles pour éviter qu'elles ne s'entre-tuent. Mais je m'attendais à ce qu'une petite… et même une grande partie de sa fureur soit dirigée contre moi.

— Avery comprend peut-être que tu n'as pas le choix ?

— Pourtant, j'ai parfois pensé qu'elle espérait de moi que je trouve une autre solution.

— C'était avant de découvrir que Katherine attend un enfant, fit remarquer Leargan.

— Un enfant qui, selon Avery, n'est pas de son frère, rétorqua Cameron.

— Peu importe : tu t'es retrouvé avec une sœur sans époux, mais au ventre déjà bien rond. Tu n'as pas vraiment le temps de savoir qui a tort, raison, ni qui a menti. Katherine a besoin d'un mari, et cet enfant d'un père. Si ta sœur te désigne sir Payton, tu n'as pas d'autre choix que de traîner ce dernier devant l'autel aussi vite que possible. Quels que soient les sentiments d'Avery, elle sait que tu es acculé. (Leargan but une grande rasade de vin.) Elle réserve toute sa colère à celle qui vous a entraînés dans cette histoire horriblement compliquée – et qui, selon elle, ment.

— C'est aussi ton avis, Iain ? s'enquit Cameron.

Il espérait que son aîné, ayant passé plus de temps que lui avec Katherine, en saurait plus à son sujet.

— Honnêtement, je l'ignore. Elle en est certainement capable.

— J'ai pu m'en rendre compte, même si je ne suis là que depuis une semaine. J'ai manqué à mes devoirs envers elle.

— Comme nous tous, d'une façon ou d'une autre, mais je refuse de croire que tout est notre faute. D'accord, nous l'avons trop choyée, mais un enfant n'est-il pas censé apprendre des exemples qu'il a en face de lui ? Je me plais à penser que nous avons été de bons modèles pour elle… pas parfaits, certes, mais francs et honnêtes. Pourtant, elle n'est pas seulement gâtée, mais vaniteuse et, autant que j'ai pu en juger, odieuse avec ceux qu'elle considère comme ses inférieurs. Je ne vois vraiment pas qui, ici, aurait pu lui enseigner de telles choses.

— Sûrement pas toi ni tante Agnes, et c'est vous qui l'avez en grande partie élevée. As-tu déjà rencontré ce Payton ?

— Une seule fois, très brièvement, et depuis je n'ai fait que l'apercevoir de temps à autre.

— On raconte qu'il est bel homme.

— Oh oui, vraiment… C'est en tout cas ce que disent toutes ces dames – et en toute honnêteté, je comprends pourquoi. Voir les jeunes filles s'agglutiner autour de lui est un spectacle assez saisissant. Je suis sûr que quand il se rend aux lieux d'aisances, il y trouve toujours une demoiselle prête à l'aider.

— À ce point-là ?

— Eh oui. Pourtant, je n'ai jamais entendu qui que ce soit médire de cet homme… quelques marmonnements jaloux à la rigueur, mais c'est tout. Il faut dire qu'il ne tire pas excessivement avantage de celles qui se jettent à son cou. J'ai d'ailleurs été surpris quand Katherine l'a désigné comme son corrupteur, mais je devais la croire, vois-tu ?

— Tu n'avais pas le choix, approuva Cameron. Et qu'as-tu pensé de ses accusations de viol ?

— Je ne m'y suis pas entièrement fié. Tout d'abord parce que Payton n'aurait pas besoin de ça pour avoir une jeune fille dans son lit, mais aussi parce que Katherine ne s'est jamais comportée comme une femme qu'on avait touchée contre son gré. J'ai connu deux ou trois malheureuses qu'on avait violées, et bien qu'elles fussent toutes assez fortes pour surmonter cette tragédie, elles en ont conservé des cicatrices, surtout au cours des semaines et des mois qui ont suivi. Katherine était exactement comme d'habitude, mais elle s'en tenait à sa version des faits. Pour ma part, j'ai pourtant commencé à penser que j'avais affaire à une entreprise de séduction qui serait allée trop loin.

— Katherine est la seule à pouvoir démêler le vrai du faux, et elle affirme maintenant que Payton l'a séduite puis délaissée. Je me demande parfois si elle ne se sert pas de moi pour lui apporter le mari qu'elle préférerait, et non l'homme tenu de l'épouser.

— Dans ce cas, ne précipite pas les choses, suggéra Leargan.

— Je ne peux pas attendre très longtemps.

— Une semaine ou deux de plus, quelle différence ?

— Tu as raison. C'est horrible à admettre, mais j'en viens à douter des dires de Katherine. J'ai beau me répéter que je veux qu'elle mente pour de très mauvaises raisons, ça ne parvient pas à faire taire mes soupçons. Par tous les diables, je me retrouve à écouter aux portes, à avoir de longues conversations avec elle au cours desquelles je pèse chacun de ses mots… Je refuse d'envisager qu'elle soit aussi sournoise, mais je n'arrive pas à me convaincre du contraire. Me voilà donc à essayer de prouver que ma propre sœur est une menteuse… et je ne m'en sors pas très bien.

— Alors laisse donc ceci aux petites Murray.

— Tu crois que c'est ce qu'elles ont en tête ?

— Ça ne fait aucun doute.

— Mais que faire si elles découvrent la vérité, et que Katherine s'en tient à sa version des faits ? Qui croire entre deux demoiselles prêtes à tout pour aider sir Payton, et ma propre sœur ?

— Je peux seulement te conseiller de continuer à écouter aux portes, mon garçon, et de prier pour découvrir ainsi la vérité avant qu'il soit trop tard, répondit Iain.

— Vous n'avez rien de mieux à faire, toutes les deux ? cracha Katherine en levant la tête de son ouvrage.

— Pas vraiment, rétorqua Avery en s'asseyant en face d'elle.

Avery balaya la salle haute du regard. C'était un endroit très agréable, surtout en plein jour, quand la lumière du soleil se déversait par les fenêtres. L'endroit aurait pu être un point faible du château si d'éventuels assaillants avaient réussi à franchir toutes les redoutables défenses de Cameron, mais elle était sûre que les bâtisseurs y avaient pensé, et avaient probablement trouvé un moyen de compenser cette vulnérabilité. Comme d'habitude, tante Agnes, dodue et grisonnante, dormait dans son fauteuil, devant l'âtre. Cette douce personne n'avait jamais dû être un chaperon bien redoutable pour l'obstinée

Katherine. Avery fit de son mieux pour ne pas éclater de rire quand Gillyanne s'assit sur le banc rembourré, juste à côté de la jeune lady MacAlpin. Sa cousine savait très bien qu'elle mettait Katherine mal à l'aise, et la connaissant, Avery ne voyait rien d'étonnant à ce qu'elle en tire avantage.

— On m'a un jour dit que si un menteur boit de l'eau bénite, sa langue devient toute noire, pourrit et finit par tomber, annonça Gillyanne en tendant une coupe remplie d'eau à Katherine.

— Des balivernes de paysans, voilà tout, marmonna cette dernière, sans pour autant accepter le récipient.

Elle chassa d'une tape la main que Gillyanne venait de placer sur son ventre.

— Mais à quoi jouez-vous ?

— Je m'assure que ce n'est pas un coussin.

— C'est l'enfant de Payton, et vous le savez très bien.

— Vous mentez.

— C'est vrai, j'oubliais, saint Payton n'aurait jamais fait ça. Vous refusez toutes les deux d'admettre que c'est un séducteur sans cœur, et qu'il peut très bien se servir d'une femme avant de la délaisser, comme n'importe quel homme.

— Payton n'est pas un saint, mais il ne débaucherait jamais une vierge ni ne refuserait de reconnaître son enfant, répondit Avery d'une voix très calme qui, elle le savait, agacerait Katherine.

— Insinuez-vous que je ne suis pas vierge ? demanda Katherine en posant son ouvrage.

Avery trouva particulièrement intéressant que Katherine perçoive une telle accusation dans sa phrase. Elle n'avait pas envisagé que la jeune femme ait pu avoir plus d'un amant, et pourtant, il lui suffit d'un regard à une tante Agnes ronflant doucement pour comprendre que Katherine avait sans doute eu de nombreuses occasions pour badiner. Aurait-elle pu avoir une aventure ici, à Cairnmoor ? Non, lady MacAlpin était trop intelligente pour cela. Un tel endroit se prêtait peu aux secrets, et Katherine veillait probablement à préserver son apparente innocence.

— Oh, non, je n'oserais pas vous insulter de la sorte. J'affirme seulement que ce n'est pas mon frère qui vous a séduite.

— Et pourquoi voudrais-je l'épouser, dans ce cas ?

— Parce qu'il est beau, loin d'être pauvre, et que la plupart des femmes vous l'envieraient. Je suis sûre que votre amant ne vous offre pas ce dont vous avez besoin... Une bourse bien remplie, par exemple.

— Et maintenant vous m'accusez de relever mes jupons pour quelque mendiant ?

— De nombreux gentilshommes n'ont pas le privilège de la richesse, c'est d'ailleurs pour ça que, bien souvent, ils doivent l'épouser.

— J'ai une très belle dot, il m'importe donc peu de savoir si mon fiancé est fortuné ou pas.

— Alors pourquoi ne pas épouser celui qui vous a donné cet enfant, au lieu de traîner devant l'autel un homme qui n'en a aucune envie ?

— Vous avez donc tant de mal à croire que votre frère puisse me désirer ? demanda Katherine avec un sourire narquois. J'ai fait tourner la tête de beaucoup d'hommes, vous savez.

— Ça ne m'étonne pas, vous êtes très belle… Tout du moins à l'extérieur, murmura Avery. J'imagine très bien Payton vous regarder avec envie, mais il ne se serait jamais glissé sous vos draps. Il aurait tout de suite compris que vous cherchiez un époux, et il ne veut pas se marier – pas encore tout du moins. Voilà qui aurait certainement suffi à refroidir ses ardeurs.

— Peut-être que j'ai éveillé en lui un désir contre lequel il ne pouvait rien faire, rétorqua Katherine. (Gillyanne émit un bruit grossier.) J'ai au moins ce qu'il faut pour attirer les regards masculins !

— Je suis heureuse que ce ne soit pas le cas de Gillyanne, elle est beaucoup trop jeune pour ça, dit Avery. Katherine, vous êtes assez intelligente pour savoir que ce mensonge ne pourra vous sauver éternellement.

— Éternellement ? Non, seulement le temps qu'un prêtre nous déclare mari et femme. Je serai alors liée à ce beau chevalier, et rien ne pourra y changer.

Katherine se leva brusquement, se dirigea vers sa tante et la réveilla sans ménagement aucun.

— Tante Agnes, il est temps de nous retirer.

Pendant que cette dernière rassemblait ses affaires, la jeune MacAlpin revint se planter devant Avery.

— Vous n'êtes qu'une idiote si vous pensez qu'écarter les cuisses pour mon frère empêchera ce mariage, lança-t-elle.

Avery tendit la main pour dissuader Gillyanne de répondre.

— Vous finirez peut-être mariée à Payton, mais cette union sera construite sur vos mensonges et votre perfidie, et il ne vous le pardonnera jamais, dit-elle. Quel bonheur pourrez-vous y trouver ?

— Celui d'avoir pour époux un beau chevalier couvert de louanges avec une bourse bien remplie, des terres en France, et beaucoup d'amis haut placés à la cour, y compris le roi lui-même.

Katherine prit sa tante encore à moitié endormie et partit vers le couloir.

— Même s'il m'en veut de tout son être, votre frère reste un meilleur choix qu'un vulgaire écuyer avec six frères aînés.

La porte se referma violemment sur Katherine et sa tante, laissant Avery contempler pensivement les épais panneaux de chêne sculpté. Elle n'avait jamais auparavant autant eu envie de frapper quelqu'un. Katherine était une enfant gâtée, vaniteuse et incroyablement égoïste. La jeune fille avait du mal à croire que Cameron et elle puissent être du même sang.

— Pas de doute, elle ment au sujet de Payton, dit Gillyanne.

— Bien entendu. D'ailleurs, elle vient de nous révéler beaucoup de choses. Je crois que notre Katherine a passé de bons moments à la cour, et a peut-être même frayé avec quelques braves garçons avant ça.

— Ici, à Cairnmoor ?

— J'en doute : elle aurait risqué d'être prise sur le fait. De toute façon, si jamais elle a un amant dans ce château, je ne le vois pas annoncer qu'il a partagé le lit de la sœur de son laird. Et puis nous n'avons pas le temps de chercher.

— Mais tu penses qu'elle a fréquenté des hommes à la cour.

— J'en suis même certaine, notamment un pauvre écuyer qui risque de beaucoup nous intéresser.

— Avec six frères aînés…

— Exactement. Hélas, nous ignorons qui se trouvait à la cour en même temps que Katherine, et une fois encore, nous n'avons pas le temps d'enquêter. Cameron a envoyé sa lettre il y a une semaine de ça, et Payton devrait arriver d'un jour à l'autre.

— Avery, je suis tellement navrée…

— Ne le sois pas. Pour l'instant, le plus important pour nous, c'est d'aider Payton. Nous ne pouvons pas le laisser épouser cette femme.

Gillyanne frissonna exagérément.

— Pas question. Elle le rendra terriblement malheureux. Il nous suffirait d'un nom… mais Katherine doit être la seule à le connaître.

— Nous pouvons tout de même rassembler quelques informations. Payton a l'air de passer beaucoup de temps à la cour. Si nous lui disons ce que nous savons de cet écuyer, peut-être pourra-t-il nous apprendre son identité. Il pourrait bien l'avoir vu discuter avec Katherine.

— Mais même avec un nom, Payton pourra-t-il convaincre Cameron de l'écouter ?

— Je le crois. Il m'a semblé voir dans les yeux de notre ami qu'il commence à douter de sa sœur.

— Pourtant, il a sommé Payton de venir.

— À cause de l'enfant, et parce qu'il n'a pas d'autre prétendant sous la main. Nous devons avant tout parler à la servante de Katherine.

— Mais elle fait tout pour nous éviter !

— Essayons encore une fois de l'acculer, et si ça ne marche pas, nous appellerons Anne à l'aide.

Avery et Gillyanne sortirent dans le couloir… pour se heurter à Cameron et Leargan.

— Vous nous cherchiez ? s'enquit Avery.

— Oui, fit Cameron en lui lançant un regard soupçonneux.

— Eh bien, nous voilà ! Mais si vous voulez bien nous excuser, nous nous verrons plus tard, car Gillyanne et moi avons à faire.

Les deux jeunes filles détalèrent sans demander leur reste.

— Et tu vas me dire qu'elles ne mijotent rien ? grommela Cameron.

— Oh non, elles préparent indéniablement quelque chose, rétorqua Leargan en riant. Allons, mais où vas-tu, à présent ?

— Boire beaucoup, beaucoup de vin, répondit Cameron en partant vers la grand-salle. Je ne m'arrêterai que si j'entends des cris.

Chapitre 20

— Quelqu'un aurait-il vu Avery ? s'enquit Cameron en entrant avec méfiance dans la salle haute.

Il parcourut la pièce des yeux avec une grimace. C'était un très bel endroit, et il aimait beaucoup y passer du temps, assis dans un fauteuil… mais en cet instant précis, la tension qui y régnait était insupportable. Gillyanne, installée à côté d'Anne, était de toute évidence censée coudre, mais s'employait surtout à foudroyer Katherine du regard. Anne semblait concentrée sur son ouvrage, mais elle surveillait attentivement les deux jeunes filles. Katherine, quant à elle, délaissait parfois son aiguille pour lancer des œillades assassines à la petite Murray. Tante Agnes, quant à elle, dormait tranquillement près de la cheminée, inconsciente de la guerre à laquelle on se livrait devant elle.

— Tu as perdu ta catin ? demanda Katherine.

Cameron s'apprêtait à réprimander sa sœur quand il entendit un feulement féroce typique d'Avery – mais après avoir cherché la jeune fille dans la pièce, il comprit que ce son venait de Gillyanne. Le regard courroucé qu'il lui décocha ne parut pas l'effrayer le moins du monde.

— Reprends-moi si je me trompe, Katherine, mais ne serais-tu pas enceinte d'un bâtard ? lâcha-t-il froidement. (La jeune femme s'empourpra.) Je te suggère donc de tenir ta langue quand tu parles d'Avery. Je répète : savez-vous où elle se trouve ?

— Dans les jardins, répondit Gillyanne en l'étudiant longuement. Avez-vous des nouvelles de notre famille ?

— Jeune fille, savez-vous qu'être regardé de la sorte me met très mal à l'aise ?

— Oh, mais vous êtes un grand garçon, ça ne devrait pas vous déranger, rétorqua la petite Murray avec un clin d'œil.

Cameron comprit aux soubresauts qui secouaient ses épaules qu'Anne riait sous cape. Lui-même était bien tenté d'en faire autant, mais le souvenir du message qu'on venait de lui transmettre lui en fit très vite passer l'envie.

— Sir Payton arrivera demain matin.

— Oh… nous ne pensions pas que ce serait si tôt.

— Oui, les vôtres n'ont pas perdu de temps : je n'ai envoyé mes hommes à Donncoill qu'il y a huit jours. (Cameron se dirigea vers la porte.) Je ferais mieux d'en informer Avery.

— Cameron ! l'appela Katherine une fois qu'il fut dans le couloir.

— Qu'y a-t-il ?

— Dis à cette maudite gamine d'arrêter de me regarder comme ça.

Cameron roula des yeux, même s'il savait à quel point la jeune Murray pouvait se révéler perturbante.

— Gillyanne, arrêtez de regarder Katherine comme ça.

Il partit avant que sa sœur remarque que la jeune fille n'avait rien promis du tout – et avant d'interroger Gillyanne sur ce qu'elle voyait vraiment en Katherine.

Avery arracha une mauvaise herbe qu'elle envoya rejoindre ses semblables, tout en se demandant pourquoi ses travaux dans le jardin d'herbes aromatiques ne parvenaient pas à la réconforter. C'était pourtant toujours le cas, d'ordinaire. Mais il est vrai que jusque-là elle n'avait jamais eu à courtiser un homme au cœur brisé, ni même eu un amant, ou encore eu à s'inquiéter pour son frère parce que celui-ci était sur le point d'épouser contre son gré une femme qui ferait de sa vie un calvaire. Ce n'était certainement pas en arrachant des herbes qu'elle apaiserait ses doutes et ses craintes.

Si la jeune fille avait été plus avisée, sans doute aurait-elle fermé sa porte à Cameron. Il ne lui avait toujours rien promis, et elle aurait eu parfaitement le droit de se refuser à lui… mais Avery savait qu'elle n'en ferait rien. Elle s'en voulait de ne pas pouvoir lui résister, mais il en serait probablement toujours ainsi. Et puis le chasser de son lit ne ferait que compromettre sa tactique. La jeune femme aurait seulement voulu que Cameron lui montre qu'elle avait su toucher son cœur.

Avery observa la position du soleil et comprit qu'elle n'aurait pas beaucoup de temps pour se laver avant le dîner… et Dieu sait qu'elle en avait besoin. Elle se retourna vivement et manqua de heurter Cameron de plein fouet.

— Je m'apprêtais à aller me nettoyer pour le repas, expliqua-t-elle.

Elle essuya ses mains sur sa robe… avant de se rendre compte que cette dernière n'était pas beaucoup plus propre.

— Reste-t-il encore un peu de terre dans mon jardin ? demanda Cameron en souriant.

— Je le débarrassais de ses mauvaises herbes, et comme ces dernières ne montent pas bien haut, même pour moi, j'ai dû me mettre à genoux au risque de me salir.

— C'est ce que je constate.

— Avais-tu quelque chose à me dire, ou es-tu seulement venu pour me voir dans cet état lamentable ?

— Je te trouve absolument charmante ainsi.

Cameron se pencha vers elle et fronça soudain les sourcils.

— Quelque chose ne va pas ? s'enquit Avery.

— Pas du tout, je cherchais simplement un endroit propre pour y déposer un baiser.

— Misérable, ricana-t-elle en se mettant en route vers le château. Mais tu voulais sans doute me dire quelque chose ?

— Ton frère arrivera demain matin.

Le pas de la jeune fille se fit plus chancelant.

— Et je serai alors ramenée à Donncoill ? demanda Avery, soulagée de pouvoir s'exprimer d'une voix calme et résignée.

Ils entrèrent dans la bâtisse et avancèrent vers l'escalier.

— Oui, Gillyanne et toi, vous repartirez avec ce qui semble être un gros détachement de Murray.

— Mais mes parents ou ceux de Gillyanne ne sont pas venus ?

— Non, Payton a jugé préférable d'être seul. Ton frère entrera accompagné de Petit Rob et de Colin, et Gillyanne et toi serez ensuite rendues aux hommes de votre clan.

Avery s'arrêta au pied de l'escalier et regarda enfin Cameron en face.

— J'aimerais avoir un moment pour saluer mon frère avant de quitter Cairnmoor. Je ne l'ai pas vu depuis plusieurs mois, et je crains ensuite de ne plus avoir l'occasion de lui parler avant bien longtemps.

— Je comprends.

Katherine choisit ce moment pour descendre les marches, et eut un mouvement de recul en apercevant Avery. Elle n'avait de toute évidence pas l'habitude de se salir.

— Eh bien, Cameron, tu as fait tomber ton jouet dans la boue ? lança-t-elle.

Avery sentit le laird se crisper, et avant qu'il puisse répondre, elle prit le visage de Katherine dans ses mains et, ignorant les hoquets terrorisés de celle-ci, l'embrassa sur chaque joue avant de l'étreindre.

— Ah, Katherine, vous allez me manquer, déclara-t-elle.

Lady MacAlpin cracha un juron d'une violence inouïe et remonta l'escalier à toute allure.

— Il semblerait qu'elle ne partage pas ce sentiment, dit-elle à un Cameron qui ricanait doucement. Je suis désolée, je n'ai pas pu m'en empêcher.

— Ah, jeune fille, si tu n'étais pas aussi sale qu'un bousier, je te sauterais au cou. Allons, va te laver.

Elle n'avait gravi que quelques marches quand Cameron ajouta à voix basse :

— Avery, veux-tu dîner avec moi, dans ma chambre ?

L'homme n'avait qu'une raison de lui demander une telle chose : il voulait passer la nuit à lui faire l'amour, de préférence le plus de fois possible, jusqu'à l'épuisement. Elle aurait dû lui suggérer de prendre un bain glacé plutôt, mais…

— Je t'y retrouve dans une heure, répondit-elle. Plutôt deux, vu mon état.

Avery, enveloppée dans une serviette, contemplait sa chemise avec perplexité. Anne frappa à la porte, et elle l'invita distraitement à entrer. Ce serait sa dernière nuit avec Cameron avant très longtemps – elle refusait de penser qu'il n'y en aurait pas d'autres, mais l'idée hantait néanmoins son esprit. La jeune femme devait se forcer à espérer si elle ne voulait pas passer ces heures à sangloter contre le large torse de Cameron. Elle aurait aimé porter pour ces dernières heures autre chose que ces hardes qu'il avait vues tant de fois.

— Ah non, pas question ! s'indigna Anne en lui arrachant la chemise pour la jeter sur le lit. Pas pour cette nuit-là.

— Et pourquoi est-elle si importante ? s'enquit innocemment Avery.

— C'est la dernière que vous passerez ici – avant votre retour, tout du moins.

— Tu es bien optimiste.

— Notre laird a fait apporter un délicieux repas dans sa chambre, annonça Anne, ignorant sa remarque. On y a également allumé chandelles et feu… j'ai l'impression que ce soir, vous ne dînerez pas dans la grand-salle.

— On ne peut donc avoir aucune intimité dans ce château.

— Très peu, c'est vrai, mais je dois vous avouer que nous nous intéressons beaucoup à ce qui se passe entre notre laird et vous. (Avery rougit.) Nous vous aimons beaucoup, jeune fille. Nous sommes sûrs que vous rendrez notre laird très heureux… Et que vous lui ferez le même effet que ceci, dit-elle en tendant une chemise de nuit et un peignoir à Avery. Celle-ci prit timidement les vêtements, les yeux écarquillés : il y avait sur cette toilette plus de dentelle que de tissu, et ce dernier était extrêmement fin. Ils étaient d'une belle couleur dorée et bordés de fil noir. C'était le genre d'accoutrement indécent que portaient les riches courtisanes.

— Où as-tu trouvé une tenue aussi osée ? demanda Avery.

— Vous rappelez-vous m'avoir dit qu'à votre avis, Katherine est loin d'être une douce vierge dont on a cruellement abusé ? Je crois que vous avez raison. Ce n'est pas la tenue d'une chaste jeune fille.

— Eh bien, dites-moi, on trouve des choses très intéressantes dans la chambre de lady MacAlpin… Mais toujours pas d'amant, je suppose ?

— Non, je suis désolée. Si d'aventure elle a partagé son lit avec des hommes de Cairnmoor, ils se montrent très discrets depuis le retour de notre laird. (Anne tira sur la serviette d'Avery.) Venez, nous allons essayer ceci.

— Anne, j'hésite. Ce sont de superbes habits, mais je vais me sentir toute nue. Et puis s'ils appartiennent à Katherine, je suis sûre qu'ils ne m'iront pas.

— Mais si, voyons. (Elle lui enfila la chemise de nuit.) Elle est probablement censée être très ouverte sur les côtés quand Katherine la met, et pour vous, nous la serrerons autant que possible. Peu importe si elle est un peu ample. Vous n'êtes pas beaucoup plus petite que Katherine, elle ne devrait donc pas traîner par terre.

Anne et Avery baissèrent les yeux.

— Mais regardez-moi ça ! Cette tenue est prévue pour laisser découvertes les chevilles de celle qui la porte. Quelle indécence !

— Je suis bien d'accord, répondit Avery en souriant. Bon, très bien. Je m'efforcerai seulement de me convaincre que puisque je porte une chemise de nuit et un peignoir, je ne suis pas vraiment nue. Je me demande bien ce qu'en pensera Cameron.

— Jeune fille, il lui suffira d'un regard pour ne plus penser à rien du tout.

Cameron faisait les cent pas en sirotant une coupe de vin. Aurait-il dû rester habillé ? Était-ce trop présomptueux de n'être vêtu que d'un simple peignoir ? Devait-il demeurer debout, s'asseoir ? Avery et lui étaient amants depuis des semaines, et pourtant il avait l'impression que cette nuit serait leur première.

En tout cas, ce serait leur dernière, songea-t-il en se cramponnant à la colonne de son lit, soudain angoissé. Cameron but une grande gorgée de vin et décida que le mieux à faire était de ne pas y penser. Avery agissait comme si de rien n'était ? Il pouvait très bien en faire autant.

La porte qui reliait leurs deux chambres s'ouvrit et Cameron manqua de s'étrangler quand la jeune fille entra avec un sourire timide. Comment pouvait-elle bien avoir l'air timorée avec de tels habits – si on pouvait vraiment appeler ainsi ce qu'elle portait.

Avery s'avança, et la lueur des chandelles révéla à quel point l'étoffe de sa toilette était fine. Elle soulignait chacune de ses courbes. Pouvoir distinguer le corps de la jeune femme si clairement alors qu'elle était encore habillée l'excita plus prestement que tout ce qu'il avait vu jusque-là. Il n'aurait sans doute pas réagi de la même manière si elle était entrée entièrement nue – mais peut-être valait-il mieux ne pas y penser ?

— Où as-tu trouvé ça ? s'enquit-il en touchant l'ombre d'un téton qui aussitôt se durcit.

— Anne me l'a apporté, répondit-elle d'une voix rauque, car le regard brûlant de Cameron lui faisait bouillir le sang.

— Je me demande bien d'où elle le sort, chuchota Cameron.

Il renouvela l'opération sur son autre sein, et provoqua le même résultat.

— Tu as toujours l'air insupportablement fier de toi quand tu fais ça, dit Avery en croisant les bras sur sa poitrine frémissante.

— Et quel homme ne le serait pas quand le simple contact de ses mains parvient à réchauffer une si jolie créature ?

Avery frissonna légèrement. Quand Cameron parlait ainsi, sa voix grave était comme une caresse qui la touchait au plus profond d'elle-même. Cette nouvelle preuve de sa faiblesse la ravissait et la dépitait tout à la fois.

— La jolie créature serait encore plus réchauffée si tu lui offrais un peu du festin que je vois devant ta cheminée.

Cameron la conduisit jusqu'à son siège en riant.

— Enlève ton peignoir, chuchota-t-il.

— Il n'y a pas grand-chose dessous, répondit Avery rosissante.

— Je le sais bien. J'ai l'intention de perdre la raison tout en dînant.

— Quelle drôle d'idée, murmura Avery.

Mais puisque cette nuit devait être mémorable, pour Cameron comme pour elle, elle ôta son déshabillé.

Cameron la contempla, de ses joues écarlates à ses orteils, et inspira profondément.

— Doux Jésus… Voilà qui devrait faire l'affaire.

— Pourquoi n'en fais-tu pas autant ?

— Tu veux que je mange nu ?

— Tu as tes exigences, et j'ai les miennes.

Cameron se sentit soudain intimidé en dénouant la ceinture de son peignoir, tant et si bien que par bravade, il fit promptement tomber l'habit par terre. Il s'assit ensuite en face d'Avery, non sans se féliciter d'avoir payé quelques pièces de plus pour faire rembourrer ses fauteuils. Il avait également été bien inspiré de demander à ses serviteurs d'allumer un feu.

Ils dînèrent en n'échangeant que quelques paroles, et en se faisant parfois, par jeu, manger l'un l'autre. Cameron avait le plus grand mal à quitter des yeux les courbes de sa compagne, et il remarqua qu'elle en faisait autant avec lui.

— Jeune fille, quand je vois comment tu me regardes, je me dis que finalement, ce n'est pas si mal d'être une grande brute patibulaire.

Avery se leva et fit le tour de la table.

— Cameron, tu es très beau, déclara-t-elle en se glissant entre ses jambes. (Elle passa les mains sur son torse.) Si fort, si merveilleusement bâti…

Certes, tu es imposant, menaçant… mais je trouve ça terriblement séduisant.

La jeune fille l'embrassa au creux du cou, et descendit lentement.

— Tes cicatrices racontent tes victoires, ta soif de vivre.

Elle s'agenouilla pour couvrir ses jambes de baisers.

— Comment une femme ne pourrait-elle pas succomber devant une telle puissance ? (De ses doigts agiles, elle saisit son membre.) Même ce gaillard-là a son propre charme… il est si exquis…

La jeune fille embrassa ce dernier, et sentit Cameron trembler.

— Ah, Avery, c'est délicieux, murmura Cameron en posant sa coupe par terre. J'aimerais tant en profiter plus longtemps avant d'avoir à t'arrêter.

— C'est ce que tu fais chaque fois.

La simple pensée qu'il pourrait en être autrement lui arracha un grognement.

— Tu risques d'être dégoûtée.

— Mais toi, tu voudrais que je continue ?

— Avery, je… je n'ai jamais…

— Jamais ? demanda la jeune fille avant d'embrasser le ventre ferme de Cameron.

Elle trouvait attrayante l'idée d'être la première à lui offrir une telle chose.

— Non. À la vérité, ce malheureux n'a jamais eu qu'un ou deux baisers donnés à contrecœur. J'ai entendu d'autres hommes dire que…

Cameron, qui ne savait pas vraiment comment finir sa phrase sans être grossier, préféra se taire.

— C'est une nuit où les souhaits deviennent réalité, et où les rêves s'accomplissent, répondit Avery. Une nuit pour nous repaître autant que nous le voulons, et nous écrouler d'épuisement. Une nuit pour nous créer des souvenirs que nous chérirons ensuite.

— Oui, car demain…

Avery posa les doigts sur les lèvres de Cameron.

— Non, ne dis rien. Cette triste vérité guidera chacun de nos pas cette nuit, mais tâchons tout de même de l'ignorer. Toi et moi, nous allons seulement prendre ce que nous désirons, et aussi souvent que nous le voulons. La vie nous rattrapera demain matin, ne la laisse pas s'immiscer dans cette nuit de désirs, de rêves et de souvenirs.

— De désirs et de rêves, c'est ça ? Dans ce cas, ne t'arrête pas.

Cameron faillit changer d'avis quand Avery recommença à l'embrasser : si jamais elle trouvait cela répugnant, le reste de leur dernière nuit serait gâché. Il sentit alors la langue de la jeune fille caresser son membre et oublia ses doutes. Pour avoir accepté, elle devait être vraiment d'accord, se dit-il.

Aucun homme ne méritait un tel cadeau. Il se cramponna aux bras de son fauteuil et s'efforça de se maîtriser. Avery semblait savoir exactement quand s'interrompre pour qu'il reprenne sa respiration. Au moment où Cameron se pensa capable de savourer ces délices pendant encore un bon moment, un liquide froid et collant coula sur son entrejambe : Avery venait de verser du miel sur son membre. Elle entreprit de le lécher consciencieusement, et Cameron ferma les yeux pour s'abandonner à son plaisir. Quand elle cessa de jouer avec lui, il ne tenait pratiquement plus en place. Elle lui offrit alors la jouissance qu'il attendait tant ; tout son corps se mit à trembler alors qu'il savourait chaque instant de volupté.

Quand, enfin, Cameron put de nouveau bouger, il contempla la jeune fille qui caressait paresseusement sa jambe, la tête contre sa cuisse. Les quelques baisers qu'elle déposait parfois sur sa peau lui apprirent qu'elle n'était pas dégoûtée par ce qu'elle venait de faire. Il la prit sous les bras et la releva. Son esprit était soudain rempli par tous les rêves qu'il avait faits d'elle, par chacun des fantasmes dont il avait entendu parler, et qu'il avait soudain très envie de mettre en pratique.

— Avery, va chercher un oreiller sur le lit.

Elle obéit, et il admira chacun de ses pas.

— Tu es superbe dans cette chemise de nuit… mais tu vas pourtant devoir l'enlever.

— Mais pourquoi cet oreiller ? demanda Avery en défaisant les lacets de son vêtement.

— Je ne veux pas que tu te fasses mal contre le bras du fauteuil.

Cameron lui ôta son déshabillé et la saisit par les hanches.

— Tu es si belle… Tu me coupes le souffle, il n'y a pas d'autre mot.

Il la souleva et l'installa sur le siège, le dos contre un des accoudoirs, appuyé sur l'oreiller, et les jambes enroulées autour de l'autre. Avery rougit aussitôt : elle se sentait trop exposée, vulnérable. Cameron n'arrangea rien en glissant la main entre ses cuisses pour la caresser.

— Cameron, je ne crois pas que…

Il la fit taire d'un long baiser.

— Je veux contempler ton plaisir, Avery. Je veux le voir grandir en toi, et t'emporter.

— Mais c'est tout le temps le cas quand nous faisons l'amour !

— Non, pas vraiment. J'en ai un aperçu, de temps à autre, mais mes propres sensations m'empêchent de vraiment le contempler.

Cameron pressa les lèvres contre ses seins, puis la lécha et la mordilla tant et si bien qu'elle en oublia quelque peu son embarras. Après tout, ne l'avait-il pas déjà vue nue à maintes reprises ?

— Je veux te voir rougir, voir cette superbe poitrine se soulever à un rythme croissant, ton ventre se contracter sous le coup de la passion. Quand je suis contre toi, je sens tes cuisses trembler… Cette nuit, je veux les admirer.

Ses caresses et ses paroles enfiévrées poussèrent Avery à baisser sa garde… jusqu'à ce qu'il lui écarte les jambes.

— Cameron, non…

— Laisse-moi faire. Tu n'as pas oublié, une nuit où les souhaits deviennent réalité…

— Et pour nous repaître autant que nous le voulons.

Une nuit où la pudeur n'avait pas sa place. Avery se décida à ressentir plutôt qu'à réfléchir. Cameron prit son temps, la fit chanceler au bord de la jouissance pendant un long moment avant de lui offrir une extase magnifiée par les mots qu'il susurrait d'une voix enrouée. Elle se sentait délicieusement faible quand il la souleva face à lui et plongea en elle d'un puissant coup de reins. Avery s'effondra sur son torse et resta longtemps ainsi, silencieuse.

— J'ai entendu dire qu'on peut atteindre les sommets du plaisir avec de simples baisers, chuchota Cameron en frôlant les lèvres de son amante avec les siennes.

— Je me demande bien qui t'a raconté des choses pareilles.

— Tu sais, nous parlons entre nous, nous autres, les hommes.

— Je ne crois pas que ça puisse marcher.

— Nous n'avons qu'à essayer.

C'est ce qu'ils firent, et avec succès. Quand Avery recouvra enfin ses esprits, Cameron la soutenait d'un bras et la séchait de l'autre. Elle avait été trop hébétée pour remarquer qu'il l'avait lavée. Son bien-aimé l'enveloppa dans une serviette et lui tendit une coupe d'hydromel. Avery en but aussitôt la moitié avant de se rappeler à quel point cette boisson montait vite à la tête.

— Fais attention, c'est un peu fort, prévint Cameron en souriant. J'ai l'impression que nous ne nous occupons que de mes désirs… tu en as sûrement quelques-uns, toi aussi.

— Avant que nous commencions, je me demandais seulement si j'arriverais à survivre à une nuit entière passée à faire l'amour.

Cameron l'incita doucement à boire quelques gorgées de plus.

— Une nuit entière ? C'était aussi un de mes souhaits. Très bien, dis-moi ce que tu aimes, dans ce cas.

— Tes baisers, bredouilla Avery.

— Je te remercie, mais c'est ce que nous venons de faire. Finis donc ta coupe.

— Je crois que je suis un peu ivre.

— Excellent, c'était ce que j'avais à l'esprit. Allons, dis-moi ce que tu aimes, outre les baisers.

Il lui embrassa l'oreille.

— Mais j'aime vraiment tes baisers.

— Oui, tu l'as déjà dit, et nous l'avons déjà fait.

— Non… tes autres baisers, chuchota-t-elle. (Elle contempla sa coupe vide.) Mon Dieu, ça m'a échappé.

— Ah ! Je comprends. (Il la poussa doucement vers son fauteuil.) Et je m'y prends bien ?

— Allons, tu le sais pertinemment.

— Non. Difficile de savoir si on est doué pour quelque chose quand on ne l'a jamais fait.

Il lui prit sa serviette et l'étendit sur le siège.

— Jamais ? demanda Avery, si surprise qu'elle ne protesta pas quand il la fit s'asseoir.

— Jamais. C'est encore une de ces choses dont j'ai entendu parler. Les femmes que j'ai connues au cours de mes jeunes années étaient, comment dire… très aguerries, et parfois d'une pureté douteuse. Mais toi, Avery, tu n'as connu qu'un homme : moi. Et tu n'es pas seulement pure, mais délicieuse.

— Et pourquoi m'as-tu donné de l'hydromel ? interrogea la jeune fille en frémissant de plaisir.

— On dit que cette boisson dévergonde un peu, et que ses effets grisants mettent très, très longtemps à se dissiper.

Avery regarda, perplexe, Cameron prendre un pot sur la table.

— De la confiture de mûres ? J'ai utilisé du miel.

— Tu es déjà bien assez sucrée comme ça, je risquerais de me faire mal aux dents, murmura Cameron en enduisant soigneusement ses tétons. Je préfère te mêler à quelque chose d'acide.

— Ce n'est plus de la gourmandise, mais de la luxure, souffla Avery d'une voix tremblante.

— C'est un si joli mot.

Cameron lécha lentement la confiture, et Avery décida qu'il avait sans doute raison.

Chapitre 21

Cameron fut tout sauf ravi d'entendre des coups contre la porte et la voix de Leargan faire irruption dans ses rêves. Il se blottit contre Avery et sourit quand il se sentit aussitôt durcir. Après ces longues heures passées à faire l'amour, il aurait pourtant dû être plus que rassasié. Il lui aurait suffi de poser cette adorable jambe contre sa hanche pour se glisser en elle et…

— Bon sang, Cameron, sors tout de suite de ce bougre de lit !

— Va-t'en, Leargan ! tonna-t-il.

Avery se contenta de marmonner qu'il y avait trop de bruit avant de se rendormir. Il l'avait complètement épuisée, songea-t-il avec fierté.

— Un certain sir Payton t'attend dans la grand-salle.

Un grand froid envahit Cameron. Il se détacha doucement d'Avery, même si tout son être lui enjoignait de faire le contraire. Pour se forcer à quitter le lit, il songea à sa sœur, qui attendait un enfant et avait besoin d'un mari. Le devoir frappait à sa porte. Il n'était pas que le frère de Katherine, mais aussi son laird.

Cameron entrouvrit à peine la porte et annonça à son cousin qu'il descendrait dans une dizaine de minutes. Il se consacra ensuite à ses ablutions matinales en tâchant d'ignorer les marques laissées par sa nuit passionnée. Une fois habillé, il constata que la jeune fille s'était réveillée pendant sa toilette. C'était certes un peu lâche, mais il avait espéré pouvoir se glisser hors de la chambre sans lui parler. Après tout, qu'y avait-il à dire ?

— Payton est arrivé, murmura Avery en chassant les mèches qui retombaient sur son visage.

— Oui, il patiente en bas, répondit Cameron en serrant les poings pour résister à l'envie de la toucher.

Elle se leva en s'enroulant dans la couverture.

— Tu me laisseras m'entretenir avec lui avant que je m'en aille, comme nous sommes convenus ?

— Oui.

— Merci. Je l'attendrai dans ma chambre.

Cameron la regarda se diriger vers la porte, sa toge improvisée traînant derrière elle.

— Avery ?

La jeune fille s'arrêta mais ne se retourna pas.

— Il n'y a pas grand-chose à dire, tu ne crois pas ?

— Non, tu as raison, admit Cameron en frottant sa gorge soudain étrangement serrée. J'aurais voulu…

— Moi aussi, Cameron, mais je me demande si on parle vraiment de la même chose.

Avery ferma très doucement la porte derrière elle, et pourtant Cameron tressauta quand il entendit le pêne claquer. Il parcourut sa chambre du regard, et décida avant de sortir qu'il prierait ses serviteurs de la nettoyer consciencieusement.

Cameron commença à avoir un très mauvais pressentiment quand, pour entrer dans la grand-salle, il dut se frayer un chemin à travers un groupe de femmes agglutinées devant la porte. Il entendit ensuite le bruissement de leurs robes tandis qu'elles s'efforçaient de passer outre à son imposante stature pour distinguer l'intérieur de la pièce. L'objet de toute cette attention discutait joyeusement avec Leargan en sirotant une coupe de vin.

Sir Payton Murray était en effet très beau, reconnut Cameron avec agacement. Il n'était ni très grand ni très large d'épaules, mais devait sans aucun doute pouvoir se défaire de n'importe quel adversaire. Il évoquait au laird de Cairnmoor un cheval racé, élancé et puissant. L'homme était bien habillé, et le moindre de ses gestes était empreint de grâce. Il ressemblait exactement au portrait qu'Avery en avait fait. Il avait également l'air à peine plus vieux que sa sœur.

— Mais quel âge avez-vous, au juste ? s'écria Cameron en s'avançant vers lui.

— Vingt et un ans dans un mois, répondit calmement Payton.

— Mais vous êtes chevalier depuis quelques années déjà !

— Oui, j'ai gagné mes éperons en rendant un petit service au roi quand j'avais dix-sept ans.

— Il a sauvé le fils de notre monarque de la noyade ! annonça Leargan d'un ton enjoué.

— Bien entendu, soupira Cameron en se versant une coupe de vin.

Il s'apprêtait à en boire le contenu quand il remarqua le large sourire de son cousin.

— Leargan, tu as quelque chose à me dire ?

— Non, j'attendais seulement ton premier haut-le-cœur.

— Tais-toi, notre invité va croire que Cairnmoor est une maison de fous.

— Oh, il me semble que tu n'as pas besoin de moi pour ça. Sir Payton, je vous présente notre laird, sir Cameron MacAlpin.

Les deux hommes échangèrent un signe de tête. Leargan avait raison, il se comportait comme un dément. Il devait se reprendre, et ne plus penser qu'à une chose : donner un père à l'enfant de Katherine.

— Payton, mon chéri !

C'était justement sa sœur, qui s'efforçait à son tour de franchir le groupe de servantes.

— Sir Payton, voici Katherine, ma sœur… mais je crois que vous vous connaissez déjà.

— Vaguement.

L'homme avait de l'aplomb. Katherine essaya de se jeter dans ses bras, et Payton l'esquiva. La jeune femme accepta avec un air passablement contrarié ses hommages polis et le bref baiser qu'il déposa sur sa main. Cameron ne voyait pas la moindre étincelle entre eux. Si elle avait jamais été là, elle s'était éteinte depuis longtemps.

— Écartez-vous un peu ! Doux Jésus, on dirait que vous n'avez jamais vu un homme roux de votre vie.

— Je croyais que cette petite peste était encore au lit ! cracha Katherine.

Payton lança un regard glacial à lady MacAlpin.

— Gilly, ma chère ! s'écria-t-il. Allons, tiens bon, tu y es presque !

Gillyanne s'extirpa de l'attroupement et s'avança dans la pièce en titubant.

— Payton, tu es un danger public, pesta-t-elle en sautant au cou de son cousin.

Celui-ci la reposa et la contempla des pieds à la tête.

— Tu es superbe, fillette.

— Je sais. Ces maintes épreuves et tribulations n'ont pas altéré ma beauté.

— Au contraire, elles l'ont décuplée !

— Comme c'est bien dit !

— Merci, je fais de mon mieux.

— Je croyais que vous partiez, lança Katherine à Gillyanne.

— J'espère que je vais vous manquer. (La jeune fille se retourna vers Cameron.) Je crois qu'elle ne m'invitera pas à son mariage. Quand aura-t-il lieu, d'ailleurs ?

Cameron sentait que Gillyanne n'avait pas posé cette question uniquement par simple curiosité.

— Une semaine, deux tout au plus.

— Mais, Cameron, et mon enfant ? protesta Katherine.

— Comment ça, ton enfant ? Il ne va pas s'en aller !

Katherine sembla choquée, Payton et Leargan contemplèrent leurs coupes pour se donner une contenance, et Gillyanne se pressa contre le laird en riant. Cameron soupira et l'étreignit tendrement.

— Ma foi, Cameron, je vois que vous avez le sens de l'humour tout de même.

— Sans doute, puisque je ne vous ai pas encore étranglée.

— Gilly, je constate que comme d'habitude, tu t'es employée à te faire aimer de tout le monde, la taquina Payton.

— Tu me connais. (Gillyanne se retourna vers Cameron.) Où est Avery ?

— Oui, où est ma sœur ? demanda Payton en posant sa coupe sur la table.

Le regard implacable du jeune homme impressionna Cameron. Il était beau garçon, bien élevé, mais il devait sans aucun doute être un redoutable adversaire quand on l'y poussait. Il n'avait jusque-là trouvé aucun défaut à ce Payton Murray ce qui, curieusement, ne l'irritait pas tant que cela.

— Avery souhaitait vous parler avant de quitter Cairnmoor. Elle vous attend dans sa chambre.

— Je t'y conduis, annonça Gillyanne en prenant la main de son cousin. J'en profiterai pour rassembler mes affaires et les faire descendre. Dis à Avery que je l'attendrai ici.

— Ce ne sera pas long, répondit Payton. Bowen a annoncé qu'il patienterait deux heures, et une d'entre elles a déjà passé. Tu sais comment il est quand ceux sur qui il est chargé de veiller ne sont pas là à temps.

— Eh bien, si Avery n'est pas encore descendue à ce moment-là, j'irai lui assurer que tout va bien, et qu'il doit attendre encore un peu. (Gillyanne se tourna vers Cameron.) Bowen est très protecteur avec moi.

Une fois Gillyanne et Payton sortis, Cameron demanda à Leargan :

— Mais combien y a-t-il de Murray dehors, au juste ?

— Deux ou trois douzaines. Je suppose que si les jeunes filles ne sont pas aux portes au bout de ces deux heures, ces hommes vont penser qu'il y a un problème… et il vaudrait mieux que ça n'arrive pas.

— Tu as raison. Nous n'avons certainement pas besoin d'une bataille.

— Allons, Cameron, ils ne pourraient jamais prendre Cairnmoor avec un effectif si réduit ! intervint Katherine. Je ne vois pas pourquoi tu t'inquiètes.

— À ta place, je préférerais éviter que les hommes de ton futur époux se fassent massacrer avant les noces, rétorqua Cameron.

— Puisque tu es d'une humeur parfaitement déplorable, mieux vaut te laisser.

Dès que Katherine fut partie, Cameron s'affala dans son fauteuil, en bout de table. Il n'était réveillé que depuis une heure, et la journée lui semblait déjà terriblement longue – et vu ce qui l'attendait, elle promettait de l'être encore bien davantage.

Avery, assise sur son lit, contemplait le sac contenant ses quelques affaires en retenant ses larmes. Anne et Thérèse étaient venues lui souhaiter bon voyage. Elles étaient manifestement toutes deux persuadées que la jeune fille reviendrait bientôt. Avery enviait leur optimisme, mais elle n'arrivait pas à se sortir de l'esprit que Cameron ne lui avait jamais dit qu'il l'aimait. Cette séparation marquerait purement et simplement la fin de leur aventure, et même sous l'emprise de la passion, il ne lui avait pas laissé entendre le contraire.

L'apparition de Payton sur le pas de sa porte la ravit autant qu'elle l'attrista. Elle adorait son frère, mais sa simple présence lui annonçait que l'heure était venue de quitter Cairnmoor et Cameron. Elle parvint tout de même à lui sourire et à l'étreindre tendrement.

— Le laird t'a donné une bien jolie chambre, remarqua Payton.

— Tu n'es pas très subtil, mon cher frère.

— Vous êtes amants ?

— Oui, et ne fais pas cette tête. Je me suis jetée dans ses bras de mon plein gré.

— Il ne t'a pas séduite pour venger sa sœur ?

— C'était son idée de départ, en effet. On lui avait raconté que tu avais violé sa sœur, et à part Gillyanne et moi, il n'avait personne pour lui dire le contraire – or nous étions en France au moment de ce prétendu crime, et loin d'être vraiment objectives te concernant.

— Il ne croit plus à ces histoires de viol.

— Non, c'est vrai, même si j'ignore quand il a changé d'avis. Son attitude envers moi s'est modifiée, elle aussi… il ne voulait plus me couvrir de honte, et a même proposé dans un instant quelque peu embarrassant de… ne pas me déflorer.

La jeune fille, déjà bien rouge, devint écarlate face au regard insistant de son frère.

— Tu es impossible, ricana-t-il. (Il recouvra aussitôt son sérieux.) Tu l'aimes.

— Désespérément.

— Et pourtant il te renvoie.

— Cameron ne sait pas quoi faire d'autre. Je suis sûre qu'il hésitait avant de revenir ici, mais il ignorait encore que sa sœur attendait un enfant.

— Il n'est pas de moi.

— Tu n'avais pas besoin de me le dire. Dès que j'ai su que tu avais nié être le père, j'ai compris que Katherine et toi ne vous étiez jamais retrouvés dans le même lit.

— Mais ce n'est pas ce que pense ton amant.

— Oui et non. Il doute d'elle, Payton, j'en suis persuadée, et Gillyanne aussi.

Payton arpenta la pièce un moment.

— Cependant il veut me forcer à l'épouser.

— Sa sœur est enceinte. Elle a peut-être renoncé à parler de viol pour prétendre qu'elle avait été séduite puis délaissée, mais elle affirme toujours que tu es le père. Que pourrait-il faire d'autre ?

— Rien du tout, et je le comprends, même si c'est loin d'être facile, tant l'idée de me retrouver avec cette femme me fait horreur.

Avery l'étreignit de nouveau.

— Quand veut-il que tu l'épouses ?

— Dans une semaine, peut-être deux. Ça te rend très joyeuse, on dirait.

— C'est la preuve qu'il doute d'elle ! Payton, il te laisse le temps de prouver qu'elle ment… et il a sans doute l'intention d'en faire autant de son côté. Cameron te donne une chance de te libérer de l'emprise de cette fille.

— C'est aussi mon impression, mais je risque d'être confiné à Cairnmoor. Dans ces conditions, j'aurai du mal à mener l'enquête.

— Tu la feras avouer, j'en suis convaincue.

— J'aimerais avoir autant confiance que toi en mes capacités.

— Assure-toi seulement que si elle laisse échapper un nom, tu ne sois pas le seul à l'entendre. Cameron voudra avoir d'autres témoignages que le tien. Et puis ce que nous avons appris, Gillyanne et moi, pourrait aussi te servir.

— Je savais que vous vous démèneriez pour découvrir la vérité, toutes les deux. C'est pour ça que tu as voulu me parler ?

— Oui, et pour que tu comprennes bien pourquoi Cameron et moi sommes devenus amants. Ce n'est pas un secret ici, tu l'aurais donc su tôt ou tard. Je suis même persuadée que Katherine va t'assommer avec ça pour m'humilier, sans penser une seconde au mal qu'elle pourrait faire à son frère. J'aime cet homme, et je me suis jetée dans ses bras de mon plein gré.

— Tu crois que quand les choses se seront un peu apaisées, il cherchera à t'épouser ?

— Je l'ignore, répondit Avery en ravalant un sanglot. C'est ce que tous pensent ici, pourtant il n'a rien dit qui pourrait me laisser espérer… ni même avoué qu'il m'aimait. Il me désire, et je crois qu'il tient à moi, mais son cœur a trop souvent été blessé, et j'en sais assez sur son passé pour compatir. Quoi qu'il en soit, ce n'est pas le plus urgent : nous devons d'abord régler ton problème.

— Sans oublier que Bowen attend avec nos hommes devant le château. Il nous a donné deux heures, qui sont presque écoulées.

— Bowen ? Doux Jésus… Si je me fie à ce que Katherine a laissé échapper et à ce que nous avons réussi à tirer de sa servante, nous cherchons un bel écuyer grand et bien bâti, avec des cheveux roux et des yeux marron. Il est aussi pauvre, et avec six frères.

Payton devint soudain pensif.

— Ton portrait me rappelle bien quelqu'un… Ah, ça me reviendra. C'est un bon point de départ, en tout cas. (Il ramassa le sac d'Avery et lui prit le bras.) Allons maintenant retrouver Bowen avant qu'il décide d'enfoncer les portes de cet endroit.

— Gillyanne, si vous ne cessez pas tout de suite de me regarder ainsi, je vous jette la nappe sur la tête, grommela Cameron à la jeune fille assise sur sa gauche.

— Ah, Cameron, vous allez me manquer, pouffa cette dernière.

— Curieusement, vous allez me manquer aussi.

— J'entends Payton et Avery : l'heure est venue. (Elle se leva et l'embrassa sur la joue.) Au lieu de faire la tête, réfléchissez et tendez l'oreille. Tout finira par s'arranger, mais seulement si vous arrivez à vous libérer de votre passé.

Leargan s'approcha de Gillyanne, passa un bras autour de ses épaules et la conduisit lentement vers la porte.

— Ah, jeune fille, si vous aviez été un tout petit peu plus âgée et que j'eusse été plus jeune, je ne vous aurais jamais laissée quitter Cairnmoor. Nous aurions fait un si beau couple.

— Quel flatteur. Je vous aurais rendu fou.

— Peut-être, mais de façon délicieuse.

Il la poussa délicatement vers sa cousine, qui attendait devant la porte de la grand-salle.

— Avery, sublime beauté, vous aussi je vous regretterai.

Leargan enlaça la jeune fille abasourdie et l'embrassa passionnément sans prêter grande attention au fracas qui résonna dans la pièce, derrière eux.

Quand l'homme la relâcha enfin, elle aperçut par-dessus son épaule Cameron qui, debout, les fusillait du regard. Un page se glissa derrière lui pour ramasser la chaise qu'il venait de renverser.

— Je vais finir par croire que vous aimez vraiment mettre en danger ce joli visage, chuchota-t-elle à Leargan.

— Pas autant que vous le croyez : mon cheval est sellé, et n'attend que moi pour partir à la chasse.

Elle faillit éclater de rire, mais un coup d'œil en direction de Cameron l'en dissuada aussitôt. Il ne vint pas la saluer, encore moins lui offrir quelques derniers mots qu'elle aurait pu chérir. Il semblait furieux, tourmenté même, mais ce n'était pas assez pour donner à Avery un espoir auquel se raccrocher. La jeune femme s'inclina en silence, il en fit autant, et elle sortit.

Les soldats dépêchés par leur famille accueillirent les deux jeunes filles à l'extérieur du château. Bowen les étreignit avec chaleur, et ne lâcha Gillyanne qu'à contrecœur. Une fois à cheval, Avery ne se retourna pas avant qu'ils soient hors de vue de Cairnmoor.

— Ne sois pas triste, lui dit Gillyanne, qui chevauchait à côté d'elle.

— Il n'a pas prononcé un mot.

— Vous n'étiez pas seuls, et le problème de Katherine et Payton reste à régler.

— Et s'il n'avait rien à me dire ? Peut-être a-t-il simplement décidé que le silence était le plus gracieux des adieux.

Elle fit presser l'allure à sa monture, laissant sa cousine en arrière.

— Où est Leargan ? demanda Cameron à Payton, qui s'attabla à sa gauche.

— Parti chasser, répondit celui-ci en se servant dans les plats dressés pour le petit déjeuner.

— Ça vaut mieux pour lui.

— Ce n'était qu'un simple baiser.

— Vous auriez dû l'empêcher de lutiner votre sœur !

— Ça n'avait pas l'air de la déranger, et puisque personne ne semblait décidé à lui faire des adieux dignes de ce nom…

Cameron observa longuement le jeune homme qui mangeait comme si de rien n'était et lui lançait de temps à autre de brefs regards. Il y décelait de la colère, mais également une lueur amusée. Qu'avait donc bien pu lui dire Avery ?

La seule évocation de ce nom lui serra la poitrine, mais il tenta de se convaincre que ce n'étaient que ses bas instincts. Il avait trouvé dans les bras de cette jeune fille le plaisir le plus doux qu'il ait jamais connu, et n'importe quel homme à sa place aurait regretté de perdre une telle chose. Quand, dans quelques mois, les souvenirs qu'il avait d'Avery se seraient estompés et qu'il ne serait plus tenté de la comparer à toutes les autres femmes, il se chercherait une maîtresse. En subvenant ainsi à ses besoins bestiaux, il oublierait bientôt la jeune Murray. Le nez dans sa coupe de vin, il lui sembla entendre aussitôt la partie la plus cynique de son esprit se gausser.

— Vous avez dit que le mariage n'aurait lieu que dans quelques jours ? demanda Payton entre deux gorgées de cidre.

— Oui, je dois trouver un prêtre et prendre quelques dispositions. Il faudrait un peu de chance et beaucoup de travail pour que tout soit prêt dans une semaine, je préfère donc m'en laisser deux.

Cameron remarqua avec désarroi que deux servantes papillonnaient autour de Payton, jusqu'à ce que celui-ci les rappelle à l'ordre avec douceur.

— Est-ce toujours ainsi ?

— Je suis encore tout nouveau pour elles. Elles s'intéresseront bientôt moins à moi.

— La plupart des hommes tueraient pour avoir un tel effet sur les femmes, pour voir tant de proies leur tourner en permanence autour.

— C'est très superficiel…, éphémère, insignifiant. Mon oncle Eric avait le même problème – il l'a toujours, d'ailleurs. Comme il le dit, elles n'admirent qu'un amas de chair et d'os qui, par pur hasard, se trouve avoir une forme agréable à l'œil et pourrait très bien se retrouver défiguré par une blessure ou une maladie. Elles n'en savent rien, mais je pourrais ronfler assez fort pour les rendre sourdes, me comporter comme un porc, être le pire des lâches ou un amant grotesque. Quand je me sens sur le point de succomber à la vanité, je rentre auprès des miens. Ma famille sait me rappeler l'humilité, surtout Avery.

Encore cette douleur dans sa poitrine ! Quel que soit ce mal, Cameron espérait qu'il passerait vite. Il marmonna quelque vague excuse au sujet des réserves de Cairnmoor qui avaient besoin d'être inventoriées et quitta la grand-salle. Le regard de Payton était presque aussi dérangeant que celui de Gillyanne – de plus, les yeux du jeune homme, si semblables à ceux de sa sœur, lui donnaient envie de seller son cheval et de partir chercher Avery sur-le-champ.

Payton regarda le laird de Cairnmoor s'éloigner à grands pas. Cet homme était indéniablement déchiré par une lutte intérieure. Avery s'était choisi un soupirant bien torturé. Cameron MacAlpin ne savait pas comment accepter le cadeau qu'elle lui proposait, et faisait tout son possible pour ne rien lui offrir en retour. Payton avait tout intérêt à résoudre son affaire avec Katherine au plus vite, et pas seulement dans son propre intérêt. D'une façon ou d'une autre, Cameron devait prendre conscience de tout ce qu'Avery pouvait lui apporter avant de décréter qu'il n'avait pas besoin d'elle.

— Il est parti ? demanda Leargan en se glissant dans la pièce.

— Oui.

L'homme s'attabla et se mit à manger avec appétit.

— Je vous croyais parti chasser.

— Je me suis rendu compte que j'avais oublié de déjeuner, et il ne faut jamais chasser avec le ventre vide.

Tout en mâchant une grosse bouchée de pain, Leargan observa attentivement Payton.

— Vous savez tout, je me trompe ?

— Ne vous en faites pas, je ne vais pas le tuer, répondit Payton. Avery l'aime.

— Je sais, la pauvre. J'espère seulement que cet idiot finira par comprendre.

— Il faudra peut-être l'y aider… et pour cela, je dois tout d'abord m'occuper de ce mariage.

— Je suppose que vous n'êtes pas le père de cet enfant.

— Non, et je sais peut-être de qui il s'agit. Dites-moi, savez-vous épier une conversation sans vous faire remarquer ?

— Vous excuserez mon peu de modestie, mais je suis même très doué pour ça. Pourquoi ?

— Je vais tâcher de me retrouver seul avec ma charmante fiancée, et j'aimerais que vous nous écoutiez.

— Vous pensez pouvoir la pousser à admettre qu'elle ment ?

— Oui, mais ce serait sa parole contre la mienne, et il me faut un témoin en qui Cameron ait confiance pour appuyer ma version des faits. Êtes-vous prêt à jouer ce rôle ?

— Oh que oui. Bien sûr, apprendre que sa propre sœur lui a menti ne va pas beaucoup aider mon cousin.

Payton fit un geste désinvolte.

— Ne vous inquiétez pas, je les réunirai, Avery et lui.

— Vous pensez vraiment être à ce point persuasif ?

— Je peux l'être, mais Avery sera ma meilleure arme. Elle aime Cameron. Quel homme pourrait se refuser éternellement à une telle créature ?

Chapitre 22

Cameron ôta ses bottes, se leva… et se retrouva face à ce satané fauteuil. Il avait beau se répéter que ce n'était qu'un meuble, il pouvait passer des heures à le contempler, l'esprit hanté par des souvenirs brûlants. Depuis une semaine, il se levait tous les matins avec la ferme intention de le brûler – mais très vite, il se prenait à le regarder stupidement en tremblant. La nuit, il se couchait dans son lit douloureusement vide, face à lui, et attendait désespérément le sommeil.

Ces deux derniers jours, il avait essayé de noyer sa douleur dans la boisson, de remplir ce vide en lui avec du vin. Il s'était alors réveillé dans l'inévitable siège, le nom d'Avery sur les lèvres, et avait compris que l'alcool n'était pas un bon remède. Il n'osait imaginer ce qu'il avait pu raconter à Leargan quand celui-ci avait dû l'aider à gagner son lit.

Et voilà que maintenant, il broyait du noir. C'était pourtant le meilleur moyen de retomber dans ses sombres pensées, ce dont il n'avait aucune envie, car alors il retrouvait Avery, sa voix, son sourire, l'expression de son visage quand il la comblait… Cameron se demandait chaque fois ce qu'il aurait dû faire différemment. Les mots d'amour qu'elle avait laissé échapper quand la fièvre la rongeait le hantaient. C'était la première femme qui lui avait donné l'impression d'être beau… et aussi d'être le meilleur amant qui eût jamais existé, songea-t-il avec un tiraillement au niveau du bas-ventre.

Ruminer posait un autre problème : cela lui rappelait cette vérité qui rôdait aux confins de son esprit, sans cesse plus insistante. Cameron la mettait sur le compte de ses maux de tête et de cette douleur qui lui serrait la poitrine et refusait de passer, car il craignait que se résigner à l'entendre ne l'anéantisse complètement.

Cameron renonça à décocher un coup de pied dans le fauteuil et sortit de sa chambre. Il avait besoin de travailler, de se consacrer à un dur labeur qui le laisserait trop épuisé pour songer à la peau d'Avery. Dans la grand-salle, Payton et Leargan mangeaient de bon cœur et bavardaient comme de vieux amis. Il les salua d'un grommellement et s'apprêta à rejoindre sa place… mais remarqua alors le pot de confiture de mûres posé sur la table, près de ses scones. Cameron cracha un juron, jeta le récipient de toutes ses forces contre le mur et quitta la pièce à grandes enjambées.

— Je ne veux pas savoir ce qui l'a mis dans une colère pareille, déclara Leargan en regardant la confiture dégouliner le long du mur.

— Moi non plus, approuva Payton.

— Son état empire.

— Je parie qu'il ne dort pas beaucoup. En tout cas, il a arrêté de boire.

— J'aurais pourtant aimé qu'il se soûle au moins une dernière fois pour enfin découvrir ce que ce fauteuil lui a fait. (Ils éclatèrent de rire.) Allons, ne nous moquons pas. Il souffre, le pauvre.

— Et je suis sûr qu'il est tout près d'admettre pourquoi.

— L'accepterez-vous quand il épousera votre sœur ?

— Oui. J'ignore pourquoi elle aime ce grand bougre colérique, je l'avoue, mais c'est le cas, et rien d'autre ne compte pour moi ou mon clan.

— Et vous croyez qu'elle voudra encore de lui quand il aura entendu raison ?

— Absolument. Il devra bien sûr apaiser son courroux et sa douleur, mais il est bien trop tôt pour qu'elle ne l'aime plus… et à la vérité, elle en est sans doute incapable. Nous autres Murray, quand nous trouvons une âme sœur, c'est pour la vie. Ma sœur a de toute évidence décidé que Cameron était la sienne, et je ferai tout pour qu'elle le retrouve… au plus vite.

— Vous êtes donc très près de découvrir la vérité.

— Je crois. J'ai eu une fort agréable discussion avec les servantes qui ont accompagné Katherine à la cour, et elles se sont révélées d'une aide précieuse. J'ai également parlé à tante Agnes.

— Tante Agnes ? C'est une femme charmante, mais je n'aurais jamais cru que vous en tireriez quoi que ce soit d'intéressant.

— Quand on sait séparer le bon grain de l'ivraie dans ses bavardages, on y trouve des renseignements très précieux. Il était en revanche parfaitement absurde d'en faire le chaperon de Katherine.

— Je ne vous le fais pas dire. Vous pensez donc en avoir appris assez pour arracher des aveux à ma cousine ?

— Oui, et j'ai décidé d'appliquer un conseil que m'a donné Gillyanne avant de partir. Elle m'a suggéré de la mettre en colère. Selon elle, Katherine ne réfléchit plus à ce qu'elle dit quand elle s'emporte. Elle m'a même expliqué comment faire : je dois me refuser à elle.

— Vous ne l'aviez pas déjà fait ?

— Oui, mais aujourd'hui Katherine me croit pris au piège, et pense que vous êtes tous dupes. Après tout, elle a eu son brave mais pauvre amant, et son frère va lui offrir le riche mari qu'elle désire. Gillyanne a raison : il est temps de lui refuser tout ce qu'elle pense avoir gagné : mon lit, les visites à la cour de France, les faveurs de notre roi, mes terres et ma bourse. Elle ne pourra parader en ma compagnie qu'entre ces murs ou ceux de Donncoill.

— Mon Dieu, elle sera folle de rage.

— Exactement, acquiesça Payton en se levant. Je m'attends alors à ce que, pour riposter, elle se vante de toutes les victoires qu'elle se figure avoir remporté sur nous autres, les hommes.

— Et quand comptez-vous sonner le début de cette farce ? demanda Leargan en l'imitant, avec un signe de tête pour Anne et Thérèse qui venaient d'entrer.

— Ce soir, au cours d'une petite promenade dans le jardin.

— Excellent choix, je n'aurai aucun mal à m'y cacher.

Anne écarquilla les yeux.

— Mon Dieu, mais que s'est-il passé ? De la confiture ? C'est vous qui avez fait ça ?

— Non, madame, votre laird, répondit Payton.

— Je ne comprends pas, je pensais qu'il aimait ça, mais c'est le second pot qu'il gaspille.

— Le second ?

— Oui, nous avons trouvé une jolie serviette pleine de confiture en nettoyant sa chambre, le jour de votre arrivée. Il l'avait sûrement renversée, et c'est bien le genre d'un homme d'essuyer ses bêtises avec la première chose qui lui tombe sous la main. Cette serviette est bonne à jeter maintenant. Heureusement, nous avons réussi à nettoyer les draps et les peignoirs. Il y en avait même sur les fauteuils !

Payton et Leargan la contemplèrent sans piper mot, puis éclatèrent d'un rire si tonitruant qu'ils ne parvinrent à quitter la pièce qu'à grand-peine.

— Ah, les hommes, quelles étranges créatures ! dit-elle à Thérèse.

La Française contemplait le mur souillé avec perplexité.

— Qu'y a-t-il ? interrogea Anne.

Elle repensa à ce qu'elle venait de dire et aux regards des deux jeunes hommes avant que l'hilarité les emporte.

—Allons, ils n'auraient tout de même pas…

—Et si ! J'en connais deux qui aiment jouer avec leur nourriture !

—Eh bien, ma foi, la petite Avery, avec son minois si innocent… Je t'avoue que je préfère pour ma part la crème fouettée, et mon Ranald adore ça.

—Et nous, c'est plutôt le miel.

Anne et Thérèse laissèrent la corvée de nettoyer la confiture à quelqu'un d'autre et se servirent sur la table. Elles croisèrent en sortant Katherine et cachèrent la nourriture qu'elles venaient de dérober dans les replis de leurs robes en gloussant comme des petites filles.

Cameron, absorbé dans la contemplation de sa coupe, se demandait s'il devait une fois encore s'enivrer. Le labeur n'avait pas eu le résultat escompté, et les convives réunis autour de la table ne l'aideraient pas à se changer les idées. Payton et Leargan conversaient toujours comme s'ils étaient les meilleurs amis du monde, Katherine, ignorée de tous, boudait, et Iain subissait en silence l'un des interminables monologues de tante Agnes.

Avery lui manquait terriblement, et ce depuis son départ. Le temps n'y faisait rien, bien au contraire.

—Cameron, tu dois parler à nos serviteurs, annonça Katherine suffisamment fort pour interrompre Payton et Leargan.

— Pourquoi ? demanda-t-il sèchement.

Cameron devait sûrement paraître bien cassant, mais il commençait à se lasser des griefs le plus souvent mesquins de sa sœur.

— Ils volent de la nourriture et tiennent très mal cet endroit.

— Tout me semble plutôt propre ici. Et puis un vol est un crime grave, je te conseille donc de peser tes mots avant d'en accuser qui que ce soit.

— Il y avait de la confiture sur le mur ce matin même, et il a bien fallu plusieurs heures avant que quelqu'un daigne l'enlever.

— La confiture peut être très difficile à nettoyer, murmura Cameron avec un calme qu'il était loin de ressentir.

— Le mieux, c'est encore de la lécher, intervint Leargan.

— C'était sur le mur ! s'indigna Katherine.

La lueur amusée que Cameron surprit dans les yeux de Payton et Leargan n'apaisa guère le mauvais pressentiment qui le tenaillait.

— Eh bien, il est propre à présent. Et cette histoire de vol ?

— Quand je suis descendue pour petit-déjeuner ce matin, il n'y avait plus de crème ni de miel pour mes scones et mon porridge.

— Ça ne signifie pas qu'on les a dérobés pour autant.

— Je suis certaine d'avoir vu Anne et Thérèse cacher quelque chose dans leurs jupes.

— Pour la crème, je dirais Anne, entendit-il Leargan chuchoter à Payton. C'est le péché mignon de Ranald.

— Dans ce cas, c'est sans doute Hugh, le mari de Thérèse, qui a un faible pour le sucré.

Cameron s'affaissa dans son fauteuil et but une grande gorgée de vin. On avait découvert l'un des petits jeux auxquels il s'était livré avec Avery. Il aurait dû se sentir flatté d'être ainsi imité, lui qui n'avait jamais été un amant très aventureux jusque-là. Rien d'étonnant à ce qu'un plaisir aussi divin ait un prix.

— Puis, à midi, j'ai voulu de la confiture de fraises, et le page m'a annoncé qu'il n'y en avait plus, poursuivit Katherine. (Cameron grogna faiblement.) J'étais sûre qu'il mentait, et je suis donc descendue aux cuisines pour tirer cette affaire au clair.

— Je suis surpris que vous sachiez où elles se trouvent, déclara Payton.

— La cuisinière m'a répété la même histoire, et pourtant il y en avait un pot entier sur la table ! Elle a alors prétendu que la confiture s'était gâtée, et que je ne devais pas en manger. J'ignorais qu'une telle chose était possible.

Cameron décida qu'il ne servait à rien de faire comme si son secret n'avait pas éclaté au grand jour, et lança un regard à Payton et Leargan, qui secouèrent vigoureusement la tête en signe de déni.

— Eh bien, je suppose que c'est le cas. Notre cuisinière le sait mieux que nous.

— Mais alors explique-moi pourquoi, quand je suis plus tard allée donner une pomme à ma jument, j'ai vu Maude, la blanchisseuse, rentrer chez elle à toute allure avec ce même pot à la main ?

Cameron imagina la Grande Maude, une femme presque aussi haute que lui et plus lourde de plusieurs bonnes livres, se livrant à quelque jeu grivois avec son minuscule mari. S'il en jugeait par leur expression, Leargan et Payton en faisaient de même. Ce n'était certainement pas une image sur laquelle il souhaitait s'attarder, et il n'avait pas non plus l'intention d'annoncer à sa sœur ce qu'il était advenu de sa confiture.

— Puisque ce sont ces mêmes gens qui nous font à manger, nous ne pouvons pas leur en vouloir de s'accorder quelques menus plaisirs. Si de telles choses venaient à se renouveler trop souvent, sois sûre que je leur en parlerais.

— Et je serais à tes côtés pour te soutenir, cousin, renchérit Leargan, le regard pétillant de malice.

Cameron but de nouveau. Leargan savait très bien qu'il n'en ferait rien. Que pouvait-il leur dire ? « Arrêtez de badiner avec ma nourriture » ? Il espérait seulement que ces chapardages se raréfieraient au cours des prochains jours. Le laird songea alors à Hugh, Ranald, et leurs superbes femmes, et se promit de surveiller de près les réserves de crème et de miel.

— Excellent repas, Cameron, comme d'habitude, annonça Payton en se levant. Après avoir autant mangé, une petite promenade dans vos jardins m'aidera sûrement à digérer.

— Oh, quelle excellente idée ! s'écria Katherine en se précipitant à ses côtés.

— Elle l'était jusque-là, marmonna Payton en quittant la pièce avec elle.

L'homme ne faisait rien pour cacher l'aversion que lui inspirait la sœur de Cameron. Celui-ci voulut en toucher un mot à Leargan, mais son cousin se redressa sans un mot pour suivre le couple. Sa démarche de maraudeur éveilla aussitôt les soupçons de Cameron, qui se leva à son tour.

— Inutile d'aller dans le jardin avec ces jeunes tourtereaux, Leargan veille déjà sur eux, lui confia tante Agnes.

— C'est ce qu'il est parti faire ?

— Oui, il les suit chaque fois. C'est un garçon si délicat ! Il est toujours prêt à intervenir, mais il reste toujours hors de vue pour leur laisser un peu d'intimité. Tu peux aller te coucher tranquille, tu as tellement travaillé aujourd'hui.

Cameron sentit un frisson lui parcourir l'échine quand Agnes inspira profondément, sur le point de se lancer dans l'une de ses interminables tirades. Il n'avait aucune envie de froisser sa tante, mais il devait à tout prix découvrir ce que tramaient Leargan et Payton. Iain demanda alors à la vénérable dame ce qu'elle avait pensé du vin servi à table, et Cameron profita de ce répit pour s'éclipser. Tous les MacAlpin savaient qu'il ne fallait jamais poser une telle question à Agnes : elle se mettait alors à comparer ledit breuvage avec tous ceux qu'elle avait eu l'occasion de goûter jusque-là, avant de vous raconter où et dans quelles circonstances ces dégustations avaient eu lieu. Iain était pris au piège pour plusieurs heures. Cameron se promit de trouver un moyen de remercier son cousin pour son sacrifice.

Il se glissa aussi silencieusement que possible dans son jardin – fierté de sa mère puis d'Agnes après elle –, qui occupait une bonne partie de la cour intérieure du château. Payton était appuyé contre la margelle du puits autour duquel tout le clos était construit et Katherine, postée en face de lui, semblait particulièrement irritée par son futur époux. Cameron aperçut également une silhouette tapie à l'extrémité du parc, celle de son cher cousin. Le laird contourna furtivement le puits et s'assit sur un banc de pierre, sous une tonnelle. Il craignait de découvrir à quel point la vérité était abjecte, mais se força à écouter.

— Allons, Payton, mon amour, vous ne croyez pas que vous avez suffisamment boudé ?

— Non, je crois que je vais ruminer cette injustice encore un an ou deux.

— Ne soyez pas idiot, et pensez plutôt à tout ce que nous pourrions construire ensemble ! Vous trouverez du bon dans ce mariage.

— Je me demande bien quoi.

— Nous serons amants. Une telle passion pourrait exister entre nous !

— Non.

Katherine éclata d'un rire légèrement confus.

— Comment ça, non ? Nous serons mariés ! Vous serez bien forcé de m'accueillir dans votre lit !

— Jamais de la vie. Même si la concupiscence me dévorait, je ne vous toucherais pas, à plus forte raison tant que vous n'avez pas eu cet enfant.

— Ah, vous croyez qu'il ne vous ressemblera pas ?

— C'est fort possible, puisque je ne suis pour rien dans sa conception.

— Mais que gagnerez-vous à ne pas me faire l'amour ? Vous ne pouvez plus déclarer que je suis encore vierge, et si vous voulez prouver qu'un autre m'a pris mon hymen, sachez que ce sera votre parole contre la mienne. De plus, nous aurons déjà été vus à la cour comme mari et femme, et peut-être même à celle de France, car j'ai appris que vous comptiez vous y rendre bientôt…

— Je suis flatté, vous avez sans doute passé beaucoup de temps à vous renseigner à mon sujet, car c'est une chose que peu de gens savent. Mais pourquoi pensez-vous que vous m'accompagnerez dans ce voyage ?

— Je serai votre épouse.

— Et je pourrai donc faire de vous ce que bon me semble… or je n'ai aucune envie de vous traîner partout avec moi.

Le silence qui suivit était si pesant que Cameron se sentit immédiatement oppressé. Il comprenait ce que Payton avait en tête, et devait bien admettre que son plan était particulièrement bien pensé. Katherine était en train de révéler que ce n'était ni l'amour ni le désir qui la poussaient à le pourchasser. Elle voulait se pavaner de cour en cour, se repaître de sa gloire et de l'envie des autres femmes. Cameron sentait qu'il ferait bientôt des découvertes encore plus sinistres, car chaque nouvelle rebuffade de Payton rendait Katherine d'autant plus folle de rage. La façon la plus sûre de faire du mal au jeune homme était de lui révéler la vérité, de lui montrer à quel point il était pris au piège.

— Vous devez m'emmener avec vous, bredouilla-t-elle, en furie. Où serai-je pendant que vous, vous voyagerez d'une cour à l'autre ?

— Vous pourrez rester ici avec votre frère… et puis il y a aussi ma famille, à Donncoill.

— Vous ne pouvez pas faire ça.

— Au contraire, je fais exactement ce que je veux. Vous serez obligée de m'obéir… au moins jusqu'à la naissance de cet enfant, et alors je vous répudierai.

— Oh que non.

— Il n'est pas de moi.

— Croyez-moi, il nous ressemblera assez pour que personne ne vous croie.

— Je vois que vous avez tout prévu. Vous vous êtes trouvé un amant roux et aux yeux marron. J'ai vu ce garçon, et c'est vrai, nous pourrions être frères. On dirait également qu'il était suffisamment fertile. Pourtant, Katherine, vous avez commis une grave erreur.

— Je ne vois pas laquelle. Vous n'auriez jamais dû me repousser, Payton. Si vous pensez pouvoir me cantonner ici, vous vous trompez. Mon frère ne vous laissera pas m'humilier de la sorte.

— Il apprendra bientôt que vous vous êtes couverte de honte toute seule, et que vous n'avez cessé de lui mentir. Emportée par votre propre cupidité, vous vous êtes servie de nous tous.

— Je ne comprends pas pourquoi vous pensez que l'arrivée de cet enfant va changer quoi que ce soit. Il aura les cheveux noirs ou roux, et les yeux bleus ou marron. Il ressemblera aux membres de ma famille, ou à ceux de cette grande horde que vous appelez votre clan.

— C'est vrai, Malcolm Saunders est roux… Il a aussi une grosse tache de naissance sur le derrière.

— Allons, c'est ridicule.

— Vous devriez pourtant le savoir mieux que personne, mais peut-être n'avez-vous fait l'amour avec lui que dans l'obscurité, à moins que vous n'ayez pas pris le temps de bien regarder le beau corps dont vous tiriez parti. Mais c'est vrai, ce n'est qu'un pauvre écuyer, un simple outil pour vous.

— Malcolm n'a pas de tache de naissance ! Comment pourriez-vous être au courant, de toute façon ?

— Mon écuyer l'a vue un jour qu'ils nageaient ensemble. Gil prétend qu'elle ressemble au château de Stirling, et couvre presque entièrement sa fesse gauche. Mais peut-être vous intéressiez-vous plus à sa… stature. Elle est, paraît-il, des plus impressionnantes.

— Le jeune Gil sait de drôles de choses, pour un homme en tout cas.

— Oh, tout le monde à la cour a entendu dire à un moment ou un autre à quel point ce Malcolm est bien monté. Est-ce vraiment le cas, d'ailleurs ?

— Vous êtes jaloux ? J'ai ouï dire que vous n'êtes pas loin de l'égaler.

— Vous n'en saurez jamais rien. Vous ne me verrez jamais entre vos cuisses avant la naissance de l'enfant, et quand ce dernier viendra au monde, j'aurai enfin la preuve dont j'ai besoin pour me tirer de vos griffes.

— Soyez maudit, cet enfant n'aura jamais une telle marque – si votre histoire est seulement vraie. Vous essayez de m'abuser.

— Croyez-le ou non, Katherine, mais parfois la vérité est bien plus redoutable que les mensonges. La tache qui révélera à tous votre infamie sera bien là. Chaque premier-né d'un Saunders l'arbore sans exception.

— Malcolm est le septième fils de son père !

— Oui, mais c'est aussi le premier enfant que lui donna sa troisième épouse.

Cameron enfouit la tête dans ses mains. Sa sœur les avait tous dupés. Elle avait peut-être même prévu tout ceci dès que Payton l'avait éconduite. Il n'aurait jamais soupçonné cette affaire d'être aussi sordide et compliquée. Et dire qu'il avait chassé la femme qu'il aimait pour cette enfant perfide et trop gâtée !

Et soudain, la vérité avec laquelle il se débattait surgit des confins de son esprit, refusant d'être muselée plus longtemps. Il aimait Avery, avec une effrayante intensité.

Cameron quitta sa cachette.

— Peu importe, mon frère me croira, cracha Katherine. Il ne vous laissera jamais me répudier.

— Oh si, et avec plaisir, annonça Cameron en venant se placer aux côtés de Payton. En fait, une autre révélation de ce genre et je le fais moi aussi.

Katherine avait au moins le bon sens de paraître effrayée. Du coin de l'œil, il vit Leargan se rapprocher.

— Cameron, il s'est joué de moi ! Il m'amène à dire des choses horribles ! Ce n'est pas ce que tu crois.

— Tais-toi. Oh, j'avais des doutes, et j'avais même découvert quelques-uns de tes mensonges, mais je pensais que tu avais des sentiments pour ce garçon, et même que vous aviez brièvement été amants – ce que j'ai eu de plus en plus de mal à croire en apprenant à connaître sir Payton. Pourtant je n'aurais jamais soupçonné que la vérité soit aussi sordide. Vois-tu, imbécile que j'étais, je me figurais que tu avais encore un peu de cœur… mais il n'y a plus rien là-dedans.

— Cameron, laisse-moi t'expliquer…

— Expliquer quoi ? Que tu te moques de détruire des vies tant que tu obtiens ce que tu veux ? Doux Jésus, tu as commencé par accuser cet homme de viol ! Il aurait pu se faire tuer pour ça. J'aurais dû mettre un terme à toute cette comédie quand j'ai compris que tu mentais déjà sur ce point. Hors de ma vue, et ce jusqu'à ce que j'aie traîné ce Malcolm Saunders ici pour qu'il t'épouse.

— Mais ce n'est qu'un écuyer pauvre et sans terres !

— Il le sera moins quand il aura reçu ta dot. Déguerpis, Katherine, et vite.

La jeune fille obtempéra aussitôt au grand soulagement de Cameron, qui craignait de céder à une envie impérieuse de la gifler.

— Dites-moi, vous deux, je suppose que vous préparez ça depuis une semaine ? demanda-t-il à Payton et Leargan.

— En effet, répondit le jeune Murray. Avery et Gillyanne avaient déjà découvert une partie de la vérité avant de partir, et j'ai fini leur œuvre. Cela dit, en toute honnêteté, le nom de Malcolm Saunders n'était qu'une supposition – bien fondée, certes, mais une supposition tout de même.

— Et je parie qu'il n'a pas de tache de naissance qui ressemble au château de Stirling.

— Non. Et si l'on en croit Gil, s'il en avait une, personne ne pourrait la voir à travers l'épaisse fourrure rousse qui lui couvre le derrière.

Cameron aurait assurément éclaté de rire s'il n'avait pas été aussi anéanti.

— Mais ce Malcom est bien membré.

— Comme un étalon, selon la rumeur.

— Soit. Payton, je suppose que vous êtes libre. Leargan, je veux que tu me trouves cet écuyer gâté par la nature et que tu le ramènes ici pour qu'il épouse Katherine. Étant donné la beauté de ma sœur et la taille de sa dot, il ne devrait pas faire trop d'histoires.

— Cameron, j'ai à vous parler, annonça Payton alors que le laird s'éloignait.

— À quel sujet ?

— Avery.

Cameron inspira si brutalement qu'il faillit suffoquer.

— Je ne pourrai pas en supporter davantage aujourd'hui, répondit-il avant de repartir, bien décidé à noyer ses tourments dans le vin.

— Le pauvre, murmura Leargan. Cette révélation lui a brisé le cœur.

— Pire encore, si vous voulez mon avis, il n'a pas découvert que la trahison de Katherine aujourd'hui.

— Comment le savez-vous ? Vous êtes comme Gillyanne, vous aussi ?

— Oh non, je trouve seulement qu'il est bien retourné pour un homme qui avait déjà déduit une grande partie de ce que Katherine a avoué ce soir. On l'aurait juré mortellement blessé. Allons, il est temps pour nous d'aller chercher le futur époux de votre cousine.

— Vous venez avec moi ?

— Oui. J'ai bien l'impression que votre laird est parti se réfugier un certain temps dans la boisson et qu'il ne voudra pas entendre un mot sur Avery avant que Katherine soit mariée.

— Vous croyez qu'il vous écoutera alors ?

— Oui, même si je dois pour ça l'attacher à ce fauteuil qui le perturbe autant, répondit Payton en riant.

Chapitre 23

Cameron leva très doucement la tête et contempla avec méfiance la potion qui trônait devant lui. Comment avait-il pu s'immerger à ce point dans le vin et l'accablement ? Ces quatre derniers jours ne l'avaient très certainement pas laissé indemne. Un regard dans la grand-salle lui apprit que le mariage de Katherine avait bien eu lieu. Il ne restait plus avec lui que Leargan et Payton, qui venait de poser sur la table le remède en question. Les deux hommes le contemplaient avec ce qui ressemblait beaucoup trop à de la pitié à son goût, ce qui lui donna la force de boire le breuvage d'une traite.

— Mon Dieu, pourquoi les remèdes sont-ils toujours infects ? demanda-t-il en frémissant.

Il vida aussitôt la coupe de cidre coupé à l'eau que Payton lui tendait.

— Je me suis souvent posé la même question, répondit celui-ci en poussant une assiette remplie de tranches de pain devant lui. Mangez, la mie absorbera le vin et aidera la potion à faire effet.

— Que faites-vous encore là ? interrogea Cameron en mâchonnant.

— Je voulais m'assurer que Katherine était bien mariée.

— Eh bien, c'est le cas, et vous êtes hors de danger à présent. Leargan peut vous trouver deux ou trois solides gaillards pour vous raccompagner à Donncoill – ils devraient pouvoir repousser toutes les jeunes filles qui vous assailliront sur la route.

— Vous êtes un hôte si prévenant… mais je ne suis pas encore prêt à partir.

— Katherine est encore là ? demanda Cameron, affolé.

Payton voulait peut-être voir le rideau se refermer sur ce désastre avant de retrouver les siens.

— Non, elle nous a quittés il y a quelques heures, non sans se plaindre d'être envoyée dans un domaine si reculé et avec un misérable écuyer pour mari, répondit Leargan en souriant devant le soulagement de son cousin. Tu n'as plus besoin de boire pour te retenir de l'étrangler.

— Est-ce que j'ai au moins rencontré Malcolm le jeune étalon ?

— Oui, tu t'en souviendras sûrement quand tu auras les idées un peu plus claires. C'est un brave homme, agréable et poli, mais Katherine découvrira bientôt qu'il est assez intelligent pour voir clair dans son jeu, et qu'il a assez de caractère pour lui tenir tête. Ne prends pas cet air, il ne lèvera pas la main sur elle. De plus, toute cette histoire l'enchante : lui, le petit écuyer sans terres, est devenu un chevalier avec un domaine, une belle femme et un enfant à naître.

— Comment ça, un chevalier ?

— En chemin pour aller le chercher à la cour, nous nous sommes arrêtés chez son père pour lui annoncer la bonne nouvelle, expliqua Payton. Sir Saunders a alors décidé de se démener pour offrir à son fils de vingt-trois ans un titre de chevalier. Cependant, le laird chez qui il servait n'avait aucune envie de faire former de nouveaux écuyers, et il lui a tout d'abord refusé ce titre. Sir Saunders a crié le plus fort, et c'est bien le chevalier sir Malcolm qui s'est présenté à son mariage, même s'il préfère attendre un peu avant d'en informer sa nouvelle épouse.

— Il a peut-être exactement ce qu'il faut pour dompter ma sœur.

— De plus il peut compter sur sa grand-mère et sa tante Grizel, deux femmes robustes et dotées d'un fort caractère. Oh, sans oublier les quatre filles de cette dernière.

— Ni son frère et sa femme… et la sœur de celle-ci.

— Doux Jésus, le domaine que je leur ai donné peut-il accueillir tous ces gens ? demanda Cameron.

— Ne t'inquiète pas, le rassura Leargan. Katherine s'est bien plainte de ne pas avoir une chambre à elle avec tous ces inconnus venus profiter du cadeau qu'elle offrait à Malcolm, mais celui-ci lui a répondu que le cadeau en question venait de toi, et qu'elle n'aurait de toute façon pas besoin de chambre quand elle aurait un époux qui lui tiendrait bien chaud toutes les nuits.

À sa grande surprise, Cameron éclata de rire.

— J'aurais bien voulu voir ça.

— Tu n'en as pas manqué autant que tu le penses : tu étais soûl, mais pas ivre mort, et tu as bien tenu. Les Saunders ont compris que tu buvais autant pour te retenir de donner une bonne fessée à dame Katherine. Malcolm a même déclaré que parfois, c'était la seule chose à faire, sa grand-mère a ajouté que pour sa part, elle ne se gênerait pas, et veillerait à ce que le bon laird Cameron ne soit plus importuné par cette ingrate.

— Et à ce qu'elle apprenne à être une bonne épouse pour ce brave garçon, poursuivit Payton. Il faudra quelque temps avant de savoir si Katherine est assez sage pour les écouter, mais si c'est le cas, Malcolm sera un mari idéal pour elle. La famille de ce dernier s'emploiera certainement à lui faire entendre raison. En fin de compte, vous pouvez vous estimer heureux qu'elle ait choisi de se servir de lui, car vous vous retrouvez pour régir ses terres avec un honnête homme sur qui vous pourrez compter – sans parler des membres de sa famille. Ils ont conscience que vous auriez très bien pu renvoyer les deux jeunes époux sans leur donner un sou. Ils ne s'attendaient pas à un tel cadeau, car c'est ainsi qu'ils considèrent la dot de Katherine.

— Je ne veux plus la voir ici, mais je ne pouvais pas la laisser sans rien.

— Et quand bien même elle penserait vivre un calvaire, ces gens s'occuperont bien d'elle. Elle découvrira bientôt qu'il y a une différence entre ce qu'elle croit nécessaire et ce qui l'est vraiment. Malcolm est désormais chevalier, laird d'un petit domaine, et il a pris son frère pour conseiller. Sir Saunders, un laird pauvre, voit ses deux plus jeunes fils obtenir bien plus qu'il ne pouvait leur en donner, ou même espérait pour eux. Tout va pour le mieux dans le meilleur des mondes… Sauf pour vous, et pour ma sœur. Cameron, il est temps d'en discuter.

Cameron avait beau se répéter que Payton avait huit ans de moins que lui, cela ne suffisait pas à atténuer la force de ses paroles. Il aurait voulu dire au jeune Murray que ce qui s'était passé entre Avery et lui ne le regardait pas, mais il savait qu'il n'en était rien. Payton était le frère de la jeune fille, et c'était aussi un homme qu'il avait accusé à tort. Le laird décida donc d'avoir cette conversation tant redoutée, et de cacher à quel point elle le torturerait.

— Il n'y a pas grand-chose à dire, répondit-il.

Une ultime tentative pour ne pas remuer des sentiments étouffés par tout le vin qu'il avait bu, et les nausées qui avaient suivi.

— Même si ma sœur ne m'avait rien révélé, n'importe qui à Cairnmoor aurait pu le faire. Katherine tenait, je le crains, à ce que toute votre maisonnée en soit avisée. Estimez-vous heureux qu'Avery ait été la première à m'en parler, car bien des frères, dans les mêmes circonstances, auraient pu vouloir vous le faire payer. Je suis persuadé qu'à l'heure actuelle, mon père donnerait cher pour vous découper en petits morceaux – très lentement. Ma mère l'y aiderait sûrement.

— Et pourtant, je suis encore en vie. Puisque votre père n'est pas en train d'enfoncer mes portes, je suppose qu'Avery ne lui a encore rien dit.

— Et elle ne le fera pas. Alors, voulez-vous de ma sœur ?

Surpris par la brusquerie de cette question, Cameron répondit sincèrement :

— Oui, mais ça ne sert à rien. Je l'ai renvoyée sans un mot, tout ça pour un mensonge. J'aurais dû…

— Non, l'interrompit Payton, la main levée. Ce n'est pas à moi que vous devez vous confesser, mais à elle. (Il se pencha vers lui.) Voulez-vous épouser Avery ?

— Oui, acquiesça Cameron avec une promptitude qui l'étonna.

Suite à la trahison de sa fiancée, il s'était pourtant résolu à ne jamais se marier, et pas une seule femme depuis n'avait pu le faire changer d'avis… Jusqu'à ce qu'il rencontre Avery.

Cameron avait bien essayé de la chasser de ses pensées, de son cœur, mais il avait lamentablement échoué. Il avait passé une semaine à tenter de se convaincre qu'ils n'avaient partagé qu'une passion charnelle, et qu'il regrettait seulement que leur liaison se soit terminée avant que leurs appétits se soient taris… mais tout avait volé en éclats cette nuit où, dans le jardin, il avait découvert ce que les mensonges de sa sœur lui avaient coûté. Cameron avait enfin compris pourquoi il souffrait tant depuis le départ d'Avery, et, conscient de ne rien pouvoir y faire, il avait sombré dans l'une des périodes les plus noires de son existence. Aujourd'hui, le propre frère d'Avery lui offrait de la retrouver. Seul un fou aurait laissé passer une telle chance.

— Une dernière question, dit Payton. Vous l'aimez ?

Cameron, le regard plongé dans sa coupe de cidre, décida que cet homme méritait une dernière réponse parfaitement sincère.

— Oui.

— Bien ! Dans ce cas, voilà ce que nous allons faire...

— Tu rumines.

Avery se détourna de la fenêtre et adressa un petit sourire à sa cousine Elspeth. Elles étaient montées dans cette tour bien éclairée pour se consacrer à leurs tapisseries. Tandis qu'Elspeth travaillait paisiblement, Avery avait tout d'abord longuement contemplé son aiguille et sa laine, avant de se lever pour en faire de même avec le paysage. Cameron se serait-il battu pour elle si elle avait été aussi belle que sa cousine ?

— Avery, ai-je fait quelque chose pour t'offenser ?

Il était parfois si irritant de vivre au sein d'une famille où tout le monde semblait capable de deviner la moindre de vos pensées !

— Non, répondit-elle en s'asseyant sur un banc, sous la grande fenêtre voûtée. Je te trouve tellement belle, avec tes cheveux noirs et ces grands yeux verts ! Tu ressembles plus à ma mère que moi. Pour tout te dire, je suis un peu jalouse. Un beau frère, de belles cousines...

— Mais tu l'es toi aussi ! D'accord, tu n'as pas le genre de beauté que chantent les ménestrels, mais moi non plus. Tu n'aimes peut-être pas la couleur de tes cheveux, pourtant regarde comme ils sont épais, longs et soyeux ! Tu te trouves trop maigre ? Dis-toi que, même si certains idiots lorgnent les poitrines rebondies, tu es vigoureuse, en pleine santé, et incroyablement gracieuse. Ta peau est pure, douce…

— Et j'ai de bonnes dents.

— Oui, aussi, répondit Elspeth en riant. Tu sais, Avery, bien peu d'entre nous ressemblent aux femmes dont on parle dans les poèmes. Tu as déjà rencontré beaucoup d'hommes qui en seraient dignes ?

— Payton, ton Cormac et oncle Eric s'en rapprochent.

— Ils sont trop roux, même si ça n'a jamais empêché ces dames de se jeter à leurs pieds. Cormac m'a un jour dit que la première chose qui l'a attiré chez moi, c'est ma voix. (Avery ouvrit grands les yeux.) Oui, et puis ma bouche. Il m'a fait d'autres confidences aussi, mais même si elles me ravissent, je ne suis pas sûre qu'elles soient si flatteuses que ça. Il prétend aimer mes cheveux parce qu'ils sont toujours un peu ébouriffés. Et selon lui, j'ai des pieds adorables. Avery, cet homme ne t'aurait pas fait l'amour s'il ne te trouvait pas belle. Allons, ne fais pas cette tête, ça ne saute pas aux yeux.

— Alors comment l'as-tu découvert ?

— À ta façon de ruminer. J'y reconnais la nostalgie de celle qui a perdu bien plus qu'un joli visage. Ta mère a-t-elle deviné elle aussi ?

— Je le crois. Elle essaie sans cesse de me parler, et je trouve qu'elle me regarde d'un peu trop près, c'est d'ailleurs pour ça que je voulais venir te rendre visite. Je lui ai dit que tu souhaiterais sans doute en apprendre autant que possible au sujet du père d'Alan… mais te voilà qui arrive ici pendant que Cormac est à la cour.

— Je suis vraiment navrée. (Elspeth soupira.) Promets-moi qu'il traitera bien mon Alan.

— Ne t'inquiète pas. Il nous l'a déjà prouvé, tu ne crois pas ? Après tout, il avait parfaitement le droit de simplement vous l'arracher sans autre forme de procès.

— Tu as raison, il a accepté de faire les choses progressivement, signe qu'il se soucie de ce que peut ressentir son fils. Ça m'aidera aussi à supporter cette séparation, même s'il occupera toujours une grande place dans mon cœur. Tu n'as vraiment aucune chance de devenir la dame de Cairnmoor ?

— Je l'ignore.

— Et pourtant, ce Cameron et toi, vous avez…

Avery s'adossa contre le mur de pierre et raconta aussi succinctement que possible son aventure avec le laird de Cairnmoor. Elle expliqua à Elspeth comment ce qui n'était au départ qu'une vengeance avait pris un tour nouveau, et lui parla de la méfiance que Cameron nourrissait à l'égard des femmes.

— Doux Jésus, trois ans d'abstinence, murmura Elspeth après être restée pensive un long moment.

— Ce qui pourrait expliquer qu'il m'ait désirée.

— Non, s'il ne s'était agi que de cela, un ou deux tours sous les draps lui auraient suffi. Il ne cherchait pas qu'à soulager ses bas instincts.

— Je me plais à le croire ; c'était assurément le cas pour moi. Il m'a même vertement réprimandée quand j'ai dit qu'il me troussait. L'expression l'a mis très en colère.

— Avery, voilà qui devrait te donner de l'espoir.

— Tu le crois vraiment ?

— Oui, et je pense que toi aussi, même si tu as peur de te l'avouer. Un homme qui ne ressent que du désir pour une femme ne se souciera pas de la façon dont elle appelle leurs ébats. Si tu es furieuse, il essaie à la rigueur de t'adoucir avec quelques flatteries, mais guère plus.

— Pourtant, il m'a laissée partir, geignit Avery avec une voix de petite fille qui la fit grimacer.

— Il était obligé, et tu le sais. Tu cherches seulement une raison de te lamenter sur ton sort. Le problème pour lui sera de te reconquérir – ce qui se révélera sans aucun doute plus compliqué pour lui que pour toi.

— Mais comment cette histoire pourrait-elle l'être davantage ? Il a demandé Payton en guise de rançon puis l'a forcé à épouser sa maudite menteuse de sœur ! Mon malheureux frère doit vivre un véritable enfer à l'heure qu'il est !

— Mon Dieu, quel sens du tragique !

— Je te remercie.

— Tu dis que Cameron, qui pensait tout d'abord Payton coupable de viol, a finalement décidé que le mariage aurait lieu une, voire deux semaines après son arrivée. Il lui a laissé le temps de prouver que Katherine ment.

— Mais pourquoi ne pas le faire lui-même, s'il doute de sa sœur ?

— Tu le sais aussi. N'aurais-tu pas du mal à le croire, si l'un d'entre nous commettait une telle infamie ? Il en va de même pour Cameron avec sa sœur… jusqu'à ce qu'il l'entende se confesser.

— J'aimerais que tu arrêtes.

— Quoi donc ?

— De me priver de toutes mes raisons de ruminer.

Elspeth éclata de rire, et Avery en fit de même – c'était pourtant la vérité : elle avait besoin de cela pour expliquer sa souffrance et ne plus penser au silence de Cameron. Il était trop douloureux d'en conclure que cet homme ne voulait tout simplement pas d'elle. La jeune fille était perdue dans ces sombres pensées quand Elspeth s'assit et l'étreignit.

— Tu es désespérément amoureuse.

— Oui, murmura Avery. J'ai l'impression qu'une part de moi a disparu, que sans lui, je ne profiterai plus jamais de la vie.

— Je vois de quoi tu parles. Il est bon amant ?

— Diablesse ! Je le crois. C'est étrange, mais il ne semble pas le savoir lui-même. Lors de notre dernière nuit, il m'a avoué avoir essayé des choses dont il avait simplement entendu parler jusque-là. J'ai eu l'impression qu'il n'avait jamais été aussi… aventureux qu'avec moi.

— Cormac avait lui aussi admis ne pas être très audacieux d'ordinaire, ce qui était étonnant pour qui avait connu la catin qui l'avait pris dans ses filets. Cela dit, il est vrai qu'elle jouait à l'innocente victime : elle ne pouvait pas se montrer trop entreprenante sous les draps, tu comprends. Oserai-je te demander ce que tu entends vraiment par « aventureux » ?

— J'avais raison, tu es vraiment diabolique !

— Allons, les hommes discutent bien entre eux, alors pourquoi pas nous ?

— Bien dit... Voyons, avez-vous déjà joué avec de la nourriture ? interrogea Avery en souriant.

Le regard incrédule d'Elspeth fut bien assez éloquent.

Avery examina la lettre qu'on lui avait remise moins d'une heure auparavant. Elle était descendue de la tour d'une humeur presque joviale, mais cette missive de Payton avait eu raison de ses bonnes dispositions. Après un repas rapide, elle était remontée la lire – ce qu'elle n'avait toujours pas fait. La perspective d'avoir des nouvelles de Cairnmoor la rendait à la fois inquiète et pleine d'espoir.

— Mais lis-la, pour l'amour de Dieu !

— Elspeth ! Je ne peux plus maintenant que tu es là.

— Et alors ? demanda la jeune femme en s'asseyant à côté d'elle sur le banc. Je n'ai parlé de cette lettre à personne ; si tu le souhaites, je ne dirai non plus rien de son contenu.

— Vraiment ? Même si elle est de Payton ?

— Oui. Après tout, il n'est pas réellement en danger.

Avery acquiesça, mais elle hésitait toujours. Payton annonçait-il que tout allait pour le mieux et qu'il avait enfin démasqué Katherine ? Si c'était le cas, pourquoi lui avoir fait parvenir ce message dans un tel secret ? Avait-il dû épouser cette scélérate ? Même si elle passait outre à ses sentiments pour Cameron, le secret qui entourait cette lettre ne lui disait rien qui vaille.

— Tu as peur d'y apprendre quelque douloureuse vérité au sujet de Cameron ?

— D'une part, et de l'autre je n'aime pas tous ces mystères.

— Allons, tu connais Cameron et les gens de Cairnmoor. Crois-tu que Payton soit en danger là-bas ?

— Non, même si Katherine pourrait très bien le rendre sourd avec ses hurlements. Gilly a suggéré à notre cousin de lui refuser tout ce que ce mariage pourrait lui apporter. Selon elle, la colère pourrait pousser cette charmante jeune femme à cracher la vérité.

— Lors d'une crise de rage particulièrement violente ? Ça pourrait marcher.

— Payton l'a sans doute fait de toute façon, ne serait-ce que pour se venger.

— Mais tu crains que cette lettre ne t'enlève tout espoir de retrouver ton laird.

— Oui. Notre clan en voudra forcément aux MacAlpin si Payton est maintenant marié. Comment pourrais-je braver les nôtres pour être avec lui ? Et supposons que mon frère ait finalement prouvé que Katherine ment… Cameron se reprochera forcément son aveuglement. Dans un cas comme dans l'autre, il n'aura aucune envie de me voir.

— La culpabilité et l'embarras, deux émotions qu'un homme n'aime pas affronter, et qui peuvent parfaitement lui clouer les pieds au sol. Veux-tu que je lise cette missive pour toi ?

Ce n'était peut-être pas très courageux, mais Avery tendit le pli à sa cousine.

— Quelle importance, après tout ? Que le mariage ait eu lieu ou non, Cameron pensera que nous ne pouvons pas être ensemble, quoique pour des raisons différentes.

— Ne sois pas ridicule, nous allons bien trouver un moyen d'arranger la situation.

— Comment ?

— Voyons tout d'abord ce que Payton veut te dire.

Avery se tordit les mains en attendant qu'Elspeth en ait fini avec la lettre. Elle se demanda bientôt si sa cousine lisait particulièrement lentement, ou si elle avait besoin de parcourir la missive plusieurs fois – ce qui n'aurait pas été de bon augure.

— C'est une mauvaise nouvelle, je le sens, soupira-t-elle, n'y tenant plus.

— Non, mais c'est très étrange, répondit Elspeth. Payton veut que tu viennes le rejoindre, mais il n'explique pas pourquoi. Il écrit seulement que c'est en rapport avec ce mariage, et certaines choses qu'il a découvertes.

— Tu crois qu'il a besoin de mon aide ?

— Peut-être, mais pourquoi alors avoir envoyé ce message en secret ? Doux Jésus, j'espère qu'il n'a pas découvert que le père de cet enfant est bien un Murray. Voilà qui expliquerait pourquoi il ne veut parler qu'à toi, car tu en sais plus que quiconque sur cette affaire.

— Si c'est l'un des nôtres, il ferait bien de fuir Cairnmoor à toutes jambes, car il ne sera certainement plus le bienvenu chez nous quand la vérité éclatera : *maman* n'apprécie guère toute cette histoire. Il ne me reste plus qu'à répondre à l'appel de Payton… mais comment suis-je censée le retrouver ? Cairnmoor n'est pas la porte à côté, et même si nous nous rejoignions à mi-chemin, je devrais néanmoins m'absenter au moins trois jours.

— Et si Katherine n'est pas encore mariée, je vois mal les MacAlpin laisser le seul prétendant à leur disposition s'éclipser.

— Non, en effet.

— Quoi qu'il en soit, il veut que tu ailles dans une petite église proche de Cairnmoor. Tu dois quitter discrètement Donncoill cette nuit pour retrouver les hommes qui te mèneront à lui. Il mentionne un Leargan, un Petit Rob, un Colin, son écuyer Gil et deux de ses servants, Jamie et Thomas. Je me demande d'ailleurs bien comment ces derniers l'ont rejoint.

Avery, préoccupée, écarta la question de sa cousine d'un haussement d'épaules. Elle n'avait aucune envie de s'aventurer si près de Cairnmoor, pas tant que Cameron n'avait rien fait pour la retrouver. Et que pouvait-elle dire à ses parents ? Après ce qui lui était arrivé, sa famille deviendrait folle si elle disparaissait pendant une semaine.

— Je ne veux pas inquiéter les nôtres.

— Payton a écrit un autre message à remettre plus tard à Nigel et Gisele. Ne t'inquiète pas, je ferai tout pour les calmer, je leur parlerai même de cette lettre-là.

— Soit, soupira Avery, envahie par une profonde tristesse.

Elle ravala un sanglot, chose qui se reproduisait bien trop souvent depuis qu'elle avait quitté Cairnmoor. La jeune fille avait espéré que Payton lui révèle à quel point elle manquait à Cameron, voire qu'il avait échafaudé un plan pour la reconquérir.

— Avery, il ne s'est passé qu'une semaine, et manifestement, cette question de mariage n'est pas encore réglée. Ne perds pas espoir.

— J'essaie, mais c'est très dur sans mots doux ni promesses pour l'entretenir.

— Cameron n'a peut-être rien dit, mais je pressens qu'il tient à toi. Tu sais, les hommes ont parfois plus de mal que nous à comprendre ce genre de choses. Gillyanne n'a-t-elle pas affirmé que vous vous retrouveriez ? Tu sais que tu peux te fier à son instinct… et tu devrais aussi écouter ton cœur.

— Pour l'instant, il se sent juste terriblement blessé, et les messages qu'il m'envoie sont tout sauf clairs.

— Quoi qu'il en soit, tu dois d'abord découvrir ce que veut Payton. (Elspeth incita Avery à se lever.) Je t'aiderai à sortir d'ici. Quand tu sauras de quoi il retourne, il ne tiendra qu'à toi de décider si tu veux continuer jusqu'à Cairnmoor et affronter ton grand chevalier noir.

— Pour le pousser à me parler enfin ?

— Oui. C'est ce que je ferais.

— Avant, ou après l'avoir assommé ?

Elspeth éclata de rire, mais toutes deux savaient qu'elle ne plaisantait pas tout à fait.

Chapitre 24

Assis sur son lit, Nigel regardait avec inquiétude sa femme faire les cent pas et marmonner en français. La nuit était bien avancée et il voulait se coucher, mais devait attendre pour cela que Gisele soit calmée. Il ne comprenait pas vraiment pourquoi elle était si furieuse. Avery ne courait aucun danger, Payton avait été très clair à ce sujet dans sa lettre. Leur fille en voudrait sans doute à son frère et à ce sir Cameron, mais Nigel était persuadé que cela ne durerait pas. À en juger par la tristesse qui accablait la jeune fille depuis son retour, il était sûr qu'elle aimait Cameron – et Payton était du même avis.

Son fils était un homme libre, et Avery aurait bientôt celui qu'elle appelait « son chevalier noir ». Tout bien considéré, Nigel ne voyait qu'une ombre au tableau : on avait volé le seul pot de miel noir du château – son favori. Elspeth avait eu l'air bien coupable quand elle l'avait entendu se plaindre, mais elle avait disparu avec un Cormac fraîchement revenu beaucoup trop vite pour qu'il l'interroge sur la question.

— Nigel, tu m'écoutes ? fit Gisele en se plantant devant lui.

— À vrai dire, non. Je me demandais ce qui a bien pu arriver au dernier pot de miel noir.

— On a enlevé notre fille pour qu'elle épouse ce bandit, et tu te soucies de peccadilles ?

— Mais c'est mon préféré ! Je crois qu'Elspeth sait quelque chose. (Gisele grinça des dents.) Ma chérie, Avery n'a parfaitement rien à craindre.

— Cet homme s'est battu pour les DeVeau, murmura sa femme en s'effondrant dans ses bras.

— Et il a vite compris son erreur. Il n'était pas là quand ces misérables s'en sont pris aux tiens.

— Ce n'est pas grâce à cette révélation tardive qu'ils sont tous vivants à l'heure qu'il est, mais plutôt aux mises en garde de notre fille. Et puis ce MacAlpin a voulu forcer notre Payton à épouser sa sœur !

— Elle lui avait juré que Payton était le père de son enfant. J'aurais agi de la même façon.

— Je voulais qu'Avery ait un beau mariage, bredouilla Gisele, au bord des larmes.

— Tu pourras donner un grand festin pour le baptême de leur premier-né.

— Elle est enceinte ? s'écria-t-elle avec horreur.

— Pas encore, à ce que j'ai pu constater, mais nous autres Murray sommes plutôt fertiles, donc ça ne saurait tarder.

— Je veux aller là-bas, pour rencontrer cet homme.

— Dans deux semaines.

— Pourquoi si longtemps ?

— Parce qu'ils seront à peine mariés, et voudront rester seuls. Parce qu'ils ont sans doute quelques problèmes à régler entre eux, et que notre présence ne ferait que rendre les choses plus difficiles. Parce que en tant que père, j'ai toujours envie de rouer MacAlpin de coups, car je suis sûr qu'il a défloré notre fille… Et enfin parce que tu es folle de rage contre lui, et que tu as besoin de temps pour te calmer.

— Une semaine ?

— Non, deux.

— Oh, comme tu voudras ! Mais nous partons dans dix jours, pour être là-bas dans quinze.

— C'est d'accord.

— Merci.

Gisele embrassa Nigel, qui la fit aussitôt basculer sur le lit.

— Pour te remercier d'être un si bon époux, je vais te révéler ce qui est arrivé au miel.

— C'est Elspeth qui l'a volé ? questionna Nigel en regardant non sans méfiance sa femme prendre un petit pot sur la table de nuit.

— Oui, je l'ai même prise sur le fait – mais nous avons vite convenu qu'elle avait de bonnes raisons pour commettre ce larcin. Je crois savoir que tu aimes aussi beaucoup la confiture de fraises…

Plus tard dans la nuit, Nigel admit qu'il appréciait en effet énormément cela. Gagné par le sommeil, il se demanda pourquoi son épouse avait autant ri quand il lui avait suggéré d'essayer les mûres la fois suivante.

— Vous êtes sûr que vos parents ne seront pas sur ses talons, prêts à m'empaler ?

Payton s'affala en soupirant sur son banc et regarda Cameron arpenter la petite église.

— *Maman* en a sans doute eu envie, mais mon père l'aura dissuadée.

— J'aurais pourtant cru qu'il serait encore plus pressé de me tuer.

— Vous allez épouser Avery, ce qui doit lui faire plaisir, même s'il a deviné que vous avez déjà batifolé, tous les deux. Je suis persuadé qu'Avery broyait du noir à Donncoill, et il aura compris ce qu'elle ressent pour vous.

Cameron se dirigea à grands pas vers les portes pour jeter un regard à l'extérieur, comme il l'avait déjà fait à de maintes reprises.

— Vous êtes vraiment sûr qu'elle a des sentiments pour moi ?

Il contempla les invités qui attendaient depuis une heure à l'extérieur l'arrivée d'Avery, puis revint vers l'autel.

— C'est une question somme toute raisonnable, puisque je suis sur le point de l'épouser.

— Votre interrogation l'était la première fois, voire la demi-douzaine de fois qui ont suivi... mais ce n'est plus le cas depuis longtemps, soupira Payton.

Cameron se passa fébrilement les mains dans les cheveux et s'assit en face du jeune homme. Enivré à la perspective de pouvoir de nouveau serrer Avery contre lui, il avait accepté sans réfléchir le plan de

Payton, mais au fil de la semaine le doute l'avait rattrapé. Il n'enlevait pas véritablement la jeune fille, puisqu'il avait l'assentiment de son frère, mais il l'entraînait tout de même dans cette aventure sans lui demander son accord. Cameron n'avait pour espérer que le souvenir de leur passion et quelques déclarations faites sous l'emprise de la fièvre, ce qui, aujourd'hui, lui semblait bien mince.

Pourtant, même s'il l'avait pu, Cameron ne se serait sans doute pas arrêté. Il avait besoin d'Avery. Avouer qu'il l'aimait ne lui avait apporté aucune joie, car elle n'avait pas été là pour l'entendre. À la vérité, avant que Payton lui fasse part de son projet, la découverte de ces sentiments n'avait été qu'une source de souffrance. Il voulait étreindre Avery, partager ces instants avec elle, peut-être même lui demander pardon. Il aurait certes été plus juste de laisser le choix à la jeune femme, mais il n'avait pas le courage de prendre un tel risque.

De toute façon, Payton n'aurait sans doute pas accueilli d'un très bon œil un si noble sacrifice. L'homme savait qu'Avery et lui avaient été amants. La situation avait été complètement inversée : c'était maintenant le jeune Murray qui se démenait pour trouver un mari à sa sœur. Il se montrait certes beaucoup plus amical et plus compréhensif que lui, mais derrière toute sa bonne humeur, Cameron devinait une détermination inébranlable. Pour mettre fin à tout ceci, il aurait dû annoncer à Payton qu'il n'avait jamais aimé Avery. Quand bien même il aurait réussi à prononcer de tels mensonges, Murray ne l'aurait sans doute pas cru – ou pire encore, il l'aurait provoqué en duel pour venger l'honneur d'Avery et le faire payer, lui, le séducteur.

— Je sais bien que la plupart des hommes ne se sentent pas très à l'aise avant de prononcer leurs vœux, mais vous semblez souffrir le martyre. Vous m'avez dit que vous l'aimez, et si je me fie à ce qu'on raconte, vous ne pouviez vous empêcher de la toucher à la moindre occasion ! Vous n'avez plus envie de vous marier ?

— Si, mais sera-t-elle du même avis ?

— Elle a fait l'amour avec vous.

— Sous le coup d'un désir passager, voilà tout.

— Il est vrai que c'est une chose avec laquelle les femmes de mon clan se montrent très généreuses… mais seulement avec celui qu'elles ont choisi. Elle m'a avoué qu'elle vous aimait.

— Sans doute pour que vous ne vous mettiez pas en colère parce qu'elle n'est plus vierge.

— Et qu'est-ce qui vous fait croire que je ne l'ai pas été ? Ma sœur n'aurait jamais cédé à vos avances si elle ne ressentait qu'une simple passion charnelle pour vous. Certes, les Murray ne sont pas les vierges effarouchées que les hommes paraissent affectionner, mais elles ont un sens moral extrêmement développé.

— Je n'ai jamais dit le contraire, rétorqua Cameron.

Payton lui cherchait-il querelle ?

— Je me posais la question, puisqu'elle a eu le lit avant les noces – mais toutes les Murray semblent procéder ainsi, sans doute parce qu'elles ne font l'amour qu'avec celui qu'elles ont choisi.

— Pardon ?

— Avery vous a choisi. Elle a décidé que vous seriez le bon. Or, une fois que les femmes de mon clan ont pris une telle décision, elles sont prêtes à supporter les pires absurdités pour avoir l'élu de leur cœur. Car, le plus souvent, ces messieurs ne se rendent pas compte tout de suite de la chance qu'ils ont. Avery vous aime et moi, son frère adoré, je ferai tout pour qu'elle vous ait.

— Ce serait plus facile pour moi si j'avais entendu de telles paroles de sa bouche. Je n'ai eu droit qu'à quelques déclarations confuses, sans doute inspirées par la fièvre !

— À votre place, j'accorderais plus de crédit à ces dernières. Je suppose que votre attitude n'invitait pas à de telles confidences. Avery attendait sûrement un signe de votre part, et vous ne parliez que de la renvoyer chez elle.

Qu'aurait-il pu répondre à cela ? Cameron ne pouvait s'en prendre qu'à lui s'il doutait à présent. Il s'était peut-être montré attentionné sous les draps, mais n'avait eu de cesse de repousser Avery le reste du temps. Il lui avait offert si peu en échange de sa passion, de ses rires et de son amour ! Comment lui en vouloir si elle refusait de l'épouser ?

— Je n'ai pas envie de l'entraîner dans un mariage dont elle ne veut pas.

— Oh, elle le veut, mais elle risque d'être tout d'abord assez en colère pour affirmer le contraire. Vous n'avez pas foi en elle ?

— Si, répondit Cameron sans hésiter. Ça ne veut pas dire pour autant que nous nous y prenons de la bonne manière. Je n'ai que quelques phrases prononcées par une jeune fille terrassée par la fièvre pour me convaincre que vous avez raison – c'est une bien frêle assise pour une union.

— Croyez-moi, c'est la meilleure façon de procéder. Vous pourrez toujours lui faire la cour après le mariage. Un homme aussi taciturne et maussade que vous ne doit pas être très doué pour faire ça à distance. Et puis vous devriez faire face à mes géniteurs…

— Ce qui sera plus facile une fois que j'aurai épousé Avery.

Cameron se leva pour faire les cent pas de nouveau.

— D'autant que je ne vous imagine pas, dans votre état, affronter des parents qui savent que vous avez pris la virginité de leur fille avant de rejeter celle-ci, que vous avez essayé de me forcer à épouser votre sœur… sans parler de ces très ennuyeuses accusations de viol…

— Je me demande si toutes ces femmes qui vous trouvent tellement beau savent à quel point vous pouvez être irritant.

— Non, je réserve ma vraie nature à mon clan.

— Voilà qui devrait déjà me faire hésiter à épouser une Murray.

— Mais ce n'est pas le cas ?

— Non, même si ça signifie que j'appartiendrai à la même famille que vous ou Gilly.

— Et encore, vous n'avez rencontré qu'une petite partie d'entre nous.

— Très rassurant. (Cameron sembla légèrement inquiet.) Vous êtes si nombreux que ça ?

— Si on compte tous les parents qui nous ont rejoints grâce aux mariages, oui. Je n'ai à vrai dire jamais essayé de compter nos membres les plus proches, ce qui inclut tous les frères et cousins de Cormac, le mari d'Elspeth. Ses parents étaient connus pour avoir semé des rejetons un peu partout, pour beaucoup illégitimes. Ils sont tous très jeunes, et passent le plus clair de leur temps chez ma cousine. Et puis il y a aussi la famille de mon oncle Eric, les MacMillan, qui semblent être eux aussi toujours chez lui. Oh, et j'oublie…

— Assez, protesta Cameron, la main levée. J'ai l'impression de vous flouer en apportant si peu de nouveaux membres. Vous connaissez déjà Leargan… oh, et Katherine.

Payton lui adressa une grimace comique, puis redevint sérieux.

— Pensez-vous lui pardonner un jour ?

— Peut-être, si elle se montre véritablement repentante, et qu'elle change. Je préfère la laisser quelque temps aux bons soins de son époux et de sa belle-famille. Ils pourraient bien accomplir un tel miracle. En tout cas, je n'ai pas à me soucier de ce qu'il adviendra de son enfant : Malcolm et les siens l'élèveront bien. J'aurais seulement aimé pouvoir en faire autant avec elle.

—À votre place, je ne m'en voudrais pas tant. Vous lui avez donné ce que vous pouviez, et elle était entourée de personnes qui l'aimaient, à commencer par Iain et Agnes. Parfois, les gens choisissent leur propre chemin, et on ne peut rien faire pour les en détourner. Au contraire, personne n'a eu de pires parents que Cormac Armstrong, et c'est pourtant un exemple d'honnête homme, tout comme le sont ses frères et sœurs, bâtards ou non.

—Et mon fils vit avec ces Armstrong ? demanda doucement Cameron.

—Cormac, Elspeth et les autres traitent le petit Alan comme l'un des leurs. Nous pouvons rendre grâce à Dieu d'avoir mis ma cousine sur sa route.

—Je me demande parfois s'il est juste d'enlever tout ça à ce garçon. Après tout, si Avery me donne un garçon, Alan ne sera pas mon héritier… Pourtant, c'est mon fils. Je ne l'ai jamais vu, mais je veux le retrouver.

—C'est la chair de votre chair. Ça prendra du temps, mais vous serez réunis. Elspeth et Cormac sont bien sûr attristés, mais ils savaient qu'Alan avait un père. Et puis ils seront très heureux de savoir qu'il vit dans le foyer d'Avery.

—Avery et Gillyanne disent que c'est tout mon portrait.

—Oui, même s'il a meilleur caractère.

— Ce sera peut-être mon cas, bientôt.

Anne apparut sur le pas de la porte.

— Elle arrive, annonça-t-elle. Le breuvage est prêt. Allez chercher ce prêtre.

Elle repartit aussitôt.

— Je ne suis toujours pas sûr que donner de l'hydromel à Avery soit une excellente idée, murmura Cameron.

— Elle vous aime peut-être, mais notre petit tour l'aura sûrement mise en colère, et elle exigera quelques explications de votre part. Êtes-vous vraiment disposé à les donner maintenant ?

— Non. Espérons seulement que les effets de cette boisson se dissiperont avant que débute notre nuit de noces.

Avery regarda l'église approcher, les sourcils froncés. Le voyage avait été long, mais pas désagréable : il avait fait beau, et ses compagnons de route s'étaient révélés de bonne compagnie, quoique guère diserts. La jeune fille ne savait toujours pas pourquoi Payton l'avait fait venir et elle était devenue plus soupçonneuse à chaque lieue parcourue ; elle avait beau se répéter que les braves hommes qui l'accompagnaient ne méritaient pas ça, elle ne pouvait empêcher des pensées peu amènes de germer dans son esprit.

Voir Anne et Thérèse l'emplit de joie, mais ne fit rien pour apaiser sa méfiance. Elles n'avaient aucune raison logique d'être là. Avery descendit de cheval, les enlaça avec un grand sourire et, assoiffée, accepta volontiers la coupe qu'elles lui tendaient.

— C'est curieux, je sens comme un léger goût d'hydromel, murmura-t-elle après avoir bu une gorgée.

— Il y en a, mais vraiment très peu, répondit Anne. Je sais que ça vous monte à la tête.

— Oui, et j'ai besoin d'avoir les idées claires pour m'entretenir avec Payton. Où est-il ?

Avery but de nouveau ; le breuvage était délicieux et se révélait des plus désaltérants.

— Votre frère vous attend à l'intérieur. Il a dit que nous pouvions vous parler un peu avant que vous le retrouviez.

— C'est très gentil de sa part. Je suis si heureuse de vous revoir ! Vous m'avez beaucoup manqué toutes les deux.

Avery remarqua que Thérèse époussetait soigneusement ses jupes.

— Allons, Thérèse, ne te donne pas tout ce mal. Payton ne s'offusquera pas si j'ai un peu de poussière sur ma robe.

La femme lui prit son manteau et le tendit à un Leargan tout sourires.

— Mais Dieu, si.

Avery ne comprit pas tout de suite ce que voulait dire la Française.

— Oh, oui, bien sûr, mieux vaut être présentable pour entrer dans une église. Payton devrait peut-être plutôt venir me rejoindre ici.

Elle finit sa coupe et la lança à Leargan, qui l'attrapa au vol. Mais quelle mouche la piquait ?

— Non, vous aurez besoin d'un peu d'intimité, répondit Anne en défaisant la tresse d'Avery.

— Dieu veut aussi que mes cheveux retombent sur mes épaules ?

— Votre couronne sera plus jolie s'ils sont bien brossés.

— C'est assez logique.

Une part de son esprit essayait bien de lui dire que non, ça ne l'était pas du tout, mais elle ne souhaitait pas vraiment l'écouter. Remettre en question les gentilles attentions d'Anne et Thérèse pourrait créer des tensions, ce dont elle n'avait aucune envie. Pour la première fois depuis qu'elle avait quitté Cairnmoor, elle se sentait heureuse. Cette douce félicité la préoccupait bien un peu… mais pour ne pas rendre l'atmosphère pesante, elle dispersa implacablement ses soupçons.

— Je suis jolie ? demanda-t-elle à Anne en touchant les fleurs qui ceignaient maintenant ses cheveux.

— Vous êtes superbe, répondit Anne. Ça vous fait plaisir ?

— Je suis très heureuse ! C'est curieux, mais je suis aussi très heureuse qu'il fasse si beau, et que Leargan ait si fière allure quand il sourit comme un imbécile. Mon Dieu, je viens de le traiter d'imbécile ? Ce n'est pas très gentil. Ça risque de créer des tensions.

— Et nous n'en voulons certainement pas aujourd'hui, dit Anne en l'entraînant vers l'église.

— Oh, regardez, Leargan va entrer avant nous ! Il veut parler à Payton, lui aussi ?

— Il va sans doute lui dire un mot ou deux. Venez, jeune fille. Vous aurez tout le temps de contempler ces fleurs plus tard.

— Elles sont si jolies !

— C'est vrai, mais vous ne voudriez pas manquer ce qui vous attend dans cette église.

— Payton ?

— Ce n'est pas tout.

— Oh, une surprise ! J'adore les surprises.

— Ravie de l'entendre. C'est peut-être ce qui vous dissuadera de tous nous étrangler plus tard, marmonna Anne.

— La potion a bien fait son œuvre, annonça Leargan en venant se planter à côté de Cameron.

— Elle ne fera pas d'esclandre ? demanda Payton.

— Oh, non, elle est gaie comme un pinson, et répète à qui veut l'entendre qu'elle ne veut surtout pas créer de tensions.

— Excellent. Je vais regagner ma cachette avant qu'elle me voie. Vu son état ça risquerait de la distraire, et nous n'avons pas de temps à perdre.

— J'aurais préféré qu'elle ait tous ses esprits, soupira Cameron.

— Moi aussi, mais Payton avait raison : elle aurait été légèrement en colère. Tu sais, elle commençait à devenir bien méfiante.

— Pourquoi y a-t-il tant de monde ici ? s'enquit Avery, qu'Anne faisait avancer dans l'allée centrale. Ces gens veulent tous parler à Payton ?

Cameron se figea quand elle l'aperçut enfin. La jeune fille le contempla longuement, les yeux grands ouverts, puis lui adressa un large sourire. Il aurait tant aimé qu'elle en fasse autant, mais en étant parfaitement lucide.

— Bonjour, Cameron, mon chevalier noir ! Je devrais t'en vouloir, il me semble.

Il passa un bras autour de ses épaules et l'embrassa délicatement sur la bouche – même s'il brûlait d'en faire bien davantage.

— Ça peut attendre, tu ne crois pas, ma douce ?

— Oui, je ne voudrais pas créer de tensions, surtout dans une église.

Avery observa avec circonspection le prêtre qui attendait calmement devant eux.

— Tu m'as fait venir pour le mariage de Payton et Katherine ? Voilà qui risque de créer des tensions.

— Non, ce n'est pas celui de ton frère, murmura Cormac en l'incitant doucement à s'agenouiller avec lui.

— Tant mieux, comme ça je peux continuer à être heureuse.

— Je l'espère de tout mon cœur, jeune fille.

Les paroles du prêtre lui semblèrent certes familières, mais elle découvrit qu'elle avait du mal à se concentrer. Sa joie cédait peu à peu la place à un brouillard agréable… mais elle regrettait son euphorie. L'homme lui posa une question, et elle se tourna vers Cameron, déroutée.

— Dis « oui », Avery.

Une agaçante petite voix la supplia bien de réfléchir un peu, mais Avery obéit à Cameron. Chaque fois que le prêtre se tournait vers elle, la jeune femme regardait le laird et répétait ce qu'il lui disait. Son sourire eut raison de la méfiance qui avait réussi à s'insinuer dans son esprit. Après tout, c'était en se posant trop de questions qu'on causait des problèmes.

Cameron la releva et, prise d'un vertige, elle s'appuya lourdement contre lui. À sa grande joie, il l'embrassa, mais détacha ses lèvres des siennes bien trop vite à son goût. On parlait beaucoup, cependant comme tout le monde paraissait très heureux, Avery ne s'en inquiéta pas. Elle vit du coin de l'œil Payton lui adresser un large sourire, mais il se volatilisa presque aussitôt.

— Cameron, je crois que ma joie s'en va.

— Nous pouvons essayer de la ramener.

— Oh ? Tu as de la confiture de mûres ?

Avery crut reconnaître le rire de Leargan, mais alors qu'elle se tournait pour s'en assurer, elle perdit l'équilibre et tomba sur Cameron.

— Oh, mon Dieu…

— Avery ? Ça ne va pas ? demanda le laird.

Elle n'y voyait plus très clair.

— Je me sens toute drôle.

La jeune fille s'évanouit, et Cameron la souleva. Ils étaient maintenant mariés, mais elle n'en avait probablement pas eu conscience. Encore une chose qu'il faudrait lui expliquer... et sans doute pour laquelle son nouveau mari devrait lui présenter des excuses.

— Mais qu'est-ce qu'Anne lui a donné ?

— Une potion dont elle se sert d'ordinaire pour soulager la douleur, répondit Leargan.

— Mélangée avec de l'hydromel.

— Oui, le goût est meilleur ainsi.

Cameron contempla son épouse inconsciente.

— J'espère que les effets de ce breuvage se dissiperont bientôt et qu'il ne la laissera pas avec un mal de crâne. J'avais de grands espoirs pour notre nuit de noces.

Chapitre 25

Avery ouvrit les yeux et regarda tout autour d'elle, surprise de ne pas se retrouver dans sa chambre. Elle reconnut avec stupeur un fauteuil très familier, puis se tourna vers Cameron, qui se tenait debout à côté du lit, l'air mal à l'aise. Maintenant que la mémoire lui revenait, elle comprenait pourquoi.

— Tu m'as enivrée, cracha-t-elle, furieuse.

— Pas exactement. C'était une potion pour calmer la douleur, répondit-il en lui tendant une coupe de cidre. J'avais besoin que tu sois… conciliante.

Avery lui arracha le récipient des mains et le renifla.

— Je n'ai plus très envie d'accepter quoi que ce soit de ta part.

— Ce n'est que du cidre. Je veux que tu aies les idées claires à présent.

Elle goûta une gorgée, décida qu'il disait vrai, et but le reste de la coupe pour chasser le goût désagréable qu'elle avait dans la bouche. D'autres souvenirs refirent bientôt surface.

— Nous nous sommes agenouillés devant un prêtre.

Cameron acquiesça. Avery avait de toute évidence recouvré ses esprits... Elle était également plus en colère à chaque seconde, et découvrir qu'elle avait dormi pendant la plus grande partie de sa cérémonie de mariage n'arrangerait rien. Il devait régler certaines choses au plus vite.

— Et pourquoi avons-nous fait ça ?

— Il nous a mariés.

C'était bien ce qu'Avery soupçonnait, mais elle fut tout de même abasourdie. Tout d'abord folle de joie, elle prit conscience qu'on ne lui avait jamais demandé si elle voulait épouser cet homme. Il ne lui avait pas dit qu'il l'aimait. Il pouvait très bien s'être marié avec elle par honneur, par culpabilité.

— À ton visage, je devine que tu n'as pas que de douces pensées pour moi.

— Tu veux que je sois douce quand, après t'être joué de moi pour me faire venir ici, tu me fais boire je ne sais quel poison puis m'épouses sans même me consulter ? C'est extrêmement fourbe de ta part ! (Avery tenta de reprendre son souffle.) Payton est mêlé à cette histoire, je suppose ? Je suis sûre de l'avoir vu dans l'église.

Cameron s'assit sur le lit et tâcha de ne pas se froisser quand la jeune fille s'écarta de lui.

— Avery, tu ne veux pas de moi ? Je serai un très bon mari.

Il glissa une main sous ses jupes froissées, lui caressa la jambe et, non sans soulagement, la sentit frémir.

Avery aurait dû repousser ses avances, mais elle n'arriva qu'à poser une main sur la sienne pour l'immobiliser. La chaleur de cette paume sur sa cuisse dissipait son indignation, la remplaçant par un désir trop longtemps réprimé. La jeune femme avait envie de cet homme, mais elle se répétait que c'était une mauvaise idée. Cameron devait apporter plus à ce mariage que sa passion ou son sens de l'honneur s'il ne voulait pas que leur union ne produise que déception et tristesse.

— Tu m'as épousée par devoir, murmura-t-elle.

— Non !

— Tu savais très bien que je refuserais de me marier avec toi si ce n'était que pour réparer le tort que tu m'as fait, alors tu as décidé de m'y obliger par la ruse.

Cameron la poussa sur le lit et s'allongea sur elle.

— Non. Je t'ai épousée parce que je le voulais.

— C'est Payton qui a tout manigancé, je suppose ?

— Oui, c'était son idée.

— Il voulait que tu prennes sa sœur pour femme, puisque tu l'avais déjà déflorée.

— Avery, je mentirais si je te disais que nos nuits ensemble ne sont pour rien dans ce mariage. (Il dénoua lentement les lacets de sa robe.) Pourtant, ce n'est pas pour ça que je t'ai épousée… en tout cas, ce n'est pas la seule raison. Doux Jésus, bien sûr que je te veux dans mon lit ! J'aurais souhaité que tu ne le quittes jamais !

Puisque Cameron parlait enfin à cœur ouvert, elle le laissa continuer à la déshabiller. Elle le désirait tant qu'il aurait pu retrousser ses jupes et la prendre sur-le-champ sans qu'elle y trouve à redire. Mais il n'était pas question de l'interrompre alors qu'il allait peut-être prononcer certaines des paroles qu'elle brûlait d'entendre.

— Tu voulais retrouver cette passion, dit-elle en tremblant tandis qu'il ouvrait son corset.

— Elle ne t'a pas manqué, à toi aussi ?

Il lécha son téton à travers sa chemise.

— Un petit peu…

— Je ne t'ai pas épousée seulement parce que l'honneur l'exigeait, je te le jure.

Cameron pressa son visage contre ses seins et glissa une main entre ses jambes pour enfin regagner le havre qui lui avait tant manqué.

— Avery, je veux te parler, t'expliquer certains de mes actes, et même essayer d'exprimer ce que je ressens… mais avant tout, je te veux, toi.

Voilà qui était prometteur.

— Maintenant ?

— Oui, et ce depuis que tu as quitté Cairnmoor.

— Mais après, nous discuterons ?

— Oui.

— Dans ce cas, s'il te plaît, allons-y.

Chacun déshabilla l'autre et quand leurs corps se pressèrent enfin, Avery faillit fondre en sanglots tant cet instant était beau. Elle aurait voulu caresser chaque centimètre du corps de son bien-aimé, mais leur désir était trop fort. Cameron plongea en elle, lui arrachant un petit cri de délice… Et étrangement, il se figea.

— Cameron ? demanda Avery en resserrant les jambes autour de lui pour l'attirer davantage en elle.

— Je voulais savourer ce plaisir… J'ai l'impression de ne pas l'avoir ressenti depuis une éternité… (Il colla ses lèvres contre les siennes.)… de rentrer chez moi après un long voyage.

Avery sentit tellement d'émotion dans ces douces paroles qu'elle se laissa emporter par la passion. Ils firent l'amour frénétiquement, avec avidité, et leur extase fut tout aussi sauvage. Secouée par ces vagues déchaînées, elle entendit Cormac se joindre à elle. Le temps qu'elle reprenne ses esprits, le laird les avait tous deux nettoyés et s'apprêtait à revenir dans ses bras.

— Mon petit chat, m'aimes-tu au moins un peu ?

Avery passa une main dans ses cheveux en soupirant profondément. Elle ne pouvait plus rebrousser chemin. Ils étaient mariés et, force était de l'admettre, elle n'aurait échangé sa place pour rien au monde. Cameron n'avait peut-être pas prononcé les mots d'amour qu'elle brûlait d'entendre, mais elle sentait de la tendresse dans ses caresses, dans le ton de sa voix. Si elle trouvait le courage de se montrer parfaitement honnête avec cet homme, peut-être en ferait-il autant. Il ne l'aimait pas encore, mais avec un peu de chance, il avait seulement besoin de savoir ce qu'elle ressentait pour lui.

— Plus qu'un peu… et sans doute plus que tu ne le mérites.

Cameron fut parcouru d'un frisson. Avant qu'Avery comprenne ce que cela voulait dire de ses sentiments, il l'embrassa avec une ardeur qui réveilla son propre désir, puis enfouit le visage au creux de son cou. Elle aurait presque pu le croire assailli par une soudaine timidité.

— Quand as-tu su que tu m'aimais ? interrogea-t-il en lui couvrant la gorge de baisers.

— Un peu avant que tu essaies de me séduire.

— Si je me rappelle bien cette nuit-là, c'est toi qui m'as séduit.

— Ce qui prouve à quel point je suis folle amoureuse de toi.

Cameron passa le doigt, puis la langue sur un de ses tétons.

— Je sais que je t'ai fait du mal, dit-il, hésitant.

— C'est vrai, mais tu ne m'as jamais demandé de t'aimer. Ce n'est pas ta faute si je l'ai tout de même fait.

— Peut-être, mais j'ai très vite compris que tu ne ressemblais à aucune des autres femmes que j'avais connues. Je voulais l'amour, la passion… mais je refusais d'avoir besoin de toi. Je me suis menti tant de fois. (Il joua avec son autre sein.) Je ne désirais rien de plus qu'une aventure. Ainsi, quand je t'aurais renvoyée, j'aurais certes eu des regrets, mais ils se seraient vite estompés.

— Mais tu m'as quand même renvoyée.

— C'est vrai, et je l'ai regretté dès que tu as franchi ces portes. Bien sûr, idiot que je suis, j'ai décrété que c'était parce que mon désir ne s'était pas complètement dissipé… qu'il n'y avait rien d'étonnant à ce que ces jolis seins me manquent.

Il embrassa ces derniers l'un après l'autre, puis glissa une main entre les cuisses d'Avery.

— Et quel homme ne regretterait pas ceci ? Ces petits bruits que tu laisses échapper quand je te goûte ?

Il remplaça ses doigts par sa bouche.

Avery se raidit, puis s'abandonna aux délices qu'il lui procurait. Il la torturait, et elle adorait cela. Quand enfin il lui offrit le plaisir que son corps tout entier attendait, elle l'entendit murmurer trois mots qui décuplèrent son extase.

Lorsque, quelques longues secondes plus tard, elle recouvra enfin son souffle, elle baissa le regard pour voir Cameron embrasser doucement son ventre. Avery essaya d'ignorer ce qu'il venait de chuchoter, mais c'était tout bonnement impossible.

— Tu viens de dire que tu m'aimes ? balbutia-t-elle.

— Oui, répondit Cameron en remontant vers ses seins, même si elle aurait préféré qu'il la regarde.

— Je n'arrive pas à croire que tu m'aies avoué une chose pareille en faisant… ça, suffoqua-t-elle, partagée entre l'indignation et une subite envie de rire.

— Dès que j'ai su que je t'aimais, j'ai eu envie de te l'annoncer de mon endroit favori.

Avery rougit, puis ricana.

— Tu es diabolique.

Cameron lui prit le visage et déposa un baiser sur ses lèvres.

— Mais tu m'aimes.

— Oui, follement, désespérément.

— Ça ressemble beaucoup à ce que je ressens pour toi.

— Mais… quand ? demanda Avery en le poussant sur le dos.

— Comment ça, quand ?

Cameron regarda Avery embrasser son torse et descendre lentement. Avouer ses sentiments n'avait pas été aussi douloureux qu'il l'avait redouté, et la récompense obtenue valait amplement ce moment de gêne, songea-t-il en sentant les doigts d'Avery caresser son membre.

— Quand as-tu su que tu m'aimais ? reprit-elle en déposant de rapides baisers sur ce dernier.

— Quand j'ai découvert que Katherine mentait depuis le début. J'étais assis dans le jardin, à écouter Payton lui arracher la vérité, et je ne cessais de me dire : *Et c'est pour ça que j'ai perdu l'amour de ma vie ?* Le plus terrible pour moi, c'est que je ne voyais pas comment faire pour réparer cette erreur.

Elle le prit dans sa bouche, et avant de perdre momentanément l'usage de la parole, Cameron eut tout juste le temps de murmurer :

— Avery, je veux passer ma vie avec toi.

Elle joua avec lui jusqu'à ce que la sueur perle à son front, puis se mit à califourchon sur lui et se laissa lentement glisser. Cameron parvint de justesse à se retenir et, lui prenant les hanches, il se reput de sa beauté.

— Je me réveillais toutes les nuits en nage, sûr de te trouver ainsi, et je manquais de fondre en sanglots quand je comprenais que ce n'était qu'un rêve.

Il coula une main entre leurs deux corps et la caressa, ravi de voir son corps svelte trembler de plaisir.

— Avery, je t'aime.

— Je t'aime aussi, mon chevalier noir.

Elle se pencha en avant et l'embrassa avec délicatesse.

— Et pour l'heure, j'ai envie de m'envoler.

— Haut.

— Très haut.

Cameron ouvrit un œil et découvrit Avery couchée sur lui. Il lui caressa le dos et la sentit bouger légèrement. La nuit serait longue et épuisante, songea-t-il avec un sourire.

— Je veux faire tant pour toi, Avery.

— Tu viens de me le montrer.

— Merci, mais je ne parlais pas de ça.

Avery leva la tête et le regarda, appuyée sur un coude.

— Ça me suffit amplement.

— Je veux te rendre heureuse, m'assurer que tu ne regretteras jamais d'avoir épousé un démon comme moi. Je t'offrirai des robes, et tous les joyaux qu'une femme peut désirer.

— Chut, murmura Avery en posant un doigt sur ses lèvres. Je n'exige que quatre choses de toi, Cameron MacAlpin.

— Lesquelles ?

— Je veux que tu m'aimes autant que je t'aime.

— C'est le cas, même si je ne comprendrai sans doute jamais comment je peux être aussi chanceux.

— Je veux que tu aies besoin de moi.

— Autant que de manger ou respirer. J'ai besoin de toi tous les matins pour me permettre de survivre à chaque nouvelle journée… et sans toi à mes côtés, je n'arriverais pas à dormir.

— Il en va de même pour moi. Il me faut aussi ta confiance… Comme je crois en toi, de tout mon cœur, de toute mon âme.

Avery se crispa imperceptiblement, et Cameron comprit que sa réponse était importante pour elle. Il savait même très bien pourquoi : ne lui avait-il pas répété à maintes reprises à quel point il se méfiait des femmes ? Il lui faisait pourtant confiance depuis longtemps, avant même qu'il se rende compte combien il l'aimait. Pourtant, il ne le lui avait jamais dit.

— C'est le cas, Avery, et ça ne date pas d'hier.

La jeune fille eut envie de pleurer de joie, mais elle savait que Cameron ne comprendrait pas, elle se contenta donc de sourire.

— Enfin, je veux avoir des enfants avec toi.

— Comme tu peux le constater, je me suis déjà mis à l'œuvre.

— Oui, et je salue tes efforts. Je veux des bambins aux yeux noirs.

— Et moi, une ou deux petites filles.

Cameron contempla longuement sa jeune épouse. Elle ne mesurait sans doute pas à quel point elle lui avait fait un cadeau inestimable. Il espérait de tout son cœur qu'elle n'aurait jamais à le regretter.

— Et c'est tout ?

— Ma foi… je n'aurais rien contre un pot de miel de temps à autre, répondit Avery en lui donnant une petite tape sur le nez.

Cameron la coucha sur le dos et se jeta dans ses bras.

— Je préfère la confiture de mûres.

— Nous avons des années pour résoudre ce différend.

— De longues et délicieuses années.

Épilogue

— Cameron !

Le laird constata avec stupéfaction que la voix de sa chère petite épouse pouvait très bien traverser toute sa demeure pour résonner jusque dans la grand-salle. Il vint se placer au pied de l'escalier, flanqué de Leargan et Iain, tout aussi étonnés. Cormac les rejoignit en souriant.

— Je n'aurais jamais cru qu'Avery puisse faire autant de raffut, dit ce dernier. Gillyanne, à la rigueur, mais pas…

— Je devrais peut-être monter la voir, suggéra le laird de Cairnmoor.

— Cameron, maudite crapule !

— Je ne crois pas que ce soit bien prudent, déclara Leargan en le retenant par la manche.

— Que pourrait-elle bien me faire ? Elle est en train d'accoucher !

— Gisele était en plein travail quand elle m'a couru après, une bûche à la main.

Cameron se retourna, le rouge aux joues. Les parents d'Avery venaient donc d'arriver.

— Mais pourquoi ? demanda-t-il à Nigel.

— Elle voulait me frapper à l'estomac pour que je comprenne ce qu'elle ressentait. J'avais eu le malheur d'essayer de l'apaiser. Maldie a finalement réussi à la ramener de force dans son lit, et j'ai quitté la chambre sans demander mon reste.

— Tu es vraiment obligé de raconter cette histoire à tout le monde ? grommela Gisele en tendant son manteau à un Petit Rob abasourdi. Bonjour, Cameron. Puisque vous me donnez un petit-fils ou une petite-fille que je vais pouvoir gâter à ma guise, je crois que je peux vous pardonner.

— C'est très gracieux de votre part, madame, répondit Cameron en lui baisant la main. Avery est…

— Ma mère est arrivée ?

— Tonitruante, murmura Gisele. Je suis là, mon enfant ! Je monte te voir.

— Parfait ! S'il te plaît, tant que tu es en bas, donne un bon coup de pied à Cameron de ma part.

— Allons, Avery…

La remontrance de Cameron s'acheva par un grand cri.

— Je n'arrive pas à croire que vous m'ayez frappé ! lança-t-il à sa belle-mère en se massant le tibia.

— Je fais de mon mieux pour satisfaire ma fille, rétorqua Gisele en l'embrassant sur la joue. J'arrive, Avery ! (Elle gravit les marches et s'arrêta devant la chambre.) Ah, ma petite, tu es resplendissante !

— Je suis énorme et je ruisselle, répondit sèchement Avery.

— Eh bien, la sueur te donne un très joli teint. Désires-tu quelque chose en particulier ?

— Oui, un très grand couteau. Quand tout ceci sera fini, j'ai bien l'intention de trouver Cameron pour lui couper sa…

Au grand soulagement du laird, la porte de la chambre se ferma brusquement, lui épargnant la fin de cette menace. Il demanda à Petit Rob de faire servir à boire et à manger, puis emmena les hommes dans la grand-salle. Il aurait voulu être aux côtés d'Avery pour l'aider du mieux qu'il pouvait à mettre leur enfant au monde, mais il était manifestement préférable pour le bien de leur mariage qu'il garde ses distances. Après tout, Anne, Gillyanne, Elspeth et sa mère veillaient déjà sur elle : il n'avait aucun souci à se faire.

— Ne soyez pas vexé, mon garçon, lui dit Nigel en se servant une coupe de vin. La plupart des femmes de notre clan préfèrent la compagnie de leurs semblables dans ces moments-là… et parfois, il vaut mieux pour nous autres demeurer à l'écart.

— Maman Very est fâchée contre toi, papa Caron ? demanda Alan.

— Un peu, répondit Cameron en ébouriffant l'épaisse chevelure noire de l'enfant. Avoir un bébé fait très mal, et Avery a besoin de crier très fort, c'est tout.

— C'est ce que maman Peth a fait aussi.

Il regarda Alan rejoindre Christopher, Bouillasse, un chat plutôt hideux, et Agnes, leur nourrice, près du feu. Depuis qu'il avait épousé Avery, neuf mois plus tôt, son fils leur avait rendu visite trois fois, toujours avec son frère adoptif et cette dame. Prendre le nom de MacAlpin ne lui avait posé aucun problème, mais il lui faudrait manifestement du temps pour se détacher ne serait-ce qu'un peu de sa première famille. Alan voulait faire partie des deux clans. De plus, Cameron se sentait incapable de le séparer de Christopher. Avery avait raison : un lien très fort existait entre ces garçons tous deux abandonnés par leurs mères.

Après tout, Alan considérait Cameron comme son père, ce qui lui suffisait – même s'il devait partager cet honneur avec Cormac. Elspeth et lui avaient sauvé la vie du petit, puis l'avaient élevé comme leur propre enfant, comment aurait-il pu leur en vouloir ? Et puis cette fois, son fils resterait plusieurs mois, car Cameron avait proposé d'entamer l'éducation de Christopher. Alan aurait le temps d'apprendre à le connaître.

Son regard dériva de nouveau jusqu'au sommet des marches. Cameron faisait entièrement confiance aux femmes qui s'occupaient d'Avery, mais la peur était toujours là. Son épouse avait certes une volonté de fer, mais elle était aussi très frêle. Pour se réconforter, il regarda Nigel et Cormac, et se répéta que Gisele tout comme Elspeth, elles aussi très menues, avaient survécu à leurs accouchements. Si Avery avait besoin de lui, elle le ferait appeler. Il détestait la voir souffrir : allait-il vraiment se froisser parce qu'elle ne voulait pas de lui en cet instant ?

— Je vais sans doute devoir présenter des excuses à Cameron, dit Avery une fois lavée et recouchée dans des draps propres, son fils pressé contre son sein pour sa première tétée.

— Surtout pas ! protesta sa mère en les embrassant tous les deux.

— Mais j'ai été un peu… rude.

— C'est un faible prix à payer pour lui, quand on voit tout ce que nous endurons. Ah, les hommes ! Ils plantent gaiement leur graine, puis oublient tout jusqu'à ce qu'ils entendent leurs pauvres épouses hurler en essayant de mettre au monde le résultat ! Tu t'en es très bien tirée, Avery. Nous sommes douées pour avoir des enfants, nous autres Murray. Cependant, n'oublie pas que…

— Je sais, il ne faut pas en avoir trop, et trop vite. À présent j'aimerais voir mon mari, avant de tomber de sommeil.

Peu de temps après le départ des femmes, Cameron se rua dans la pièce et l'observa longuement. Il ferma ensuite la porte, prit quelques grandes inspirations, appuyé contre le mur, et s'approcha du lit. Les mille précautions avec lesquelles il s'assit à côté d'elle amusèrent beaucoup Avery.

— Je n'ai pas de couteau, Cameron, murmura-t-elle, ravie de le voir sourire.

Elle défit le lange du bébé et allongea celui-ci sur ses genoux.

— Admire ton fils. N'est-ce pas la plus jolie créature que tu aies jamais vue ?

Cameron aurait voulu être du même avis, mais à ses yeux, l'enfant ressemblait surtout à un vieillard fripé, en taille réduite. Un vieillard aux cheveux noirs et ébouriffés, avec une petite étoile bleue sur le ventre. Tous ses membres étaient en tout cas bien présents, constata le nouveau père, qui cherchait désespérément quelque chose à dire.

Avery éclata de rire.

— Il sera bientôt très beau et tout dodu, reprit-elle en embrassant Cameron sur la joue avant d'emmailloter le nourrisson. L'accouchement est presque aussi difficile pour les bébés que pour leurs mères. Crois-moi, j'ai vu suffisamment de nouveau-nés pour savoir qu'il est parfait.

— Et bien sûr, la fierté maternelle n'a rien à voir là-dedans, répondit Cameron en s'allongeant à côté d'elle.

— Quelle drôle d'idée. Il a tes cheveux… Je suis assez impatiente de savoir de quelle couleur seront ses yeux.

— Ils sont d'un bleu plutôt curieux, chuchota Cameron en caressant doucement la tête de son fils.

— C'est parce qu'il vient de naître ; ils changeront. Lui as-tu choisi un nom ?

— Tormand, comme mon grand-père, si tu es d'accord.

— Je le suis. C'est très beau. (Avery embrassa Cameron sur la bouche.) Merci de m'avoir donné un fils, cher mari.

Il l'attira à elle.

— C'est moi qui te remercie. Après tout, je ne me suis occupé que de la partie la plus agréable.

Cameron décida d'enfin exprimer ses peurs à haute voix.

— Avery, tu es sûre que tu te sens bien ?

— Oui, je suis seulement très fatiguée. (La jeune fille bâilla, sans pour autant quitter son fils des yeux.) Je suis certaine qu'il vous ressemblera, à toi et à Alan.

— Le pauvre.

— Pas de ça ! Il n'y aura jamais assez de chevaliers aux yeux noirs pour rendre ces dames heureuses.

— Tu es aveugle, ma chère… et j'en remercie le ciel tous les jours. Je t'aime, mon petit chat.

Avery caressa la joue légèrement barbue de son mari.

— Et je t'aime, mon chevalier noir.

Cameron enfouit le visage contre son épaule en gémissant, et elle éclata de rire.

— Tu sais ce que je voudrais faire à présent ? demanda-t-il.

— Oui, et j'en aurai très envie moi aussi… dans un mois.

— Un mois ?

— Quatre longues semaines, murmura-t-elle, incapable de garder les paupières ouvertes plus longtemps.

— Soit, à moi de bien employer ce temps.

— Comment ?

— En renouvelant nos réserves de confiture de mûres, par exemple.

Avery pouffa… et s'endormit presque aussitôt.

Une fois sûr qu'il ne la réveillerait pas, Cameron se leva et prit délicatement son fils des bras de son épouse pour le déposer dans son berceau. Avery avait raison, Tormand allait probablement lui ressembler. L'homme était heureux d'avoir laissé une telle empreinte sur ses fils, et il savait qu'il devait cette toute nouvelle fierté à Avery.

L'amour et la passion de la jeune femme avaient eu raison de ses doutes, de sa souffrance. Quand elle le regardait, il se sentait beau.

— Je vais te révéler un petit secret, mon fils, chuchota-t-il à Tormand en l'enroulant dans sa couverture. La recette du bonheur. Tu vas beaucoup me ressembler, et certains idiots penseront que c'est une mauvaise chose. Ignore-les quand ils diront que tu pactises avec le diable et que ton âme ne peut être que noire comme les enfers. Garde les yeux bien ouverts jusqu'à ce que tu trouves une fille qui te regardera comme si tu étais le plus bel homme du monde – et ne te contente de rien de moins. Cherche celle qui te sourit, t'aime quoi qu'il arrive, te serre contre elle la nuit, et tu verras qu'être un chevalier noir n'est pas si mal après tout. (Il lança un regard en direction d'Avery tout en caressant les cheveux de son garçon.) Tu auras même de la peine pour tous ceux qui n'ont pas notre chance, car il semblerait que nous autres, avec nos yeux sombres, sachions comment atteindre le paradis.

EN AVANT-PREMIÈRE

Découvrez la suite de la série **Le Clan Murray**
dans :

La Fiancée des Highlands
(version non corrigée)

Bientôt disponible chez Milady Romance

Traduit de l'anglais (États-Unis)
par Jean-Baptiste Bernet

Prologue

Écosse, 1465

— Sir Eric ! Sir Eric !

Sir Eric Murray se retourna en soupirant vers l'homme trop maigre qui traversait précipitamment le jardin – et dire qu'il pensait avoir trouvé un endroit suffisamment à l'écart pour lire tranquille les nouvelles de sa famille ! Il n'avait rien contre Sir Donald, mais appréciait fort peu de voir un de ses rares moments de paix si brutalement interrompu. Eric se redressa tout de même sur le band de pierre ombragé quand l'homme vint se planter devant lui.

— J'ignorais que tu étais rentré, haleta Donald en tamponnant son visage étroit avec un morceau de tissu. Tu t'es vite acquitté de la mission du roi.

— En effet, se contenta de répondre Eric.

Il ignorait dans quelle mesure le monarque voulait que leur affaire reste secrète, et Donald était une commère notoire.

— Notre souverain voulait justement te parler. Il ne sait pas que tu es arrivé, lui non plus.

— Oui, je ne l'ai pas dit à grand monde. Je sais que je vais bientôt être très occupé, et je voulais profiter d'un instant de calme pour me tenir au fait de qui se passe dans mon domaine en mon absence.

— Ta charmante épouse se porte bien ? Tes enfants aussi ?

— Oui, parfaitement, mais j'ai hâte de rentrer, et pas seulement parce qu'ils me manquent. Vois-tu, ma petite Gillyanne a décrété qu'elle devait se rendre sur ses terres de douaire. Ma chère femme ignore combien de temps elle pourra retenir notre tête de mule de fille – et, à vrai dire, si elle le doit.

— Quelle coïncidence ! C'est justement de ces terres dont le roi veut t'entretenir.

— Comment sait-il qu'elle en possède ? C'est une chose que nous avons pourtant évité d'ébruiter… tout du moins en ce qui concerne leur emplacement.

— À vrai dire, la plus grande partie de la cour en est avisée.

— Comment ?

Sir Donald déglutit nerveusement. Eric n'avait prononcé qu'un seul mot, mais son visage était froid, presque menaçant.

— Vois-tu… notre roi a récemment subi les sollicitations de trois lairds dont les domaines respectifs bordent ces terres, curieux de savoir à qui elles appartiennent. Ils ont compris que ton clan avait quelque chose à voir dans cette histoire, mais ton intendant a refusé de répondre à leurs questions. Le roi s'en est mêlé, et l'homme a finalement avoué. Notre Altesse a alors annoncé à ces trois lairds que le domaine représente la dot de ta fille, qui n'est pas encore mariée, et qu'ils devaient s'adresser à toi.

Eric se leva brusquement, chaque muscle de son corps élancé tendu par la colère.

— Ce sont tous trois des chevaliers, des lairds avec chacun leurs terres, dit-il en reculant d'un pas. Je ne vois pas pourquoi tu refuserais de marier ta fille à l'un ou l'autre d'entre eux.

— Oh, mais je refuse pourtant de tout mon cœur, dit froidement Eric. En premier lieu, je souhaite que ma fille se marie par amour, comme je l'ai fait, de même que mes frères, et la plupart des membres de notre clan. Et puis je n'ai aucune envie de voir des hommes exaltés par quelques acres essayer de l'obtenir en se servant de ma petite Gillyanne. L'un de ces messieurs est-il encore ici ?

— Non. Ils se sont attardés quelques jours, mais ne te voyant pas revenir, ils sont partis. L'un d'entre eux a disparu en pleine nuit, sans rien dire, et les deux autres l'ont imité le matin suivant. Ils ont sans doute l'intention de venir te trouver plus tard pour te demander la main de ta fille.

— Et moi je crois qu'ils veulent savoir lequel d'entre eux arrivera le premier à traîner ma fille devant le prêtre, gronda Eric en traversant les jardins à grandes enjambées, un Donald abasourdi sur les talons.

Il imaginait la petite Gilly, qui ressemblait tant à sa mère avec ses cheveux brun-roux et ses yeux vairons, brutalisée par un idiot qui n'en voulait qu'à ses terres.

— Le roi a lâché une meute de loups sur Gillyanne, et je prie pour que ma femme l'ait gardée bien en sécurité dans notre demeure.

Chapitre 1

Écosse, 1465

— Gillyanne, je crois que notre mère ne va pas apprécier du tout.

La jeune fille sourit à James, le beau jeune homme aux cheveux auburn qui chevauchait à ses côtés. C'était son frère de cœur, même si lui-même savait que la femme qu'il appelait « mère » était en réalité sa tante. Il revendiquerait bientôt son héritage et deviendrait laird de Dunncraig, mais Gillyanne savait que la distance qui les séparerait ne serait jamais que géographique. Elle avait également bien compris que James n'approuvait pas sa décision de se rendre sur ses terres de douaire.

— Et puis tu étais vraiment obligée d'emmener ces horribles bestioles ?

— Oui. Il y aura peut-être des rats là-bas.

Elle gratta doucement les oreilles de ses deux chats, Hirsute et Crassouille. Hirsute était un énorme matou jaune foncé qui portait très bien son nom et arborait un œil crevé, une oreille déchirée et de nombreuses blessures de guerre. Crassouille était une femelle gracieuse au pelage marbré de noir, de gris, d'orange et de blanc, qui s'était retrouvée fort mal nommée une fois lavée. Les deux animaux l'accompagnaient partout dans un panier doublé de fourrure attaché à sa selle. Elle les avait trouvés trois ans plus tôt, abandonnées dans la cellule d'un donjon proche du domaine familial, affaiblis, couverts de sang, dans une cellule au sol jonché de rats morts. Les chats avaient été plus que récompensés pour leur lutte acharnée, puisque Gillyanne les avait aussitôt recueillis.

James hocha la tête et caressa les deux félins, prouvant ainsi qu'il ne pensait pas réellement ce qu'il disait.

— Ce ne sera sans doute pas comme à Dubhlinn. C'est vrai que nous n'avons pas réussi à apprendre grand-chose sur cette demeure, à part qu'elle n'est pas en ruines. Selon Mère, c'est parce que l'homme avec qui elle correspond ne la comprend pas très bien. Quand elle lui demande si l'endroit est propre et confortable, il lui répond qu'il est sûr et bien protégé. Elle a décidé que nous nous en contenterions pour l'instant, et que de toute évidence, un regard féminin était de rigueur.

— C'est parce que cette terre appartenait aux MacMillan, et qu'un MacMillan veille sur elle. Même si mon grand-oncle dit le plus grand bien de lui, mère ne connaît pas cet homme. Enfin, notre visite devrait arranger les choses.

— J'espère tout de même que l'endroit est confortable.

— Je ne veux qu'un lit, une baignoire et de quoi manger. Les luxes qu'on trouve à Dubhlinn attendront un peu.

— Tu as raison. Je me demande tout de même pourquoi tu veux tellement découvrir cet endroit.

— Je ne suis pas sûre de le savoir moi-même, répondit Gillyanne en souriant. C'est à moi, je ne saurais t'en dire plus. Je voulais faire sa connaissance.

— Je crois que je peux comprendre. Moi-même, je me sens comme attiré par mes terres alors que je ne serai pas laird avant encore une bonne année, peut-être même davantage.

— Guère plus.

— Tu as raison. Ne va d'ailleurs pas croire qu'attendre me contrarie. Je sais que c'est pour le mieux : j'ai besoin d'apprendre, d'acquérir de l'expérience, et puis je viens tout juste de gagner mes éperons. Notre cousin s'occupe à merveille de mon domaine, et il me faudra faire aussi bien. Un jeune laird complètement dépassé ferait plus de mal que de bien à mon clan. Je me demande ce que les gens qui vivent sur tes terres de douaire vont penser en voyant arriver une petite jeune fille comme toi.

— Mère s'est posé la même question, et elle a voulu en avoir le cœur net. Ce ne sera vraisemblablement pas un problème : c'est un petit château, avec seulement quelques habitants, et selon elle, ils seraient prêts à accueillir à peu près n'importe qui. Ils n'ont pour toute autorité qu'un intendant vieillissant ; ils se demandent également de quoi demain sera fait, et aimeraient être rassurés sur la question.

— C'est une bonne chose pour toi. Dis-moi, pourquoi ai-je l'impression que tu envisages d'y rester ?

Gillyanne haussa les épaules, guère étonnée que James ait deviné ses pensées. Elle songeait en effet parfois à s'installer à Ald-dabhach… et peut-être même trouver à ce domaine un nom qui ne voulait pas dire « vieille toise ». Depuis quelque temps, elle ne tenait plus en place, sans pour autant savoir pourquoi – et si elle adorait sa famille, la côtoyer ne faisait qu'empirer les choses. Avoir ses propres terres à administrer l'aiderait peut-être à se sentir utile et apaiserait cette insatiabilité qui la rongeait.

De plus, Gillyanne rechignait à l'admettre, car cela ressemblait beaucoup trop à de la jalousie, mais elle souffrait de vivre avec tous ces couples heureux, de voir tous ses cousins bâtir leurs propres familles. Chaque nouvelle naissance la peinait autant qu'elle l'emplissait de joie. Elle aurait bientôt vingt et un ans, et aucun homme jusque-là ne l'avait regardée avec un quelconque intérêt. Ses quelques séjours à la cour n'avaient rien fait pour arranger les choses, au contraire. La gent masculine ne la trouvait tout simplement pas désirable, et rien de ce que pouvaient dire les siens n'apaisait cette cuisante vérité.

Parfois, son accablement mettait hors d'elle la jeune fille. Elle n'avait pas besoin d'homme pour avoir une vie heureuse et bien remplie ! Mais en son for intérieur, Gillyanne savait qu'elle brûlait de connaître la passion, l'amour… et surtout d'avoir des enfants. À chaque fois qu'elle voyait ses proches avec leur progéniture, où les regards brûlants qu'ils échangeaient avec leurs conjoints, elle réalisait que si ce bonheur-là n'était pas vital pour elle, elle le désirait cependant de tout son être.

— Mais comment veux-tu dénicher un mari si tu vas te cloîtrer là-bas ? demanda James.

Gillyanne parvint au prix d'un gros effort à ne pas faire tomber son cousin à bas de sa monture d'un bon coup de pied.

— Je ne crois pas que ce soit un problème. S'il y a un homme pour moi en ce bas monde, ce qui pour l'instant me semble improbable, il m'y trouvera aussi facilement qu'à Dubhlinn ou à la cour.

— On jurerait que tu as renoncé. Tu sais, Elspeth et Avery avaient ton âge quand elles ont rencontré leurs maris.

— Presque, elles étaient tout de même un peu plus jeunes… et puis je parie qu'elles avaient déjà éveillé l'intérêt de quelques messieurs avant de se marier. Ne te tracasse pas, mes cousines ont rencontré leurs âmes sœurs dans les circonstances les plus improbables, et ce sera peut-être aussi mon cas.

Les deux jeunes gens émergèrent d'un bosquet, et Gillyanne annonça :

— Et voilà ! Mes terres, et mon château.

Ald-dabhach n'avait vraisemblablement tout d'abord été qu'une simple tour, avant que deux ailes soient accolées à cette dernière au fil des années.

La demeure était désormais entourée d'une muraille haute et robuste. Elle était juchée au sommet d'une colline aux versants relativement raides, et devait donc être facile à défendre. Elle accueillait à ses pieds un petit village propret, et les champs qui l'entouraient étaient tout aussi bien entretenus – tout du moins ceux qui n'étaient pas employés pour faire brouter le bétail. Une rivière serpentait derrière la bâtisse, et ses eaux étincelaient dans le soleil couchant. Gillyanne décida que l'endroit était somme toute plutôt charmant ; elle l'espérait seulement aussi paisible qu'il en avait l'air.